血清素

Sérotonine

米榭・韋勒貝克（Michel Houellebecq）——著
嚴慧瑩——譯

目錄

導讀

萎縮的無愛自白

朱嘉漢

閱讀韋勒貝克的小說，如同見證著文明的頹廢。早期作品有較激烈的批判，但進入二〇一〇年後的韋勒貝克，已經悄悄轉變風格，更為消極地去觀察世界。

可憎的是，墮落從未結束。因為頹廢不是個固定狀態，而是個沉淪的動態。才明白墮落像是現在分詞，而不是過去分詞；是進行式而非完成式，而自身並非只是被動，而是推動沉淪的一部分。不管是世界還是自己，即使感到頹廢到底了，還能更頹廢。

諷刺在於，韋勒貝克對於西歐文明墮落、敗德、虛偽的諷刺本身，竟完全回返到作品被對待的方式。譬如，他如此嘲諷資本主義與西方文明的價值與制度、其一切的語言與感知方式，並在書裡展現大量政治不正確的發言，也理所當然被憎惡。然而，這本最新的小說《血清素》的首刷就到達三十二萬本。更諷刺在此：法國新聞台進行街訪與問卷調查，題目為「會不會讀韋勒貝克最新小說？」而並不意外的，以多數「不看」的結果作收。且不論對比其銷量，光是做此調查，以及這般提問（還有哪個作家的新書會讓新聞台這樣提問？），就能明白他的作品與形象多麼牽動法國社會的敏感神經。

回到小說本身。韋勒貝克長期以來一直練習的，是用每一本第一人稱敘事小說（只有《無愛繁殖》例外），將小說語言自我風格化為一個純粹的沉淪的聲音。韋勒貝克的小說迷人（困惑人）之處，重點不僅在於故事，不僅在於敘事者所闡述之事，而在於其語調。他被文學批評貼上的「無風格」標籤，長期讀下來，無非是一種「惰性」。或以羅蘭巴特的分類，是種「中性」的聲音。換句話說，與其說他是消極負面，他更像是一種中性與惰性，連詛咒、憎恨、反對的意志都沒有。

《血清素》的敘事不僅同屬於這樣的聲音。韋勒貝克似乎拋卻了在《誰殺了韋勒貝克》後半展現的強烈的、作者自我消滅的暴力欲望，或是《屈服》裡放下所有的自尊的投降姿態。打從這個對自己名字尷尬的弗洛朗—克洛德．拉普斯特說話開始，就已經是一個徹底喪失情感，對一切難以感受，徒剩厭惡的言說主體。

如果帶有警覺心，會發現這一回《血清素》的敘事者，自始至終都帶著特殊的生理感去感受與看待這世界。敘事者依賴著Captorix，一種「藉由腸胃系統的黏膜胞吐作用，強化血清素釋放」的藥物。對於抑制憂鬱有效，但副作用則是噁心想吐、性欲消失、性無能。

《血清素》的敘事話語，可以說是一種性無能者的語言。雖然他宣稱自己沒有噁心的症狀，實際上他看著的一切，都令他無比噁心。遠比沙特的《嘔吐》更為荒謬難忍的狀態。或許服用這種藥物的作用，確切來說像是緩刑，避免了憂鬱致死卻同時延長了生命的地獄：「它不會創造，也不會轉變什麼，它的作用只是詮釋。它會把已成定論的變成過渡，把已經是無法阻止的將之淡化。」這點讓人想起同樣永無止境在惡的地平線上漫遊的作家塞利納（Céline）。

這本《血清素》彷彿宣告著韋勒貝克「無愛書寫」的終極階段。過往充斥在小說的痲木性愛成癮，依賴著性愛而絕望地夢想著一點點的人性情感；過去貫串著眾多「愛的不能」主調，到了這裡赤裸的性無能。敘事者所說的「故事開始」，僅僅是偶遇兩位女子而引起的，一陣久違的性欲。而世界絕望如此徹底，這位看似優渥的白人中產階級，不但無緣擁有豔遇，而且感到再也不會有了。性的徹底無能，性欲的消失，其實正是某種死刑宣判，再也沒有任何一點可能去愛了。

《血清素》承接著過往小說的自我放逐傾向，這回不需要額外的特殊設定（《一座島嶼的可能性》的末世觀，或是《屈服》的近未來法國迅速伊斯蘭化的反烏托邦）。只需要簡單的幾個步驟，像他這樣徹底失望、感到噁心的白人男子，就可以「失蹤」於社會系統中。

不過，這樣的放逐，既不真正地解脫，至少擺脫不了悲傷。敘事者無論如何在過程中對過往懺情，或稍微想對現況有所反應（包括學習開槍），都一再推向更無能為力的境地（例如最高潮的抗爭暴力場景）。如果這世界是個地獄，你我都逃不了。

「我覺得你正在死於哀傷。」故事中的醫生對敘事者這樣說。不過，其實，世界也在死於哀傷：「反正這世界是死了，對我來說是死了，但也不僅對我來說，它就是單純地死了。」

希望？何必呢？韋勒貝克無論如何是坦承的。他在結尾再清楚不過地說，其實我們終究是受眷顧的。那些「喘不過氣的愛，那些領悟，那些狂喜」，一切這些我們無法解釋的，甚至未知因而失落的事，對愛的不理解與不可能的感受，或許都是某種再也清楚不過的，關於上帝之愛存在的跡象。

只是尚待時間。

在此之前，用盡辦法苟活，屈服也好，倚靠血清素也好，活著就好，反正死亡終究會來。

血清素

這是一顆橢圓形、可對半剖開的白色小藥丸。

早上五點，有時候是六點左右，我就醒來，需求已達臨界點，這是一天中最難熬的時刻。我第一個動作就是按下電動咖啡機的開關，前晚已經裝好水、放好濾紙咖啡（通常是瑪隆詩，我對咖啡的品味還是很嚴格）。喝下第一口咖啡後才點菸，這是我對自己的約束，每天能做到這一點，成了我最大的自豪（我必須承認電動咖啡機的速度非常快）。第一口菸帶來的舒緩是立即的，效果強度驚人。尼古丁是完美的毒品，一種簡單但難以戒除的毒品，它並不會帶來任何愉悅，完全只能用上癮或是戒除癮頭來界定。

幾分鐘後，吸完了兩、三根菸，我用四分之一杯礦泉水吞下一顆 Captorix ——通常是富維克礦泉水。

我四十六歲，名叫弗洛朗—克洛德·拉普斯特，我很厭惡這個名字，我想它是來自我父母各自想紀念家族裡一位成員的名字所組成的。尤其令人遺憾，我沒什麼可批評我父母的，他們在各方面都很完美，盡其所能賦予我在生命戰鬥中必需的武器，而我最終失敗、生命在悲傷痛苦中結束的話，也無法怪他們，只能怪一連串發生的令人遺憾的情況——我將會提及這些，老實說這甚至是本書的主題。反正無論如何我都沒什麼可責難父母的，唯獨除了名字這討人厭但只能算雞毛蒜皮的小事。我不只覺得弗洛朗—克洛德放在一起的複合名字很可笑，就算兩個各自單一也不喜歡，總之我覺得我這名字完全取錯了。弗洛朗聽起來太柔，和女性化的弗朗絲太相近，幾乎算是雌雄同體。這和我的臉完全不搭，我的臉部線條剛毅，從某些角度看來有稜有角，經常被人（至少被某些女人）視為很有男性氣概，而不是、全然不是波提且利[1]畫筆下那種娘砲雞姦者。至於克洛德，那更別提了，一聽到克洛德這個名字，立刻讓我想到伴舞女郎群「克洛黛」，以及那些雞姦老傢伙聚會上不停重複播放的一支恐怖的克洛德．弗朗索[2]懷舊錄影帶。

改名字並不難，我指的不是以行政手續角度來看，因為以行政作業角度來看幾乎什麼都不可能，行政手續的目的就是把你生命的可能性減到最低，或是乾脆把這些可能性都消除。以行政角度來看，一個好的被管理人，就是一個死人。我說改名字不難指的是實際的層面，只消以新名字示人，幾個月、甚至幾個星期後，所有人都會習慣，大家甚至壓根沒想到你以前有可能叫另一個名字。我的情況更簡單，因為我的第二個名字[3]皮耶完全符合我想展現的剛毅雄風形象。但是我什麼也沒改，繼續叫弗洛朗—克洛德這個令人厭惡的名字。我唯一做到的是讓某些女人（準確地說是卡蜜兒和凱特，這我後面會提到）簡稱我弗洛朗，至於面對大眾，我什麼也沒做到，不只就名字這一點，幾乎無論就哪一點來說，我都是隨波逐流，無力掌握生命，我有稜有角的四方臉上散發的男性氣概、我長出皺紋的臉部線條其實只是個圈套，純粹騙人——當然，我也無須為這點負責，上帝支配著我，其實我從頭到尾都只是個扶不起的阿斗，現在我已四十六歲，從來沒有能力掌握自己的生命，總而言之，看這情況，我下半輩子的生命很可能和前半段一樣，只是一段軟弱而痛苦的坍塌過程。

早期大家知道的抗憂鬱藥物（例如Seroplex和Prozac）藉由抑制5-HT$_1$神經元來增加血液中血清素的含量。二〇一七年初研發出的Capton D-L開啟了新一代的抗憂鬱藥品，這款新藥機制更

1 波提且利（Sandro Botticelli, 1445-1510），義大利文藝復興早期畫家，最著名畫作為《維納斯的誕生》、《春》，畫風細緻柔美。

2 克洛德・弗朗索（Claude François, 1939-1978），法國六〇、七〇年代流行歌壇偶像，唱歌時的伴舞女郎衣著豔麗，搔首弄姿，被稱為「克洛黛」（Claudette）。

3 法國人名字在前，姓在後。只要喜歡，可以取好幾個名字，記錄在出生證明、戶籍謄本上，但平常只使用第一個名字。

為簡單，藉由腸胃系統的黏膜胞吐作用，強化血清素的釋放。二〇一七年底，這款藥上市，取名為Captorix，甫一上市便展現了驚人效力，患者能輕易地重新融入一個現代社會中正常生活的重大儀式（例如洗漱、範圍縮小到和鄰居相處的社會關係、簡單的行政手續等等），與前幾代抗憂鬱藥物相比，這款新藥並不會提高患者自殺或自殘的傾向。

Captorix最常見的副作用是噁心想吐、性欲消失、性無能。

噁心想吐這個副作用，我倒是從未有過。

*

故事開始於西班牙，西班牙的阿爾梅里亞省，精準地說，在三四〇號國道上埃爾阿爾基安北方五公里。初夏時節，無疑是七月中左右，時序應該是二〇一〇年代末尾——我記得是馬克宏當法國總統[4]。天氣晴朗，氣溫極為炎熱，就像這個時節西班牙南部一貫的氣候。那是中午過後，我那輛賓士G 350 TD四輪傳動停在「西班牙國家汽油公司」加油站的停車場上。我剛加滿油，靠在車身上，緩緩喝著無糖可樂，想到明天柚子就會到，情緒愈來愈低落，此時一輛福斯金龜車正停到充氣站對面。

車裡走下兩個二十來歲的女孩，就算遠遠看，她們還是讓人眼睛一亮，最近這段時間，我已經忘記女生能如此秀色可餐，這就如同誇張做作的戲劇性一幕，給了我一記當頭棒喝。空氣如此炎熱，一切都像停車場上的柏油一樣輕微浮動起來，這正是海市蜃樓出現的最佳時機。但是那兩個女孩不是海市蜃樓，而是真實存在，其中一個女孩朝我走過來時，我還稍稍驚惶失措起來。她一頭微微波浪的淺栗色長髮，前額綁著一條細細的五彩幾何圖案的皮製繫繩，胸前橫繫一條白棉布巾，稍微遮住胸部，飄蕩的白棉布短裙似乎會被最輕微的一陣風掀起——然而，偏偏連一絲風都沒有。上帝寬厚且慈悲。

她表情平靜，面帶微笑，絲毫沒有害怕的樣子——老實說，害怕的是我。她的眼神充滿善意與幸福——我一眼便能看出她生命中和動物、和人，甚至和雇主的來往經驗都是愉快的。在這

4 主角弄錯了，二〇一〇年法國總統是薩柯齊（Nicolas Sarközy），馬克宏是二〇一七年才當選總統。

夏日午後，這個年輕誘人的女子何以朝我走過來呢？她和朋友兩人想要檢查一下輪胎充氣壓力夠不夠豐滿（我是說車子的輪胎，表達不夠清楚）。在幾乎所有文明國家，甚至一些其他國家的道路安全機構都宣導這個謹慎的做法。所以，這位年輕女子不僅秀色可餐而善良，並且也謹慎而周全，我對她的仰慕隨著分秒增加。我能夠拒絕施以援手嗎？當然不能。

她的那位朋友比較符合大家心目中的西班牙女子——深黑色頭髮，深棕色眼珠，深色皮膚。她的調調沒那麼嬉皮，其實還是很酷，只是沒那麼嬉皮，並且帶著一絲絲浪女氣息，左鼻翼上嵌著一個鼻環，胸部上橫繫的布條是彩色的，印著刺眼的圖案，以及一句不知該界定為龐克或是搖滾的口號，我已忘了這兩者之間的差別，姑且簡化稱之龐克—搖滾吧。和她朋友的短裙不一樣，她穿了一件短褲，這更糟糕，真不知為什麼有人製造出這種緊貼著屁股的短褲，簡直不可能不被她那屁股催眠失魂。既然是不可能，我當然就不做無謂的抗拒，但也立刻回神專注眼下的狀況。我跟她們解釋，第一件要做的事，就是根據車型，查看胎壓是否在適合範圍：胎壓通常標示在車子左前車門下方一個金屬偵測器上。

偵測器的確是在我所說的位置，我感覺她們對我這種偏屬男性的能力大為欽佩。她們的車載重低——行李甚至令人訝異地少，只有兩個輕便的行李袋，最多裝幾件丁字褲和日用保養品——2.2Bar的胎壓足夠了。

接下來就進行所謂的加壓。我立刻發現左前方輪胎的胎壓只有1.0Bar，仗著年齡差距，嚴肅、甚至稍帶嚴厲地對她們說，她們找我幫忙是對的，再遲就糟了，她們不自知處於真正的危險之中：胎壓太低會造成抓地力不夠[5]，方向盤會不穩，發生意外幾乎是可以確定的事。她們的反應激動而天真，栗色頭髮的女孩把一隻手放在我前臂上。

我必須承認，使用這些儀器真的煩死人，得注意加壓器的送風口，不時捏壓一下輪胎，打氣管要對準氣門嘴。這麼說起來，做愛比較容易，比較本能性，我確定她們一定也同意這一點，但不知道該怎麼轉到這個話題。總之，我替左前輪胎加壓，也一併把左後方的弄好了，她們蹲在我身旁，極為專注地觀察我的動作，嘴裡用她們的語言嘟囔著「好樣的」、「喔當然」，之後我讓她們接手，在我父執輩關愛的眼神下，讓她們照著我的動作給另外兩個輪胎打氣。

深色皮膚那個——我感覺她比較有衝勁——著手給右前方的輪胎充氣，情況變得嚴峻了，她一蹲下，迷你短褲緊包的渾圓完美屁股隨著控制打氣管的動作不停擺動，栗色頭髮那個應該是同

5 主角弄錯了，胎壓太高才會抓地力不夠。

情我的意亂情迷，像姐妹淘一樣短暫地把手臂環著我的腰。

終於輪到右後方輪胎，由栗色髮女孩負責。性欲張力稍微減低，但一種情愛氛圍慢慢渲染開來，因為我們三人都很清楚這是最後一個輪胎，現在她們只能繼續上路，沒有別的選擇。

然而，她們還繼續待了幾分鐘，感謝和優雅的手勢交錯著，而且她們的態度並非純然停留在理論層面——至少幾年後的今天，有時候我想起過往也曾經有過性生活，回想當時狀況，我認為是這樣。她們追問我是哪國人——我是法國人，但不記得有回答她們——問這個地區有什麼觀光活動，尤其問我知不知道附近有什麼不錯的地方。從某方面說來，我知道幾個地方，就在我家對面有一家西班牙小菜酒吧，中午推出豐盛的簡餐；再遠一點還有一家舞廳，勉強可說氣氛不錯；還有我住的地方，我大可以收留她們，至少一晚，我感覺（現在回想起來，肯定是我癡心妄想）那一定會相當相當不錯。但是這些我都沒說，只概括地說這個地區非常舒服（這是真話）、我住在這裡覺得很開心（這是假話，尤其柚子快來了，情況只會更糟）。

她們終究離開了。福斯金龜車在停車場上掉頭，駛上國道交流道。

那個時刻，許多事情都可能發生。若是在一齣浪漫喜劇裡，我大可以在幾秒鐘戲劇性的猶豫之後（這時演員的演技就很重要，我想凱夫・亞當斯[6]應當能勝任），跳上我賓士四輪傳動的駕駛座，在高速公路上很快追上金龜車，超車之後用手臂揮著有點蠢的大動作（浪漫喜劇都是這麼演的），她們會在路肩停下車（其實，在傳統的浪漫喜劇裡，應該只有一個女孩，就是栗色頭髮那個），然後，在與一輛輛大卡車擦肩而過的驚險裡，展開諸多令人感動、充滿人性的後續。至於對話台詞呢，在這一幕，寫劇本的人可能需要好好琢磨。

若是在色情影片裡，接下來的劇情就更好猜了，台詞的重要性也大為減弱。所有的男人都喜歡清新可人、注重環保，又崇尚三人行的女孩——幾乎所有男人，反正我是如此。

然而我們活在現實之中，所以，什麼也沒發生，我乖乖回家。我一陣勃起，以下午的經歷來看，這一點都不奇怪。我用一貫的方法將之解決。

＊

6 凱夫・亞當斯（Kev Adams, 1991-），法國當代知名喜劇演員。

那兩個女孩，尤其是栗色頭髮那個，大可以賦予我的西班牙之行某種意義，而這個下午令人失望的平庸結局只是更殘酷地彰顯一個事實：我待在這裡真是莫名其妙。這個公寓是我和卡蜜兒一起買的，也是為了她而買的。那時節我們有成家的打算，想找一個家安定下來，在克勒茲省買個磨坊改建的浪漫房子之類的天馬行空，唯一沒考慮的可能只有生小孩這件事——有一陣子我是驚險地躲過這個計畫。這是我生平第一次購房，也是唯一一次。

她第一眼就喜歡上這個地方。這裡是個天體海邊度假小城，安安靜靜，遠離從安達魯西亞到黎凡特地區一整帶超大型旅遊大飯店設施。這裡基本人口組成是歐洲北部的退休老人——德國人、荷蘭人、少數斯堪地那維亞人，當然還有無處不見的英國人，出人意料的倒是沒有比利時人，因為整個小城——從獨棟住宅建築、商業區的設計、酒吧裡的裝潢似乎都展現比利時風格，簡直像個比利時小鎮。大部分的居民都是在教育界、各級公務員、中階職業幹了一輩子退下來，現在平靜養老。他們早早就開始喝餐前酒，無憂無慮拖著下垂的屁股、鬆垮的奶子、毫無動靜的屌走來走去散步，從酒吧到海灘，從海灘到酒吧。他們不惹麻煩，也不會和鄰居街坊發生糾紛，文明地把大毛巾墊在「無憂酒吧」塑膠椅上，然後以誇張的專注力聚精會神埋頭研讀酒吧那張選擇明明不多的菜單（墊大毛巾避免顧客可能還濕潤的身體下部直接接觸到公用椅子，這是本海邊度假小城約定俗成的禮貌）。

還有另一個人數較少但活躍的顧客群，是西班牙的嬉皮（我痛心地注意到，因充輪胎氣而征服我的那兩個年輕女生適切地代表了這個群體）。現在有必要簡短回顧一下西班牙近代歷史：一九七五年佛朗哥將軍過世時，西班牙（更準確地說是西班牙的年輕世代）面臨了相互衝突的兩個趨勢：一是源自六〇年代，高倡情愛自由、裸體、勞工解放之類的思潮；二是自八〇年代以來勢不可擋的相反趨勢，推崇競爭、重口味的硬色情、犬儒主義、股票投資。總之，我簡化了很多細節，但不簡化根本沒辦法做任何事。崇尚這個注定潰敗的第一個趨勢的人慢慢退守到類似我買了一棟公寓的這個海邊度假小城這種自然保護區。這個注定潰敗的趨勢到頭來可不是潰敗了嗎？然而，在佛朗哥將軍過世很久之後，某些像「憤怒者運動」[7]這樣的現象，也可能讓人覺得第一趨勢反而捲土重來。因此，時序再拉回今日，在埃爾阿爾基安的西班牙國家汽油公司加油站遇見那兩個年輕女孩，在那個讓我頭昏腦脹的致命下午——「憤怒者」（indignado）的陰性字眼是「憤

7 「憤怒者運動」（mouvement des Indignados）是西班牙二〇一一年發生的抗議運動，當時西班牙外債高築、經濟危機、失業率高、政府醜聞，人民揭竿而起，形成一場反資本主義的抗議運動。

怒女」（indignada）嗎？——所以我那時看見的是兩個秀色可餐的「憤怒女」嘍？這我無法得知，也無法拿我的生命貼近她們的生命，但我大可以做的，是建議她們來我們天體海灘參觀，她們能在自己標榜的自然環境中優游，或許深色皮膚那個會先離開，我和栗色頭髮女孩幸福共度。是啦，以我這個年紀，幸福的概念變得有點模糊，但在和她們邂逅之後的幾個夜晚，我都夢到栗色頭髮女孩來按我家門鈴。她回來找我，我在這世上的遊蕩結束了，她回來一舉拯救我的屌、我的存在、我的靈魂。「如女主人般奔放大膽地進入到我屋子裡。」[8]在某些這類夢裡，她跟我說她那深色皮膚的朋友在車子裡等著，想知道能否上樓和我們共歡。但諸如此類的夢愈來愈稀少，情節變得簡單，到最後甚至連情節都沒有了，我一打開門，我們倆就進入一片光明的、無法敘述的場域。這些胡思亂想持續了兩年多之久——這稍後再提，別打亂時序。

眼下立即而來的，也就是次日下午，我得去阿爾梅里亞省機場接柚子。她從沒來過這裡，但我確信她絕對會厭惡這個地方。對那些北歐退休老人，她只有嫌惡，對那些西班牙嬉皮，她只有蔑視，這兩類人（彼此能無礙地和平相處）在她那於社會上（更廣泛來說，是世界上）只看得見菁英的眼裡，簡直毫無格調，而且，我也是，我也毫無格調，只不過我有錢，甚至相當有錢——

某些因緣際遇讓我變得富有，這我若有時間或許會說來聽聽——而一旦說到錢，其實也道盡我和柚子之間所有的關係。我當然知道該離開她，這很明顯，甚至我們根本就不該定下來同居，只不過，如同我說過的，重新整頓生活需要很長、非常長的時間，而且多數時候我根本做不到。

我在機場停車場輕易就找到停車位，停車場大而無當，其實在這地區，什麼都蓋得大得離譜，等待從未到來的龐大觀光客潮。

我好幾個月沒和柚子上床了，尤其，我並不打算重新開始和她上床，絕不，其中原因不一，我稍後勢必會提起。老實說，我完全搞不懂自己幹麼策畫這次度假，坐在入境大廳塑膠長椅等待之時，我已經在想把假期縮短——原本預定兩個星期，其實一個星期綽綽有餘，我可以編個工作所需的謊，她這賤貨沒置喙的餘地，她完全仰賴老子的鈔票，鈔票好歹給了我某些權利。

從巴黎奧利機場飛來的飛機準點，開著空調的舒適入境大廳幾乎空無一人，阿爾梅里亞省的觀光業委實一落千丈。電子告示螢幕顯示班機已降落的時候，我差點站起來走回停車場——她沒

---

8 這一句是改編自杜斯妥也夫斯基的《地下室手記》裡的著名句子，因而作者放在引號裡。

有我的住址，絕對找不到我。但我很快恢復理性：就算是為了工作，我總有一天得回巴黎，儘管我在農業部的工作和我的日本女友同樣讓我厭倦想吐。這段時間運氣還真背，多的是為了比這個還輕微的理由而自殺的人呢。

她如同往常妝濃得嚇死人，活像刷油漆，猩紅色的唇膏和紫色眼影襯出蒼白的粉底，那種在伊夫・西門[9]小說中所謂的「白瓷」肌膚。我突然想起來，她從不曝曬在太陽下，日本女人將慘白的皮膚（好啦，用伊夫・西門的字眼是白瓷）視為優越的最高表徵，然而，不肯曬太陽，到西班牙海邊度假城市要幹麼？這度假計畫簡直荒謬透頂，我當天晚上就要趕快改訂回程路上的旅館，一個星期都算太長了，何不留下幾天假，春季再去京都看櫻花呢？

若是和栗色頭髮女孩的話，一切便會不同，她會毫無糾結、毫不扭捏地脫光光躺在海灘上，就像服從上帝旨意的以色列乖乖女一樣，她不會介意德國肥胖退休老女人的下垂贅肉（她知道直到蒙主寵召的那一天之前，這就是女人的宿命），把自己攤在陽光下（也攤在那些德國退休老男人一丁點都不會遺漏的眼光下），呈現渾圓飽滿的臀部、純真卻剃光了毛的陰部（上帝也允許世人裝飾打扮的）；我會重振雄風，像頭野獸般勃起，但她不會在海灘上吸我，這是個老少咸宜的家庭式天體海灘，她不想冒犯那些清晨在海灘上做哈達瑜伽的德國退休老女人，我感覺她也渴望我，我的雄性激素已一發不可收拾，但她會等到我們到了水裡，離岸邊五十多公尺遠（沙灘非常平緩），才把濕潤的下體獻給我勝利凱旋的陽具，稍晚我們會去加魯查一家餐廳吃龍蝦燉飯，浪漫與情色不再需要分界，造物主強力展現祂的恩慈，總之，我的思緒到處漫遊，但柚子在一堆擁擠的澳洲背包客之間踏進入境大廳時，我還是成功地擠出一絲狀似開心的表情。

我們裝裝樣子互吻，意思是我們的臉頰輕輕互碰了一下，但這樣想必也太過度，她立刻坐下，打開化妝箱（裡面裝的化妝品嚴格遵守各航空公司規定的手提行李標準），開始重新補粉，完全不在意行李輸送情況——很顯然，是我該去扛她的行李。

每次都是我幹這差事，久而久之很熟悉她的行李箱，是個我忘了什麼牌子的名牌，可能是**Zadig et Voltaire**或是**Pascal et Blaise**[10]，反正設計概念是把文藝復興時期畫製的一張不怎麼詳細精確的世界地圖印到布匹上，加上一些經典古風的圖解如「此地現虎蹤」之類的，反正是高檔行李

9 伊夫・西門（Yves Simon, 1944-），當代法國作家、歌手。

10 Zadig et Voltaire是真實存在的國際名牌。Voltaire（伏爾泰）是法國十七世紀思想家、哲學家，Zadig是他寫的一本小說主角的名字。作者在這裡隨便舉了一個同是十七世紀的法國思想家巴斯卡（Pascal），Blaise則是巴斯卡的名字，並編造了Pascal et Blaise這個不存在的品牌。

箱，不帶滾輪更加強它們的獨特性，不像中產階級用的粗鄙新秀麗牌，所以啦，行李得用扛的，和維多利亞時代高雅的行李箱如出一轍。

如同所有的西歐國家，西班牙也投入增加生產力的致命進程，漸漸取消所有原來幫助生活能比較不悲慘的勞力工作，此舉同時也讓大多數人民面臨大量失業的命運。像這種行李，不管是Zadig et Voltaire或是Pascal et Blaise，只有在還有挑夫這個行業的社會才有存在的意義。

很明顯現在已經沒有挑夫了，我一邊從輸送帶上拿下柚子的兩件行李（一個行李箱，一個行李袋，兩個幾乎同樣重，加起來應該超過四十公斤），一邊跟自己說，其實挑夫還存在：挑夫，就是我。

*

我也得充當司機。上了A7高速公路沒一會兒，她打開iPhone，插上耳機，然後戴上消退充血效果的蘆薈眼罩。朝機場方向的南向高速公路相當危險，經常會有立陶宛、保加利亞的卡車司機駕駛的車子失控。相反的北向呢，非洲的馬利非法黑工採收的溫室蔬菜被成隊卡車運往歐洲北部，那些司機才剛上路，還不缺乏睡眠，我在接近537號交流道之前，沒什麼問題就超了三十幾輛卡車。下了交流道，是一個長距離的大轉彎，連接到懸在「寶貝大街」上空的引水道，一上這個彎道，有一段長五百多公尺的路段缺乏護欄，只要我不轉方向盤，事情就可以結束。這一段坡道非常陡，照車速來看，可以預見一個完美的路徑，車子甚至不會翻落在岩石山坡，而會直接墜落到百公尺下方，恐怖驚魂的一刻，然後就結束了，我便將我茫然的靈魂歸還給上帝。

天氣晴朗靜好，很快就要進入彎道。我閉上眼睛，手緊緊抓著方向盤，有幾秒鐘矛盾的平衡和絕對的平和，當然不到五秒，這幾秒之間我感覺好像超離了時間。

一個純然非自願的痙攣動作，我猛然把方向盤往左轉。還好及時反應，右前輪胎已經有點擦上路邊石子地了。柚子拉下眼罩和耳機，「怎麼了？怎麼了？」她生氣地重複說道，但也帶了點害怕，所以我開始拿她這個害怕做文章。我用最溫柔的聲音、斯文儒雅的連續殺人犯那種打動人心的音調說「沒事」，安東尼·霍普金斯是我的典範，令人崇拜且無法超越，總之是那種在生命中某個階段必須要碰見的人。我更溫柔、幾乎超凡入聖地重複：「沒事……」

其實才不是沒事，我剛剛又錯過了第二次解脫的機會。

*

如同我所料，柚子對我決定把假期縮短為一星期這件事平靜接受，並盡量別顯得太高興。工作所需這個解釋讓她立刻同意；老實說，她根本屁都不在乎。

不過工作其實也不完全是藉口，因為我出發度假前，還沒把魯西隆區杏桃生產的概括清單呈交上去，我實在被這個徒勞的工作搞得很煩。一旦和「南方共同市場」簽署目前所提的自由貿易協議，魯西隆區的杏桃生產將毫無招架之力，想藉著「魯西隆區紅杏桃」這個產地命名來保護生產，只是個荒唐的笑話，阿根廷杏桃將勢不可擋地傾銷，魯西隆區的杏桃在可見的未來已經陣亡，全盤皆歿，甚至連一個得以清點四周屍體的活口都不會留下。

還沒告訴大家，我是農業部的雇員，基本工作內容主要是為歐盟政府部門，或更廣義來說，在發生商業衝突角力時，為協商者撰寫清單和報告，目的在「定位、支持、表彰法國農業的地位」。我的身分是合同雇員，這保障了一份高薪，比現行規定的公務員薪水高出許多。某方面來說，這份高薪其來有自，因為法國的農業發展複雜而多樣，很少人能掌握各個分支的重要性，而且我的報告大體上受到重視，稱讚我能直指核心，不會列一堆無用的複雜數據，知道凸顯關鍵的幾個因素。但是另一方面，在我捍衛法國農業地位的過程中，遇到的只是一連串驚心動魄的失敗，其實，這也不算是我的失敗，更直接的是談判代表參謀幕僚的失敗，這些人物為數不多，毫無用處，每次都慘遭失敗卻不減其傲慢，我曾經接觸過幾個（這種機會相當少，我們通常是用電子信箱聯絡），每次接觸都讓我覺得厭惡噁心。大致上他們這些人都不是農業工程師，而是出身於商業高等學院，我從頭到尾都對商業這兩個字，以及和商業有關的事物感到厭惡，在我眼裡，光是「商業高等研究」這個字眼就是褻瀆了研究這個概念，但回頭想想，會僱用這些商業高等學院畢業的年輕人擔任談判參謀工作也很正常，商業談判就是這麼一回事，不管談的是杏桃、艾克斯城的卡里頌杏仁餅、手機、亞利安火箭，商業談判是個自成的宇宙，有它自己的規則，外人絕對不得其門而入。

我重拾我那魯西隆區杏桃生產的清單，跑到樓上的房間（是個樓中樓）工作，結果一整個星期幾乎都沒見到柚子。前一、兩天我還盡量下樓和她在一起，維持同床的假象，然後我放棄了，習慣了一個人吃飯，到那家氣氛還不錯、錯失和埃爾阿爾基安那個栗色頭髮女郎共進晚餐機會的小酒吧吃飯。一天熬過一天，我漸漸每天下午都混在那裡。在歐洲，介於午餐和晚餐之間這個時段，酒吧裡沒什麼客人，但以社交性來說又不能關店休息。酒吧氣氛令人放鬆，裡面有幾個和我差不多、但比我還糟糕的人，也就是說，他們比我老個二、三十歲，人生已被定讞，沒戲唱了。

這小酒吧下午時分有很多喪偶人士，崇尚天體人士當中也有喪偶之人，寡婦居多，也有不少同伴身體比較羸弱、先飛上雞姦者天堂的同性戀鰥夫。在這個長青組壓倒性選擇在此度過餘生的酒吧裡，性傾向的分別似乎也煙消雲散，只剩下無趣的國籍分界：露天座上的幾桌很清楚可分為英國人和德國人；我是唯一的法國人；至於那些荷蘭人，真是王八蛋，到處隨便亂坐，那個會講多國語言、最投機的民族，罵破嘴皮都不夠。這一切都在啤酒、小菜拼盤之間緩緩變得模糊一片，氣氛通常平靜安詳，談話聲也不拔高。不時會有一群年輕的「憤怒者」突然現身，直接從海灘過來，女孩們的頭髮還濕淋淋，他們一來，酒吧裡整體音量就提高不少。我不知道柚子不曬太陽，那她整天在幹麼，想必是在網上看日劇，我現在還不知道她那時候到底有沒有搞清楚狀況。像我這樣一個普通的外國人，家庭背景甚至沒什麼過人之處，只不過領一份不錯、但也不至於高得嚇人的薪水，照理應該覺得萬分榮幸能和一個日本女生交往，尤其還是一個年輕、性感、出身於與南北兩半球最先進的、與藝術圈接觸愈來愈緊密的卓越家庭，這個說法完全無庸置疑，我當然頂多只配幫她繫涼鞋的鞋帶，問題是我對她和我的身分差別表現出愈來愈粗魯的不在乎。有一天晚上，我去樓下冰箱拿啤酒，在廚房撞到她，衝口說出「肥婊子讓開」，然後拿出半打生力啤酒和一根吃一半的西班牙臘腸。總之，她這一整個星期肯定無言以對，搬出她自己的社會身分地位，面對一個可能打個嗝放個屁作為回答的人，想必沒什麼作用。她當然有很多人可以商量對策，這不包括她的家人，她家人必定會扭轉情勢，結論就是叫她立刻回日本，但她一定會和諸多閨密和朋友訴苦，我想她這幾天都掛在Skype上，而我則頹喪地放棄了那些注定滅亡的魯西隆區杏桃農民。今日回頭想，那時我對魯西隆區杏桃生產者的冷漠，是個徵兆，體現在之後我對於卡爾瓦多斯省、芒什省的乳製品生產存亡之際，乃至於更之後對我自己命運根本性的冷漠，就因為這樣，此時我積極地想混進長者群當同溫層，但很矛盾的，這並不容易，他們輕易地識破我是假長者，英國退休老人給了我幾次釘子碰（這沒什麼，英國人最不歡迎外人，英國人幾乎和日本人一樣歧視其他種族，只不過表現沒那麼露骨），荷蘭人也不接受我，他們拒絕我當然不是因為排外心理（荷蘭人哪可能排外呢？排外這個詞本身就是個大矛盾，因為荷蘭不算個國家，充其量只能算個企業），而是他們不接受我進入他們的老人世界，我沒經過考驗，他們沒辦法對我敞開心胸談攝護腺毛病、冠狀動脈繞道手術。我倒是非常驚訝比較輕易就被「憤怒者」族群接受，他們年紀輕，純真無邪，在這幾天當中，我很可能翻轉到他們那一陣營，這也是我最後一次機會，然而，我有很多要教他們的，我太了解工業化農業的失控，他們的訴求能從我這裡獲得更大的實質對話，何況西班牙在基改農業政策方面實在可議。在基改農業範疇，西班牙是歐洲最自由放縱、最不負責任的國家，整個西班牙、所有西班牙的農田都可能一夕之間成為一個基因大炸彈。老實說，只需要他們其中一個女的，任何時候都是一個女的就足以引發故事，但是什麼都沒發生，任何能讓我忘懷埃爾阿爾基安那個栗色頭髮女子的事都沒發生，現在回想起來，我甚至不會指責那些「憤怒女」，也不太記得她們對我的態度，回想起來應該只是一種表面的和善吧，我想自己當時也很難親近，被柚子的到來全然擊垮，明知必須擺脫她、盡快擺脫她，這讓我筋疲力盡，很顯然無法感受她們真實的魅力。她們之於我，就好像索馬利亞難民在網上收看一個有關瑞士伯恩高地瀑布群的紀錄片。我的每一天過得愈來愈痛苦，沒發生任何清楚的事件，簡單說也沒有活下去的理由。到後來，我完全放棄魯西隆區的杏桃生產者，也不太常去咖啡廳，害怕遇到袒露著胸部的「憤怒女」。我每天看著地板上陽光移動，灌下一瓶又一瓶白蘭地，這大概就是全部。

＊

儘管度假這幾天空洞得難以忍受，但想到收假回去更讓我擔憂，持續好幾天的旅途中，我必須和柚子睡同一張床，總不能要兩個房間吧，我覺得自己沒辦法這樣硬生生衝撞旅館櫃檯、甚至全體旅館工作人員的世界觀，所以我們將會一直黏在一起，二十四小時在一起，這煎熬將持續整整四天。和卡蜜兒在一起的時候，這段行程只需要兩天，一來因為她也開車，隨時可以和我換手，二來也因為那時在西班牙沒人遵守速限，違規記點的系統還沒上路，反正歐洲各國之間官僚協調也不完善，對外國人不太嚴重的違規往往就姑息了之。一百五十或一百六十的時速取代荒謬可笑的一百二十時速，行程時數當然得以縮減，尤其這樣可以開更長時間，行車也更安全。西班牙綿延的高速公路，一路筆直到天邊，空無一車，曝曬在烈陽下，穿越的景色無趣至極，尤其介於瓦倫西亞和巴塞隆納之間，但取道內陸也沒有比較好，從阿爾巴賽特到馬德里這一段也是全然讓人喪氣。開在西班牙高速公路上，就算一有機會就灌咖啡、就算香菸一根接一根，也很難不讓人昏昏欲睡，兩、三個鐘頭枯燥的路途，眼皮必然沉重，唯有因速度而刺激的腎上腺素足以維持不打折扣的警戒力，這荒唐的速限其實正是西班牙高速公路上死亡車禍飆高的直接原因，而我若不想發生死亡車禍——說真的，這倒真是一個解決方法——每天就只能開五百到六百公里。

和卡蜜兒在一起的時代，在旅途上想找能抽菸的旅館就已經滿困難，但就像我剛才說的，我們只花一天就可以穿越西班牙，然後再一天北上抵達巴黎，路上我們找到幾家接受抽菸客人的異端旅館：一家位於巴斯克海岸，一家在朱紅海岸；第三家也在東庇里牛斯省，但比較內陸，準確地說是在班尼德旅匈小鎮，已經屬於山區了，這第三家麗耶城堡旅館給我留下最目眩神迷的回憶，房間裝潢俗不可耐，充滿廉價情色氛圍，讓人難以相信。

法律的壓制當時還沒天羅地網，還有些漏洞可鑽，而且我那時候比較年輕，還希望能盡量遵守法律規範，相信我們國家的法律，還對法律整體上造福人民的性質有信心，那時也還沒學會面不改色地毀壞煙霧偵測器這類游擊隊招式：只消轉下外面罩子的螺絲釘，尖嘴鉗狠敲兩下打斷電流就完事了。想騙過打掃清潔太太比較困難，她們訓練有素的鼻子馬上就聞得到菸味，唯一的方法就是收買，大方的小費可以讓她們不聲張，當然，這麼一來，旅費就要往上攀升，而且難保不發生收了錢又背叛的情形。

我第一站設定在欽瓊國營旅店，這個安排應該沒人會質疑，西班牙的國營旅店一般來說都很棒，但這一間特別優美，由十六世紀的修道院改建，房間都朝著鋪設石板、噴泉淙淙的內院，旅館櫃台和走廊到處擺放美輪美奐的西班牙深色木製扶手椅。她坐在一張扶手椅上，慣常地擺出一副不耐煩高傲的樣子，看都沒看旅館裝潢一眼，立刻打開手機，好像已經要預先抱怨沒網路了。

旅館有網路，這毋寧是個好消息，這樣手機就會占據整晚時間。她帶著厭煩的模樣，不得已還是得站起來自己亮出護照和法國居留證，在旅館人員準備的三張表格上一一簽名，這些國營旅店怪異地保留著官僚和拘泥小節的作風，完全不符合西方遊客想像中的精緻豪華旅店接待規格，它們的風格不是準備迎賓雞尾酒，而是要影印護照，自佛朗哥以來，事情可能沒多大改變，然而，國營旅店確實是精緻旅店，甚至是精緻旅店最完美的典型。西班牙所有還留存的中世紀城堡或文藝復興時代的修道院都改成了國營旅店。這個前瞻性的政策從一九二八年就開始實施，不久之後，佛朗哥一上台更大力推廣，佛朗哥的政治行動或許有值得爭議的地方，但在國際精緻旅遊方面，算是真正的創立者，但他的成果不僅於此，這全球性的精神為稍後正宗的團體旅遊奠基（想想貝尼多姆！想想托雷莫里諾斯！在一九六〇年代，全世界哪有一個旅遊地可與之相比？），弗朗西斯科．佛朗哥其實是個名副其實的旅遊業經理人，世人也將從這個角度重新審視他，瑞士幾個旅館學校都已經開始這麼做，就更廣泛的經濟層面來看，對佛朗哥時代的研究，近期在哈佛和耶魯大學都做出相當引人注意的報告，研究報告中顯示，這位西班牙領袖深知自己國家不但永遠無法追趕上工業革命的列車，甚至可以說是完全錯過，因此大膽地決定跳過這一步，直接投資第三階段：歐洲經濟的第三階段、最後一階程，就是旅遊業與服務業。在新興工業國家中產階級竄起、消費力提高、薪水階級依自己的經濟能力想在歐洲從事經濟旅遊或團體旅遊的同時，佛朗哥的旅遊策略使得西班牙先馳得點。必須說，那時在欽瓊國營旅店看不到一個中國人，排在我們後面的是兩個平凡無奇的英國大學教授夫婦，但是中國旅客將會到來，遲早會到來，這一點我毫不懷疑。唯一該改的是好歹簡化入住時的手續，不管如何尊重佛朗哥在旅遊業上的前瞻性，世事已變，現在不太可能有蘇聯間諜隱匿在一般團體遊客之間吧，來自蘇聯的間諜現在都已經成為普通遊客，帶頭的就是他們的首領普丁。

表格填好了，在旅館一堆資料上畫好押簽好名，當我遞給櫃台人員我的「西班牙國營旅店之友卡」登記積點點數時，不經意看見柚子投過來的嘲諷、甚至鄙視的眼神，我又獲得一次被刺傷的被虐狂滿足，嘿嘿，果然讓她等到了。我拖著我的新秀麗牌行李箱走向我們的房間，她放肆地高仰著頭跟在我身後，把她那兩個 Zadig et Voltaire（或是 Pascal et Blaise，我忘記了）行李留在接待大廳正中央。我假裝什麼都沒看到，一進到房間，就從迷你吧檯拿出一罐克魯茲坎坡啤酒來喝，一邊點起一根菸——我一點都不擔心，依我幾次不同的經驗，我確信西班牙國營旅店的煙霧偵測器大概也是佛朗哥時代遺留下來的，應該是佛朗哥時代末期，沒有人會管它，只是對國際旅遊市場一個遲來且表面上的妥協，主要瞄準幻想中的美國遊客。然而美國人反正從不會遠到歐洲來，更不會來到西班牙國營旅店，歐洲會出現零星美國遊客的地方只有威尼斯，所以現在是歐洲旅遊業者轉而瞄準那些比較粗野、比較新興的國家的時候，對那些國家的人來說，肺癌只是原因未知的罕見疾病。十幾分鐘過去，幾乎什麼事都沒發生，柚子有點坐立難安，檢查手機是不是還收得到訊息，迷你吧檯裡沒有一種飲料配得上她的身分地位：只有啤酒、可口可樂（甚至不是健怡可樂）、礦泉水。她終於以她那種與其說是疑問句不如說是命令句的語氣說：「他們不把行李送過來？」「我不知。」我說完打開第二罐克魯茲坎坡。日本人不會真的氣得臉紅脖子粗，這種心理機制的確存在，但表現出來只是臉色一沉而已，總之我必須承認她吞下了這口氣，她氣得發抖了一分鐘，但還是吞下了，一言不發地轉過身，朝房門走去。幾分鐘後她回來了，拖著行李，而我正喝完手上的啤酒。五分鐘之後，她又帶回另一個旅行袋，我正打開第三罐——開這一路車渴死我了。如同我所預期，她整晚沒跟我說話，這讓我得以專注在菜餚上——西班牙國營旅店發揚光大的不只是建築遺產，從一開始也致力宣揚西班牙地區美食，我覺得他們的餐飲雖然大都稍嫌油膩，但通常相當可口。

第二天過夜，我更上一級，選了名列法國羅萊夏朵高級旅店系列中的布琳多斯城堡酒店，位於距離比亞里茨不遠的安格雷鎮。這一次有迎賓雞尾酒，大批服務生熱情服務，瓷皿擺滿可麗露和馬卡龍點心任我們享用，迷你吧檯裡冰著一瓶慧納香檳等我們，總之，這是在超棒的巴斯克海岸上一間超棒的城堡旅店，一切都應該順利美滿，但是我正穿過閱報廳，廳裡一堆附著小枕頭的深軟扶手椅圍著幾張桌子，上面擺著一疊《費加洛週刊》、《巴斯克海岸》、《浮華世界》雜誌，我突然想到，曾和卡蜜兒來過這家旅店，那是分開之前的那個夏末，是我們共同度過的最後一個夏末。一想到這，便不由自主把她們兩個的態度做比較，我本來可以對柚子回復的一絲絲、暫時的善意立刻煙消雲散（柚子在這比較高檔的氛圍，又開始重振雄風故態復萌，有點像貓又開始滿意地呼嚕叫，她已經把幾套衣服攤在床上，當然是準備晚餐時讓人眼睛一亮）。卡蜜兒那時瞠目結舌地穿過接待大廳，鼻子朝天仰望牆上畫框裡的油畫、古老木梁的牆壁、精緻細工的吊燈。我們一進房間，她面對雪白的特大雙人床感動萬分，怯怯地坐在床邊試試床墊的彈性和柔軟度。我們的標準套房面對湖水，她立刻要拍下我們的合照，我打開迷你吧檯，問她想不想來杯香檳，她全然幸福地歡呼道：「喔，想想想！……」她每分每秒享受的這種高階中產階級小確幸，和我的情形並不一樣，我之前已經住過這種檔級的旅店，以前和我父母去梅里貝爾滑雪地途中，住的是索恩—羅亞爾省的狄格城堡酒店，或是社納斯昂伯朗鎮的德克萊爾風丹酒店，我屬於高階中產階級，而她則出身非常中產的中產家庭，老實說還因為經濟危機更往貧窮的中產階級滑落。

等待晚餐的時候，我甚至提不起勁去湖邊散步，光是這個念頭都讓我厭惡，好像褻瀆了回憶似的，我心不甘情不願地套上外套（還是先把一瓶香檳喝光了），前往旅館的餐廳，這間只是米其林一星餐廳，主廚約翰・阿爾岡的《約翰的市場菜單》以創新手法重溫巴斯克地區當地特產。這些餐廳其實本來還可以忍受，若不是那些服務生最近都採用半美食半文學的調調，誇張膨風地朗誦出每一道菜（連餐前小點心都不放過）的成分，一邊窺伺客人同等級的回應，或至少表示關注，我想目的就是想把這頓飯變成一個賓主盡歡的經驗，可惜光是他們做作地從美食字彙中翻出來的那句「好好品嘗！」就足以讓我倒盡胃口。

自從上次我和卡蜜兒一同來過之後，還有一個更令人遺憾的新措施，就是房間裡都裝置了煙霧偵測器。我一進房間就看到了，同時也目測挑高天花板的高度——至少三公尺，或許四公尺——不可能拆解。我猶豫了一、兩個鐘頭，後來在櫃子裡發現幾條備用的毛毯，就鋪在陽台上準備在陽台睡，幸好夜晚氣溫和暖，比上次到斯德哥爾摩參加毛豬養殖會議時遇到的情況好多了。一個裝糕點的瓷皿充當菸灰缸，只要明天早上洗乾淨、把菸頭藏在繡球花花盆裡就沒事了。

第三天的旅程真是漫無止境，A10號高速公路幾乎一整趟都在施工，波爾多交流道出口回堵了兩個鐘頭。我在一種深沉絕望的狀態中抵達尼奧爾，這是我所見過最醜陋的城市之一。柚子看到我們今天過夜處居然是美居馬萊波特溫旅館，無法壓抑地露出驚愕的表情。我為什麼要這樣羞辱她呢？更何況，這個羞辱連回報都沒有，因為櫃台人員帶著明顯幸災樂禍的表情告訴我，旅館新進「因應客人要求」實行百分之百全面禁菸——是的，是真的，她知道網站上還沒改正標示。

次日下午，這是我這一生第一次看見巴黎郊區的牆垛出現在眼前時感到大鬆一口氣。年輕的時候，每個星期日我離開童年時期養尊處優的桑利斯市，回到巴黎市中心念書，一路穿過維梨耶、薩爾塞勒、塞納河畔皮埃特鎮、聖德尼，當我看見四周人口密度增加和高樓聳立，公車上交談內容愈來愈暴力尖銳，危險性也顯然升高，每一次都讓我清楚覺得自己已重回地獄，一個人類依自己方便建造出的地獄。現在不一樣了，我這沒有多了不起但還算中規中矩的社會歷程，讓我能夠——我希望能夠永遠——避免和這些危險的階層有任何實質的、甚至目光的接觸，我現在身處自己的地獄中，這是依我自己方便建造出的地獄。

*

我們住在「圖騰大樓」第二十九樓一個寬敞的三房公寓，大樓是蜂房狀水泥和玻璃帷幕建築，架在四個巨大的水泥柱上，看起來像那種樣子醜陋但據說很可口的羊肚菌香菇。圖騰大樓位於博格爾內勒區中央，正對著天鵝島。我討厭這棟大樓，也討厭博格爾內勒這一區，但是柚子超喜歡這朵巨大的水泥羊肚菌香菇，她「立刻愛上了它」，這是她對我們所有來客所宣稱的，至少在早期的時候，或許她現在還是這麼說，但我已經很長一段時間拒絕和柚子邀來的客人見面，客人一到我就關在房間裡，整個晚上都不踏出一步。

我們分房睡已經好幾個月了，我把「夫妻套房」讓出來（所謂的夫妻套房，就是一個房間附上穿衣室和浴室，這個解釋是為了顧及低下階層讀者），自己去睡「客房」，使用旁邊連接的一間小衛浴，小衛浴對我來說綽綽有餘：只要能刷個牙、沖個澡就行。

我們的情侶關係已到末期，無法挽回，而且最好不要挽回，然而，必須承認我們住的地方擁有「絕佳視野」。客廳和夫妻套房都面對塞納河，視野穿越十六區，可看到布隆森林、聖克盧公園，以及更遠；天氣晴朗時，還依稀可見凡爾賽宮。從我房間呢，看出去直接對著「諾富特連鎖旅館」，相隔不到兩百公尺，再遠處是大半個巴黎的街景，但我對這街景毫無興趣，窗子的兩層窗簾永遠是拉上的，不只因為我討厭博格爾內勒區，我也討厭巴黎，這個被滿腦子環保概念毒化的中產階級城市令我厭惡。我或許也是個中產階級，但沒有環保概念，開柴油四輪傳動車——或許我生命中沒幹什麼好事，但至少為毀滅地球盡了一己之力——而且專門搗亂大樓管理委員會執行的垃圾回收系統，把空酒瓶丟到包裝紙類的桶子裡，把會分解的垃圾丟到專收玻璃瓶桶子裡。我對自己這種缺乏文明的舉動感到小小的自豪，也是對高得誇張的房租和管理雜費一個低級的報復——付了房租、管理費、柚子向我要求的「家用費」（基本上就是叫壽司外賣）之後，我的薪水就不多不少去了百分之九十，總的來說，我成年之後就是慢慢吃盡父親的遺產，父親實在不值，現在是真的該把這些狗屁倒灶結束的時候了。

我和柚子認識以來，她一直在位於布朗利河岸的「日本文化會館」工作，距離我們的公寓只有五百公尺，但是她還是要騎腳踏車去，騎著她那輛蠢兮兮的荷蘭腳踏車，然後得塞進電梯，停放在客廳裡。我猜想是她父母靠關係幫她搶到這個閒差。我不清楚她父母是幹什麼的，但無庸置疑很有錢（富有父母的獨生女就會養成像柚子這種人，不管在哪個國家，不管在哪種文化），可能不是超級有錢，我不認為她父親是索尼或是豐田的總裁，應該是個公務員，高階公務員。

她跟我解釋說，她的職務是致力於文化活動規畫的「年輕化與現代化」。這實在有必要：我第一次去柚子工作場所看她時，拿起活動表一看，真讓人悶得要死：摺紙藝術、花道、篆刻學習班，紙芝居和日本鼓樂表演，圍棋或茶道（里千家流、表千家流）演講，少數請來的日本專家都是老到快稱不上活著的「在世國寶」，大部分至少高齡九十，歸類為「瀕死的國寶」還比較適合。總之，她只要舉辦一、兩次日本漫畫展覽、一、兩次色情流行嘉年華，就可以交差，**it was quite an easy job**。

六個月之前去看了天野大吉展覽之後，我就拒絕再去參觀柚子籌畫的展覽。天野大吉是位攝影師、錄像藝術家，作品展示裸女身上覆蓋著各種噁心動物的圖像，像是鰻魚、章魚、蟑螂、環節動物……在一支錄影帶上，一個日本女人被一隻從馬桶裡爬出來的章魚腳上吸盤拉住，我還從未看過這麼噁心的東西。不幸的是，按照習慣，我看展覽前都先吃點心吃到飽再看，兩分鐘之後，我衝到文化會館廁所裡，嘔吐出米飯和生魚片。

每次一到週末，就是個折磨，否則，一整週都幾乎可以不看到柚子。我出門去農業部上班的時候，她根本還沒醒——她很少中午之前起床。當我晚上七點下班回到家，她幾乎從不在家。想也知道不是工作絆著她到這麼晚。不過這也正常，她才二十六歲，我大她二十歲，隨著年紀成熟對社交活動的熱中度也降低，其實最後想想，這樣問題也解決了。何況我在房間裡加裝了一個SFR電信公司的網路電視盒，可以接收各個體育頻道，觀賞法國、英國、德國、西班牙、義大利國家足球賽，這代表很多個鐘頭的娛樂——如果巴斯卡的時代有SFR的網路電視盒，他對消遣的說法很可能不同[11]——而且這和其他電信公司的網路盒價錢完全一樣，SFR沒強調這一點，針對他們精彩的體育頻道大做廣告實在奇怪，不過隔行如隔山，我當然不懂。

以大眾道德的眼光來看，我比較想批評柚子的一點，是她滿常去——這點我相當確定——參加「性愛趴」。在我們剛開始交往初期，我曾陪她去過一次。那是在位於西堤島貝郡堤道上一棟豪宅裡舉辦的。我甚至不知道像這種豪宅市值多少，可能要兩千萬歐元吧，總之我還沒見過這麼豪奢的宅邸。參加的人有百來個，比例差不多兩個男的配一個女的，整體來說，男士的年齡比女士輕，社會地位也明顯比較低，大部分甚至一身「郊區小混混調調」，應該是花錢雇來的，不過也難說，對男人來說，不必花錢就能白做愛已經很爽，何況三個接連的宴客大廳裡還擺滿香檳和小點心，整個晚上我就是在這三個廳裡度過。

在這三個廳裡，完全沒有上演性畫面，但是女士們穿著極端性感，一對對或一群群男女不時朝向通往樓上房間或通往地下室的樓梯走去，讓人一眼就看出聚會的調性。

差不多一個鐘頭之後，很明顯我完全不想去探究點心吧檯之外所有交織、交換的是什麼，柚子叫了Uber回家。回家路上她完全沒埋怨我什麼，但也沒顯出任何後悔、羞恥的跡象；事實上，她之後再也未曾暗示性地提到這次聚會，甚至連提都沒再提過。

她這種三緘其口更落實我的猜測：她並沒有從此放棄這種消遣。有一天晚上我想真正搞清楚狀況，那場景真是荒謬，她隨時都可能回來，而偷偷查看伴侶的電腦實在是很遜，但是想弄清楚的欲望是很弔詭的一件事，「欲望」這字眼或許有些太過強烈，應該歸因於那天晚上的球賽都不精彩。

---

11 巴斯卡（Blaise Pascal, 1623-1662），法國科學家、哲學家。巴斯卡認為人類所有的消遣都是讓人分心、躲閃人性重要議題的行為。

以收信檔案大小來篩選，很輕易可以篩出十幾個附影像的檔案。第一個看到的檔案，我的伴侶置身於一場典型的多男一女雜交性轟趴之中：她和十幾個男人在一起，他們不疾不徐地等著她幫他們打手槍、口交，戴著保險套輪番插她的陰道和屁眼，在場沒有人說任何一句話。她一度嘗試把兩根陰莖同時含到嘴裡，但不太做得到。接下來，在場男士輪番射精在她臉上，她的臉漸漸被精液覆蓋，然後她閉上眼睛。

這一切都很好，我是說自己並沒有太過度驚訝，但其中有件令我更如鯁在喉的事：我立刻認出四周熟悉的擺設，這個錄影帶是在我的公寓裡錄下的，更準確地說，是在夫妻套房裡，而這一點，讓我有點不爽。她應該是趁我經常去布魯塞爾出差那陣子拍攝的，而我不再去布魯塞爾出差已經一年多了，算算時間，那應該是我們交往的初期，因此，在我們還做愛、甚至常常做愛的那個時期——那是我這一生做最多愛的時期，無論什麼時候做愛她幾乎都欣然歡迎，所以我還以為她愛我，這大概是個錯誤的分析；不過既然很多男人都會犯這種錯誤，也或許這不算是個錯誤分析，而是大部分女人都是這樣運作（套句坊間流行心理學書所用的術語），這內建在她們的程式裡（套句眾議院公眾電台上的政治辯論所用的術語），柚子很可能是個特例。

她真是個特例，第二個錄影帶更加證實這一點。這一次不是在我家拍的，也不是在西堤島上的豪宅。西堤島豪宅的家具高尚、簡約、黑與白，錄影帶裡面卻是豪華、富裕、花不啷鐺，讓人想到福煦大道上一個有錢婦產科醫生或知名電視主持人的住宅。無論如何，柚子在一張鄂圖曼復古沙發長椅上自慰，然後滑到地上的波斯圖案地毯上，此時一隻盛年的杜賓犬以該犬種勇猛的氣勢將陽具插入她的陰道裡。之後，攝影機轉了方向，杜賓狗還在賣力當中（狗一般很快就射精，但是女人陰道可能和母狗陰道大大不同，讓牠不知所措），柚子一邊用手逗弄一隻牛頭㹴的生殖器，然後含到嘴裡。牛頭㹴想必年紀較輕，不到一分鐘就射精，再來由一隻拳師狗上陣。

這一場多狗一女雜交迷你性轟趴之後，我不再看了，覺得噁心，尤其替狗覺得噁心，同時，我也無法對自己說謊，對一個日本女人來說（以我對這個民族所觀察到的心態），和一個西方人上床，幾乎和一隻動物苟合差不多。走出夫妻套房之前，我把錄影拷貝到一個隨身碟。影像裡柚子的臉清晰可辨，我開始勾勒一個新的解放自由計畫的藍圖，內容僅僅是（好點子通常是最簡單的）把她整個丟到窗外就好。

實際實踐起來也毫無困難。先灌她酒，藉口說這酒品質令人驚豔，是孚日區一個栽種黃香李的當地小農送的禮物，她很信這套，就這點來說，她還停留在遊客階段。日本人，更廣泛說是亞洲人，乙醛脫氫酶的功能都不佳，難以把乙醇轉換成醋酸，因此酒量都很差。不到五分鐘她就會酒醉昏沉，這我已經有經驗；那時我只需打開窗戶，把她身體拖過來，她的體重不到五十公斤（和她的行李差不多重），我輕易就能把她拖到窗邊，二十九樓穩死無疑。

當然也可以試著製造一個歸咎於酒醉的意外，還滿天衣無縫的，但是我對我們國家的警察有絕大的、或許過於誇張的信心，所以最初的計畫比較傾向認罪：我認為手上握有的錄影帶，一定能幫我減輕罪刑。一八一〇年制定的刑法典裡[12]，第三二四條明文規定：「夫妻關係中一方謀殺另一方，必須接受刑責……然而，在三三六條規定的通姦情況下，丈夫在自家若撞見現行犯罪，殺了淫婦與姦夫可考慮免除刑責。」意思就是說，若我帶把衝鋒槍在柚子的性愛轟趴上掃射，在拿破崙時代，輕鬆就可免除刑責。但是我們已不是拿破崙時代，甚至也不再是《義大利式離婚》[13]的年代，我上網快速查了一下，夫妻因感情糾紛發生兇殺，平均判十七年牢獄，某些女權主義者甚至還想更進一步，要求刑法中訂立「殺害女人罪」（féminicide），以便更加重施害者刑期；我覺得這個字還滿好玩的，讓人想到「殺蟲劑」（insecticide）或是「殺鼠藥」（raticide）。終究，十七年，我覺得太長了。

但是，我想了一想，在牢裡或許也沒那麼糟，不必和任何政府機構打交道，健康醫療方面也受到照顧，主要討厭的是老會被其他獄友毆打或是性虐；不過再思考一下，好像是戀童癖受刑人尤其會被其他獄友羞辱、插肛門，要不然就是長得帥帥、屁股翹翹像天使的年輕受刑人，還有那些高級生活圈中因為吸一管毒粉而入獄的心智脆弱小痞子。我呢，我身材魁梧、矮壯，還有點酒精中毒，老實說是獄中很平常的那種類型。《羞辱與性虐》是個不錯的小說名字，杜斯妥也夫斯基的窩囊廢版[14]，而且我記得他描寫過獄中生活，可以移花接木一下，這還需要查證看看。必須很快做個決定，我是覺得一個為了「保全尊嚴」而殺了妻子的男人，應該多多少少得到獄友的尊重，這是我對監獄生活淺薄的見解得出來的結論。

另一方面來說，牢獄外的自由生活還是有我喜歡的事，譬如說到「G20超市」溜達一下，那裡有十四種不同口味的鷹嘴豆泥讓人選購；譬如說去森林散個步，小時候我很喜歡到森林裡散步，應該多去走走才對，我和兒時實在太不接軌了；總之，蹲在監獄太長一段時間或許不是最好

---

12 一八一〇年開始施行的刑法典，是拿破崙五大法典之一，於一九九四年被新的刑法典取代，此法條也經修改。

13 《義大利式離婚》（*Divorce à l'italienne*）是一部一九六一年義大利荒謬喜劇電影，內容描述六〇年代義大利不准離婚，主角對妻子沒有了愛，因此拚命製造妻子出軌機會，以便有機會將姦夫淫婦殺掉，果真如他所願，殺了妻子，只被判了一年半刑期。

14 對照杜斯妥也夫斯基的《罪與罰》。

的解決辦法，我想最後是鷹嘴豆泥這個因素讓我下了決定——當然，我說的是排除了謀殺的道德層面考量之後。

＊

說來也夠怪異，我是在收看「眾議院公眾電台」的時候——隨便轉隨便看的電視台，一點都沒想到會看到這種節目——才找到解決方法。我看到的那個紀錄影片叫作《自發性失蹤人口》，描述突然有一天決定和家人、朋友、工作脫鉤，毫無徵兆就消失無蹤的那些人各自不同的歷程：某個傢伙突然在某個週一早上上班途中，把車子停在某個車站的停車場上，跳上第一班駛來的火車，任它載往隨便一個目的地；另一個傢伙某天晚上聚會完後，沒回家，而入住遇到的第一家旅館，接著遊蕩好幾個月，在巴黎市住宿各個旅館，每個星期換個地方。

那些人的數量之多令人咂舌：在法國，每年有超過一萬兩千人選擇消失，拋棄家庭，重新過另一種人生，有的遠走天涯海角，有的留在同一座城市。我瞠目結舌，整個晚上黏在網上想多知道一些這類訊息，愈發相信找到我自己的路了：我也要做一個自發性失蹤人口，而且我的情況特別簡單，不必逃離妻子、家庭，或一個多多少少建構出的社會群體，我只需逃離一個外在結構，任何人都沒有權利追著我不放。網路上所有文章都強調一點，也是紀錄片中強調的重點：在法國，任何一個成年人都享有「來去」的行動自由，拋棄家庭並不構成犯罪。應該把這個句子放大字體刻在所有公共建築物上：拋棄家庭，在法國，並不構成犯罪。他們一直強調這一點，舉出一堆令人驚訝的例證，例如：一個被舉報為失蹤人口的人受到警察或憲兵盤檢時，未經本人同意，警察和憲兵禁止透露他新的地址；在二〇一三年，警方也取消了受家庭要求而尋人的做法。在我們這個國家，個人自由一年比一年受侷限的趨勢之下，立法還維持這一點，實在令人驚訝。依我來看，這一點是最基本的權利，甚至比哲學上來說莫衷一是的自殺權更基本。

我一夜沒睡，天一亮就開始籌畫準備。雖然腦中沒有清晰的目的地，但覺得我往後的路應該會朝向鄉村地區走，所以選擇了「農業銀行」。開戶手續立刻辦好，但要等一個禮拜才能連上網銀和拿支票簿。關掉本來在「法國巴黎銀行」的戶頭花了十五分鐘，戶頭裡的餘額會立刻轉到我的新戶頭裡。自動扣款（汽車保險、加買補充險）改住址也只需傳幾個電子郵件就解決。公寓退租費時比較長，我編了個天花亂墜的理由，說換了新工作，要到阿根廷門多薩地區一個超大葡萄酒產地上任，仲介公司上上下下都覺得這太棒了，只要說到離開法國，所有法國人都會覺得太棒了，這是法國人的特性，就算是去格陵蘭，他們也會覺得太棒了，遑論阿根廷了。如果我說要去巴西，仲介公司裡那位客服女經理恐怕會在地上打滾。我要提前兩個月通知退租，這兩個月房租自動轉帳，退租時的房屋狀況檢查我勢必無法到場，但不到場也沒多大關係。

接下來處理工作的問題。我是農業部的合約雇員，每年八月更新下年度合約。我的主任對我在假期當中打電話給他顯得很訝異，但立刻和我約好當天見面。對這位和農業範疇多少有接觸的主任，謊言要編得像樣點，就算是原來編的衍生版，也必須細膩一點。我編說找到在阿根廷大使館「農業外銷」顧問的職務。「啊，阿根廷……」他沉著臉說。近幾年來阿根廷各方面農產品外銷爆炸性增長，而且趨勢還在上揚，專家估計這個擁有四千四百萬人口國家的農業生產量，長期來看足以養活六億人口，阿根廷新上任的政府很清楚這一點，佐以壓低比索幣值的策略，那些王八蛋很快會讓阿根廷農產品攻陷整個歐洲大陸，更何況，他們根本沒有什麼法令限制基因改造，這也就是說，我們實在沒戲唱了。「他們的肉類倒是真的美味……」我用息事寧人的口吻回應。「如果只是肉也就罷了……」他臉色愈來愈晦暗地回答：「穀類、黃豆、向日葵、糖、花生、所有水果生產，當然還有肉類、甚至牛奶：這是阿根廷所有能打垮歐洲的農業範疇，而且時間會很快。總之，您是去投靠敵營……」他開玩笑地下結論，但語氣裡帶著真正的苦澀。我則謹慎維持沉默。「您是我們最頂尖的專家之一，我猜想他們給您的酬勞一定相當豐厚……」他的語調讓我擔心這次會面很快會變調，所以也決定不回答這一句，只扮了一個承認、遺憾、將心比心、卑微的鬼臉——總之，一個高難度的鬼臉。

「好吧……」他手指敲著桌面。現在我正在假期當中，假期結束也就是我今年合約到期時，所以技術上來說，我放完假不回來上班就行了。當然，他會有點困擾，有點措手不及，但這應該也不是他第一次遇到。農業部在能力範圍之內，付給能力佳、行動力夠的合約雇員的薪水算是相當高，比該部所有的公務員都高；但是當然比不上私人企業，甚至比不上外國使館給的薪水。只要某個使館真正想獵取人才，編列的預算幾乎無上限。我記得一個和我同期的同學被美國大使館高薪延攬三級跳，結果他負責的任務根本全盤失敗，加州的葡萄酒在法國攻不下市場，美國中西部的牛肉也難以吸引消費者；反觀阿根廷牛肉卻愈來愈走俏，誰能知道原因呢？消費者是衝動的動物，比牛衝動多了，一些行銷顧問曾經歸納出一個可信度相當高的原因：西部牛仔的形象已經被炒爛了，現在大家都知道美國中西部是一整片面目模糊的荒野，林立著一家又一家肉品工廠，每天要提供那麼多漢堡，不這麼幹又能如何？要實際一點，牛仔拉著牛馬套索早就已經不切實際。然而，南美洲潘帕斯草原上的高丘人（是因為拉丁美洲巫術起了作用嗎？）依舊令歐洲消費者心嚮往之，想像著一望無際的大草原，俊美的牛馬在潘帕斯草原上自由奔馳（牛隻會奔馳嗎？這點要再確認），總之，阿根廷牛肉的前途一片光明。

前主任在我走出他辦公室時，好歹和我握了握手，還鼓起最後一絲勇氣祝福我在新的事業生涯一切順利。

收拾辦公桌打包走人花不到十分鐘。現在將近下午四點鐘，不到一天的時間，我已經重新規畫了我的人生。

我沒多大問題就把過去社會生活的痕跡抹乾淨。老實說，有了網路，事情變得比較簡單，舉凡帳單、報稅，或其他行政手續，現在都可在網路上解決，實際住址已經沒用，只要有網址就能搞定一切。但再怎麼說，我還是一個實體，這個實際的身體有某些需要，其實，在我脫逃的計畫中，最困難的是在巴黎找到一家接受抽菸住客的旅館。我打了一百多通電話，每一次都必須忍受接線生對我的高度蔑視，充滿惡意的滿足，用藏不住的喜悅跟我重複：「不，先生，不可能，本旅館全面禁菸，感謝您的來電。」總之，我花了整整兩天找尋，直到第三天清晨，我已經嚴肅考慮露宿街頭的時候（一個戶頭裡有七十萬歐元的流浪漢，這相當特別，甚至勁爆），突然想到那家美居馬萊波特溫旅館，不久之前還允許抽菸，或許可以試試看。

沒錯，上網查看了幾個鐘頭之後，我得知巴黎所有的美居連鎖旅館都採取全面禁菸的政策，但還是有例外。這種特例其實不是因為加盟店有自己的做法，而是來自下屬不屑於遵守上級規定，也就是某種不服從，是一種個人道德的反叛，這種精神在第二次世界大戰結束之後許多存在主義戲劇中多有著墨。

旅館位於十三區的侯薩麗修女大道，靠近義大利廣場，我不知道這條大道，也不認識這位修女，但是義大利廣場挺好，離博格爾內勒區夠遠，我不會在路上巧遇柚子，她的行動範圍不超過瑪黑區和聖傑曼區，頂多再加上她會去十六區或十七區那一半富人區[15]參加性愛趴，她的活動路線就是這樣了；我在義大利廣場就像在鄉下的沃蘇勒或是羅莫朗坦一樣，安全無虞。

---

15 巴黎十六和十七區有一半是富人區，另一半靠近外圍環道區則不是有錢人住的地方。

＊

我決定八月一日出發。七月三十一日晚上在客廳待著，等柚子回來。我忖度她要多長時間才會意識到現狀，意識到我是真的離開、不會再回來了。無論如何，她是否能繼續待在法國，直接取決於我已經要求兩個月之後退租的那間公寓。我不知道她在日本文化會館的薪水到底是多少，但絕對不夠付房租，我也不覺得她會屈就去租一間低矮小套房，光這樣她就得割捨她四分之三的衣服和化妝保養品，夫妻套房附帶的穿衣間和浴室雖然大，但她把每個衣櫃每個角落都塞得滿滿，維持她光鮮亮麗女人姿態所不可或缺的行頭數量大到驚人，或許女人自己不知道，這點讓男人很不爽、甚至很厭惡，覺得自己得到的是一個假貨，必須用盡人工手段才能維持鮮麗，這些人工手段很快會讓人覺得不符合道德（儘管最大男人的男人也會對女人所謂的小缺點睜一隻眼閉一隻眼），尤其她花在浴室裡的時間長得令人無法置信，幾次一起度假時我得以見識：早上梳妝（接近中午時刻）、下午稍微補妝、晚上沒完沒了、時間長得讓人絕望的泡澡保養儀式（有次她告訴我，自己使用十八種不同保養霜和滋潤液），我算了算，她每天要花六個鐘頭保養化妝。而讓人更不高興的是，並非所有女人都這樣，有相反的例子。我一想到埃爾阿爾基安那個栗色頭髮女子、想到她那小小的行李，心裡湧上一陣椎心的悲傷，有些女人讓人感覺比較自然，能比較自然地和周遭世界相合，有時甚至能假裝漠視自己的美麗，這當然是一種狡猾，只是做做樣子，但給人感受就不同；像卡蜜兒待在我們浴室的時間一天頂多半個鐘頭，我確信埃爾阿爾基安那個栗色頭髮女子也是這樣。

付不起房租，柚子只好捲鋪蓋回日本，除非她決定賣淫維生，賣淫她當然有相當的條件，性技巧高超，尤其是最關鍵的口交部分，專心致志舔陽具的同時，必定也招呼到睪丸，她唯一的缺陷就是嘴太小，喉嚨不夠深。但依我所見，深喉嚨只是少數人的怪癖偏好，如果希望屌被肉全部包住，陰道不就很好嗎？陰道的作用不就如此？嘴巴的長處是在舌頭，若嘴裡的空間整個被占住直到喉嚨，這個長處就被磨滅了，舌頭會因此完全無法靈活運動。算了，別爭辯這個了。不過柚子打手槍的技術也沒話說，而且在任何情況下，她都很樂意（我多少次飛機行程被她的打手槍增添了色彩！），何況，她在插屁眼這個範疇實在出類拔萃，而且每次都欣然奉上，她的屁股歡迎光臨，插入也毫無窒礙，都開心迎合。然而，在應召圈，插後門都是要另外加價的，其實她敞開後門，可以比普通的應召女郎要價高很多。我粗估一下她的價位大約是七百歐元一個鐘頭，五千歐元一夜：一身高貴行頭、有限但差強人意的文化水平，足以讓她成為一個稱職的應召女，可以帶出去參加晚宴，甚至重要的商業交際晚宴，更遑論她負責藝術界的職務，足以提供茶餘飯後的話題，我們都知道，商界非常喜歡藝術話題，其實我某些同事也懷疑我就是為了這個原因才和柚子在一起；反正日本女人本身就有點格調，我也不必假謙虛，她是一個真正有格調的日本女人，我知道大家都因為這點崇拜我，但是我可以證實，相信我，我人生活到這裡，完全不想再扯謊了，我當初喜歡上柚子，不是因為她具有「高級應召女」的條件，而是她像一般婊子的實力。

不過我一點也不相信柚子會去賣淫。我和很多妓女打過交道，有時候是自己找，有時候是和女伴一起找，柚子缺少這個美妙職業裡最基本的一個條件：慷慨給予。妓女不會選擇恩客，這是職業原則、是信條，她讓所有人獲得愉悅，一視同仁，正是這一點造就她的偉大。

柚子當然可以身處淫蕩轟趴的中心，但這是一種特殊的情況，一堆屌任憑使用，讓女人沉醉在一種自戀的狀態，最刺激的當然是一堆高舉的屌圍在自己身邊等著輪番上陣，這一點讓我想到凱薩琳．米雷[16]出版的書。除去淫蕩趴之外，柚子對情夫精挑細選，我遇過其中幾個，大都是藝術家（但不是壯志未酬的潦倒藝術家，而是相反），有時是掌握文化活動的決策者，總之是年輕、長得帥、高雅、富有的人，在巴黎這種人不算少數，符合這樣電腦合成人像的男人不下數萬個，我大約說個數目，就定為一萬五千人好了，柚子的情夫是沒那麼多，但無疑有好幾百，我們交往期間也有好幾十個。總之，她可說在法國如魚得水，但現在結束了，派對結束了。

我們交往的這段時間，她沒回過日本，也從沒計畫過回日本，我聽過她好幾次打電話給她父母，覺得她語氣制式又冷淡，對話非常簡短，至少不能責備她國際電話花費太多。我懷疑（倒不是她對我直接說，而是在我們交往初期請朋友來家裡晚餐時透露出的消息，那時我們還期待有共同的朋友，一起融入一個高尚、熱情、菁英的社交圈子，消息之所以會透露，是因為幾個她認為屬於和自己同一階層的女性朋友——時尚設計師或發掘新秀者之類的——也在座，激發起她透露心裡話的衝動）——我懷疑她父母在他們那朦朧的日本國，已經幫她物色好結婚人選，計畫甚至已經非常確切（好像鎖定了兩個人選，或許甚至只有一個），她一旦回到他們掌控之下，極其困難、幾乎不可能逃過這個命運，除非搞一個Kanjei，鬧出一個hiroku（可能是我亂編的字，是從電話上她講的音拼湊出來的），總之，她只要踏上東京成田國際機場，命運就定了。

16 凱薩琳．米雷（Catherine Millet, 1948-）是法國當代深具影響力的藝術評論家，曾出版數本大膽揭露自己性愛的情色書籍。

人生就是這樣。

走筆至此，我或許要對愛情做一點澄清，這澄清主要是針對女性做的，因為女人對男人的愛情有太多錯誤的理解，對男人表現出的態度和舉止經常覺得困惑驚惶，乃至於有時做出離譜的結論，說男人沒有能力去愛，她們絕少察覺到，男人和女人對愛這個字眼的內容賦予完全不同的意涵。

對女人來說，愛是一種強大的力量，一種爆發的、天翻地覆的力量。女人身上表現的愛是自然界能看到最巨大的自然現象，必須戒慎恐懼，這是和地震、氣候極端翻轉同樣格局的創造力道，它會建造出另一個生物系統、另一個生態環境、另一個宇宙。女人藉由愛情打造出一個新世界。每個孤獨的小個體在不穩定的生存之中載浮載沉，女人卻創造出一對伴侶、一個在情感上的社會單位，和新基因的存在條件，主要就是要磨滅個體先天存在的一切痕跡，這個新的單位本身就是完美的存在，如同我們在柏拉圖思想中看到的，儘管這個單位有時可能會因為家庭而複雜化，但——和叔本華的思想[17]相反——這幾乎只是個不重要的細節。女人全然奉獻於這個任務，至死方休，如同人們所言，她是身體和靈魂都投入，何況她認為身體和靈魂是合一的，將身體和靈魂分開僅是男人無聊的吹毛求疵。其實這也不能說是任務，因為這是生存本能的純然表現，女人為此犧牲生命也在所不惜。

男人呢，一開始會比較保留，他讚佩也尊重這種感情上的爆發，但不全然明瞭，覺得搞得天翻地覆有點怪異。但他會慢慢改變，慢慢捲入女人創造出的熱情和愉悅的漩渦，更準確地說，他感激女人的意志，無條件且純然的意志，所以他了解——儘管喜歡陰道經常被插入、最好天天被插是女人的嚴格要求，因為這是一般情況下愛情的表現——這個意志本身是出於絕對的善意。因此，作為男性存在核心的陽具身分改變了，它也負起表現愛情的一個角色，因為男人沒有其他方法能夠表現愛；經過這怪異的迂迴，陽具本身變成女人的目標，一個在使用方法上絕不容縮減的目標。漸漸地，男人被女人給予的巨大愉悅改造了，他感激且讚嘆，他對世界的觀點也改變了，出乎自己預料地進入了康德式的尊重範疇[18]，而且也慢慢地對世界有不一樣的看法，認為一個沒

17　叔本華（Arthur Schopenhauer, 1788-1860）是德國哲學家，在〈論女人〉一文中提出女人基本上只為種族的繁衍而活，並以此為全部事業，所以他們更關注種族而不是個體。

18　康德（Immanuel Kant, 1724-1804），德國哲學家，現代哲學的主要人物。康德反對功利主義，認為道德並不是為了幸福最大化或其他任何目的，其中尊重包含了對道德法則的尊重，以及對他人的尊重。在這個道德規範下，處世時，他人與自我應該一視同仁，屏除利己之心。

有女人（更精準地說，那個給予他如此多愉悅的女人）的世界真正地無法生活，人生真像是一則諷刺漫畫；到了這個時候，男人才真正開始去愛。因此，男人的愛是一個結果、完成，而不像女人的愛是個開始、萌芽。這一點是必須重視的。

在某些敏感、深具想像力的男人身上，也可能在第一時間就滋生出愛情，雖然罕見，但這種一見鍾情也絕非僅限於傳說，但那是出於這個男人高超的先知先覺，已經預先想像到那個女人在漫漫歲月中（如同大家所說，只有死亡才能將兩人分開）將會讓他得到的愉悅，男人已經預見到美好的結局（又是「已經」，就像海德格在心情好的時候會用的字眼[19]），這是一種無限性，而我就曾在卡蜜兒的眼神中看到過這種兩情相悅的輝煌的無限性（我稍後會談到卡蜜兒），也曾經比較出人意料地在和埃爾阿爾基安那個栗色頭髮女子太過短暫的眼神交換中看見過（比起卡蜜兒來，強度比較弱，但也必須正視，我已經又老了十歲，我們相遇時「性」已經從我生活中完全消失，「性」已經沒了位子，我已經屈服，已經不能算是真正的男人了），啊，無止境折磨著我的埃爾阿爾基安栗色頭髮女子，是我生命路途上最後一個、或許也是最後僅有的一絲幸福的可能性。

我對柚子從未有過這種感覺，她是慢慢把我收服的，況且她用的手段是次級的，攙雜著我們一般所說的變態，尤其是她的放蕩下流，以她無論何時何地都可以替我打手槍的手段（以及她自己自慰），除了這一點，我實在想不出原因。我見識過比她的更美妙的陰道，她的陰道有點難搞，皮膚皺褶太多（從某些角度來看，甚至可以說有點鬆弛，雖然她年紀還輕），回想起來，她最棒的是屁眼，隨時準備奉上，看起來很緊，其實非常好操作，我每次都面臨三洞齊開的選擇，有多少女人有這樣的條件？沒有這樣條件的女人，又怎能把她當女人看呢？

大家或許會批評我對性賦予太大的重要性；我不這麼認為。儘管我知道在人一生的過程中，其他的愉悅會漸漸取代性愉悅，但「性」依舊是個人以身體器官直接投入的唯一時刻，性行為這個強烈的管道，依然是愛情結合必需的管道，缺它不可，其他一切通常是接下來慢慢產生的。還有另一個層面，那就是發生性行為終究是個危險的時刻，是我們對整個人類群體的重要時刻。我說的倒不是針對愛滋病——其實死亡的危險也能為性添加興奮劑——而是受孕的危險，這是更嚴重的危險。依我來說，從事性行為時能不戴保險套，我就拒絕保險套。老實說，不戴保險套已經

19 海德格（Martin Heidegger, 1889-1976），德國哲學家。他認為人想要理性認識一個對象之前，必須知道它已經存在於我們的「前有」之中，已經和我們的世界發生關聯。我們對它必須存有某種「前見」，才能對它進行認識。

成為我性欲的一個必需條件，害怕受孕占據性欲之中很大的一環，而且我知道如果西方文明不幸地真的把性行為和孕育下一代分開的話（的確有一些科學計畫正在進行），扼殺的不只是繁衍，也扼殺了性，並且一舉扼殺了西方文明。這一點，堅守正統身分的天主教徒早已看出——儘管他們的論述充滿光怪陸離的道德倫理，例如：他們也譴責像三P、雞姦這樣無辜的行為。我邊等柚子邊灌下一杯杯白蘭地，害我說得愈來愈離題——何況，柚子不是天主教徒，更非正統身分的天主教徒。已經晚上十點了，我總不能這樣耗掉一整夜吧，連和她見一面都不見就走還是有點不妥，我做了一個鮪魚三明治繼續等，白蘭地喝完了，但還剩下一瓶蘋果燒酒。

藉著蘋果燒酒，我的思考漸漸愈來愈深沉，蘋果燒酒是種強勁、醇厚的烈酒，被忽視真是不公平。當然，柚子不忠（這個字眼非常輕微）令我難受，傷害到我的男性自尊，尤其，我滿腦充斥一個疑問：她對我的屌的喜愛和對所有其他的屌是一樣的嗎？這是一般男人在這種狀況都會問的一個問題，我也不例外，唉，對這個問題我的答案是肯定的。我們的愛確實被玷汙了，在我們交往初期，她對我的屌的恭維令我如此驕傲（尺寸雖不過度，但大小剛好，而且持久力超長），現在我從另一個眼光來看，覺得那是經過屌頻繁地出入之後，所做出冷冰冰的客觀評斷，而非一個戀愛中的女人熱情散發的浪漫幻覺。我老實承認，這種戀愛的浪漫幻覺是我比較希望的。我對自己的老二並沒有特殊的野心，只要有人喜歡它、我自己也喜歡它，那就足夠，這是我和自己老二目前的相處之道。

讓我對她的愛全然幻滅的，倒也不是上面的那一點，而是另外一次表面上看起來無關緊要、時間也很短暫的對話，那是緊接著柚子和她父母每個月兩次的電話交談之後，我們的對話不超過一分鐘。我絕沒猜錯，她在電話中談到回日本的事，電話掛了我自然詢問，但她想讓我放心，回答說就算回日本也是很久之後的事，反正我不需要擔心。那時我才明白，一秒鐘之際豁然明白，腦中像閃電劈下全然一陣茫然之後，回到比較正常的狀態，快速想一想，立即證實了我最初的懷疑：在她計畫的理想生涯中，她已經想到回日本，但這是在二十幾年或三十幾年之後，準確地說是緊接在我死後，因此她的未來計畫已經把我的死算進去，她已經計算過了。

我的反應當然是不理性的，她比我年輕二十歲，就客觀條件來說很可能比我活得長，甚至長很多，但這一點恰恰是無條件的愛情所無視、乃至於完全否認的，無條件的愛就是建構在這種不可能、這種否認之上，它可以體現在對耶穌的信仰，或是在其他信仰上，Google目前針對不朽議題的資料還很少。在無條件的愛情裡，心愛的人是不能死的，定義上來說就是不朽的，柚子的現實換句話說就是不愛，而這個缺憾、這個缺乏愛情，一瞬間脫離浪漫、無條件愛情的領域，進入了盤算範圍，這時我便知道一切都結束了，我們的關係已經結束，而且最好盡早了斷，因為我再也不覺得身邊這個是個女人，而是覺得像隻蜘蛛，一隻貪婪吸取我精氣的蜘蛛，維持女體的外表，有胸部、有屁股（我上面已經讚詠過它了）、甚至有個屄（我在上面也曾表示對它的保留態度），但這些都不再重要，在我眼裡她就是蜘蛛，一隻會螫人、放毒液的蜘蛛，一日復一日在我身體裡注入致死的麻痺毒液，她必須盡快遠離我的生命。

一整瓶蘋果燒酒也見底了，已經晚上十一點多，不和她見面就離開或許是最好的解決辦法。我走到大玻璃窗前：一艘塞納河上的河船——無疑是今天最後一班——在天鵝島底端迴轉；這一刻，我意識到自己會很快忘記她。

＊

我睡得很糟，一整夜陸陸續續噩夢不斷，我差點錯過班機，所以想盡辦法採取各種危險的行動好趕上，譬如從圖騰大樓頂上起飛，飛往戴高樂機場（有時候得揮動雙手，有時候只需平緩翱翔），我飛是飛起來了，但驚險連連，稍不專注就會跌死，飛到植物園上空時情況危急，我的高度已經降到離地幾公尺，僅稍稍掠過植物園裡的動物柵欄上方。這場愚蠢但驚心動魄的夢應該很好解析：我擔心自己無法逃脫。

我在五點整醒來，很想喝杯咖啡，但不敢冒險在廚房弄出聲音。柚子很可能已經回來了。不論她晚上是如何度過的，絕不可能倒頭就睡，沒卸下她那十八層保養化妝品就睡，是難以想像的事。她現在當然睡著了，但時間還有點早，要到七、八點才會睡得沉，我還得耐心等。我傾向去美居旅館早早登記入住，九點就可入住，附近必定找得到一間已開始營業的咖啡店。

行李前一晚就收拾好了，所以離開前我沒任何事要做。我發現自己沒什麼個人紀念品可帶，這有點令人傷心：沒有一封信件、沒有一張照片、甚至沒有一本書，一切都在一個薄薄鋁合金平行六面體的Macbook Air裡，我的過往重量只有一千一百公克。我也意識到，和柚子交往的兩年裡，她從來沒送過我禮物——完全沒有，一件都沒有。

隨後我意識到另一件更令人驚訝的事，昨晚在柚子對我的死亡心照不宣的渾沌當中，我一時之間忘了我自己父母親死亡的狀況。除了假設的超人性、假設的耶路撒冷天上人間之外，對浪漫的愛人來說，的確還有第三個解決辦法。這是個立即可行的方法，不需要高超的遺傳學研究，也不需要對永恆的狂熱祈禱，這是我父母親二十多年前選擇的方法。

我父親是桑利斯市的代書，全市的體面人士都是他的客戶。我母親從羅浮宮學院畢業後，甘於家庭主婦角色。第一眼看去，我父母絕不會讓人想像到一段狂熱的愛情。依我的經驗，外表很少騙得過人，但他們的情形確實讓人意想不到。

我父親在六十四歲前夕，突然好幾個星期頭痛不止，看了我們的家醫之後，安排他照電腦斷層掃描。三天之後，家醫告訴他檢查結果：電腦斷層照出他腦中有一個大腫瘤，但還不知道是否是癌細胞，必須做活體組織檢查。

一星期之後，活體組織檢查清楚顯示：的確是癌細胞，不僅來勢洶洶，並且進展快速，結合了膠質瘤與分化不良的星細胞瘤。腦癌算是比較罕見的癌症，但通常致死率高，發病後能存活一年的機率是百分之十；醫學上對腦癌的病因仍無所解釋。

鑒於父親腫瘤所在的部位，開刀是不可能的，化療和放療有時能起一點效用。

值得一提的是，父親和母親都不覺得有必要跟我說這件事；我是回去桑利斯探望他們時，碰巧看到一個母親忘記收起來的醫學檢驗所寄來的信封，問了她才知道的。

還有另外一件事，是之後我再三思索的，那就是我去探望他們的那天，他們很可能已經做了決定，說不定都已經在網路上訂購了藥。

他們在一星期之後被發現，肩並肩躺在床上。我父親向來不想給別人添麻煩，甚至先寫了信通知憲兵隊，還在信封裡附上家裡鑰匙。

他們一入夜就服下藥，那是他們結婚四十週年那一天。憲兵好心地跟我說，他們服藥後很快就過去了；很快，但也不是立即，從他們在床上的姿勢可以輕易猜出，他們希望手牽著手直到最後，但垂死之際的痙攣還是讓他們的手分開了。

他們是如何取得毒藥的，無從得知，我母親銷毀了家裡電腦上所有上網紀錄（絕對是我母親執行，我父親痛恨電腦，甚至一般和高科技扯上關係的事物。他拖到不能再拖才改用電腦處理代書事務，然後由祕書全盤操辦，他自己可能一輩子都沒碰過電腦鍵盤）。憲兵告訴我，如果真要查，可能也查得到他們訂藥的網路管道，雲端上沒有什麼是會消失找不到痕跡的；可能找得到吧，但有必要嗎？

我還不知道可以兩個人放在同一個棺材裡下葬，衛生規範這也管那也管，讓人覺得幾乎什麼都禁止，但顯然這不是，是被允許的，除非是我父親死前寫了幾封信、運用了關係，我已經說過，他幾乎認識全市、甚至全省大部分有頭有臉的人士。總之，事情就是這樣，他們倆放置在同一個棺材中下葬在桑利斯市北方的墓園裡。我母親死時五十九歲，身體健康完全沒問題。葬禮上神父的致詞讓我有點惱火，先由頌讚人類偉大愛情為開場，延續到更高超的神愛世人，以便營造廉價的更大效果，面對這樣一個全然事關愛情的事件，我覺得天主教還要拿來做文章就不太適當，我只想跟神父說閉上他的鳥嘴，這個丑角對我父母的愛能有多少了解？連我自己都不確定真的了解，一直都覺得在他們的互動、在他們的相視微笑之中，有某種非常私密、排他的氛圍，我從來插不進去。並不是說他們不愛我，他們當然愛我，而且不管從哪個角度來說，他們都是完美的父母，關心、該在的時候就在、該付出的時候就付出。但這是不同的愛，他們兩人之間所形成的奇幻、超自然的宇宙（他們之間心意相通的程度實在令人訝異，我至少見識過他們兩次心靈感應），我永遠是被排除在外的。我是他們唯一的孩子，我記得高中會考之後我要進亨利四世高中念高科農業學院預科班那年，我跟他們解釋因為桑利斯市大眾交通不便，去巴黎租個房間會方便許多，我記得曾不經意看見母親一瞬而逝、但千真萬確鬆了一口氣的樣子；她第一個想法應該是，他們終於可以兩個人單獨生活了。至於我父親呢，甚至沒想到要掩飾內心欣喜，立刻動手處理，一星期之後我就搬進位於學校路、離學校走路只要五分鐘的一個無需如此豪華的套房裡，並立刻察覺，這套房比我同學們租的傭人房大很多。

*

我早上七點整起床，躡手躡腳穿過客廳。厚重的防盜大門跟保險箱一樣無聲無息。

這是八月的第一天，巴黎市的交通順暢，我甚至在離旅館幾公尺遠的侯薩麗修女大道上找到停車位。從義大利廣場輻射出的其他交通要道（義大利大道、葛布蘭大道、奧古斯特—布朗基大道、凡生—奧里歐大道……），各自將巴黎西東南各區一大部分的車流疏散出去，侯薩麗修女大道卻不然，它只有五十公尺長，然後接到也不怎麼重要的亞伯—侯夫拉克街，要不是它令人訝異且無用的寬度，稱為大道頗有誇張之嫌。侯薩麗修女大道兩條車道中間的分隔島上種滿行道樹，目前大道上一輛車也沒有。某方面來說，這條大道比較像一條私人大道，和蒙梭公園周邊那些所謂的大道（維拉斯奎茲、范戴克、惠斯達勒大道）一樣，給人一種豪華的感覺。一進到美居旅館時，這種豪華感更加增強，一個突兀的拱門通到豎立著許多雕像的旅館天庭，這種應該是中級豪華旅店的裝潢才對。才早上七點半，義大利廣場上的三家咖啡廳已經開始營業：「法國咖啡廳」、「馬傑帝咖啡廳」（主打康塔爾省乳酪入菜的特產，但早上吃這個有點太早了）、還有波比右街角的「喔！吉爾咖啡廳」。我選擇了第三家，雖然叫這個菜市場名稱，但老闆立意新穎，硬是把Happy hours翻譯成法語的「heures heureuses」；我相信阿蘭．芬克爾克勞特[20]一定會贊成我的選擇。

這家咖啡廳的菜單一上來就讓我熱血沸騰，修正我原先對它店名的惡感：運用「吉爾」這個俗氣的菜市場名，其實能令新穎的菜單增色不少，菜式創新的命名結合了字裡行間充滿意涵的意象，光是沙拉這一單元，菜單上排列著「吉爾在南方」（沙拉菜、番茄、蛋、蝦子、米飯、橄欖、鯷魚、青椒）、「吉爾在挪威」（沙拉菜、番茄、燻鮭魚、蝦子、水波蛋、烤麵包片）。對我來說，相信很快（或許就在今天中午）會臣服在「吉爾在農場」（沙拉菜、火腿片、康塔爾乳酪、炒馬鈴薯、核桃、水煮蛋）的魅力下，要不然就是「牧羊人吉爾」（沙拉菜、番茄、熱羊乳酪、蜂蜜、臘肉丁）。

更整體而言，菜單上提供的菜式揚棄過時的新舊之戰，營造出傳統菜式（法式洋蔥湯、醃鯡魚佐溫熱馬鈴薯）與新潮食感風格（日式炸蝦佐綠莎莎醬、阿韋龍省風味貝果）融合共存的靜好。同樣的綜合與共融也體現在調酒單上，除了所有的傳統調酒之外，還加了多款真正的創新口味，諸如「綠色地獄」（馬里布椰子萊姆酒、伏特加、牛奶、鳳梨汁、薄荷酒）、「殭屍」（深色蘭姆酒、杏桃甜酒、檸檬汁、鳳梨汁、石榴），以及令人訝異但極品的「波比右海灘」（伏特加、鳳梨汁、草莓糖漿）。總之，我覺得自己將會在這家餐廳愉快地度過不僅幾個鐘頭，而是好多天、好幾個星期、甚至好幾年。

接近九點時，我吃完蘊含本國各地區風味的早餐，留下一筆足以保證服務生會再熱忱歡迎的小費之後，走向美居旅館的接待大廳，受到的接待立刻讓我產生大大好感。接待小姐超乎我的期

---

20 阿蘭·芬克爾克勞特（Alain Finkielkraut, 1949-），法國當代著名猶太裔哲學家、法蘭西院士，提倡正統法文，反對夾雜外來文字。

待，在還沒問我信用卡之前，就先確認：他們的的確確按照我要求預留了一間可吸菸房間。她接著帶點甜蜜地問：「您會是我們一星期內的貴賓嗎？」我向她確定。

我說一星期，其實根本是隨便說的，我唯一的計畫是逃離一段正在謀殺我的有毒關係，自發性失蹤的計畫完全成功，而現在我的處境便是如此，一個壯年西方男人，未來幾年之內經濟無虞，無親無故，沒有個人規畫，也沒有真正的興趣，對過去職業生涯徹底失望，感情生活上曾經有過一些不同經驗，但每次都中斷，總之沒有理由活下去也沒有理由去死。也可以藉這個機會重新出發、「翻轉」——就像討論心理學的電視節目或專門雜誌文章裡會用的逗趣的字眼；或者，也可以讓自己慢慢陷入委靡麻痺。我立刻意識到，旅館房間將我導向第二個方向：房間是真的超小，據我看全部加起來十平方公尺，雙人床幾乎占滿空間，床邊可以勉強走動，床對面一個窄桌上擺著不可或缺的電視和一個迎賓托盤（也就是一個電熱水爐、幾個紙杯和幾包即溶咖啡）。在這麼侷促的空間裡，還成功擠入一個迷你吧檯和一張椅子，對著一面三十公分的鏡子；這，就是全部了。這是我的新家。

*

我能在孤獨中活得快樂嗎？我不認為。更廣義地說，我能活得快樂嗎？我想這種問題最好避免問。

住在旅館唯一的不便，就是每天都得離開房間，因而必須離開床，好讓房務員整理房間。要離開多久原則上未定，房務員的工作時間表從不會告訴客人。清理房間其實耗時不長，我寧可他們規定我在某個時間暫時離開，但情況並非如此，這能夠理解，旅館不能規定客人做什麼，而且這種做法也讓人聯想到監獄放風。因此我只能相信房務員（們）的主動性和互動性。

其實我也可以幫他們一把，透露一點蛛絲馬跡，把掛在門把上的小紙片轉過來，上面寫著「噓，我在休息，請勿打擾」（附圖是一隻英國獒犬軟趴在地毯上）或是「我已起床，請整理房間」（附圖是劇場舞台簾幕前兩隻母雞照片，兩隻雞精神抖擻，幾乎充滿攻擊性）。

經過幾天的摸索試驗，我的結論是離開兩個鐘頭就夠了。我很快研發了一條散步路線，從十點到中午之際客人稀少的「喔！吉爾咖啡廳」出發，然後沿著侯薩麗修女大道，大道底端是個樹木扶疏的小圓環，天氣好我就在樹間的長椅上坐坐，通常都只有我一個人，但偶爾也有個退休老人坐在另一張長椅上，有時身邊陪伴著一隻小狗。之後我右轉到亞伯—侯夫拉克街，走到和葛布蘭大道交叉口，我絕不會錯過到「家樂福City超市」轉一轉。我第一次踏進這家超市，就直覺到它將在我的新生活當中扮演一個角色。中東冷食那一櫃雖比不上我前幾天還習慣光顧的圖騰大樓附近那家「G20超市」那麼美輪美奐，還是排列了八種不同口味的鷹嘴豆泥蘸醬，有以色列風味、加了迷迭香口味、黎巴嫩風味，還有罕見的整顆鷹嘴豆泥；至於三明治區，我甚至認為比G20有過之而無不及。原先我一直以為巴黎市區和近郊的小型超市都被「每日Monop'超市」[21]把持，其實我應該料到像家樂福這種大集團在進攻新市場時，就像它的新進總經理在《挑戰經濟雜誌》專訪中所說的：「我們不會只做陪襯。」

超長的營業時間也彰顯了同樣的野心：週一至週六早上七點至晚上十點，週日早上八點至下午一點，連阿拉伯人開的雜貨店大概都比不上。況且週日縮減時間，還是和十三區勞動監察單位提起的法律告訴激烈抗爭失敗而不得已的結果，這是我在超市裡一張公告上看見的，措辭之嚴厲激烈，譴責高等初審法院所做的這個「令人髮指的裁決」，令他們不得不從，以免受到「會讓您的便利商店無法承擔的鉅額罰款」。商業自由、乃至於消費者權益因此敗了一役，但是從公告上戰鬥力十足的用詞來看，這場鬥爭要結束還早著呢。

我在「家樂福City超市」正對面的「工廠咖啡廳」前停下腳步，裡面幾種啤酒看起來相當可口，但是我難以接受這種匠心複製「工人小咖啡館」的氣氛。在這一區，最後一批工人或許都已在一九二〇年代就離開了。再往前走更糟糕，會一直通到晦氣的鵪鶉之丘社區，不過那時我還不認識那地方。

接下來我沿著葛布蘭大道往下走，五十公尺外再接回侯薩麗修女大道，這是我的路線裡唯一真正算是鬧區的一段，從愈來愈多的行人與車流看來，我感到八月十五的關卡已過，這是社會活動重新運作的第一步，之後更決定性的則是九月一日[22]。

老實說，我有那麼不快樂嗎？如果和我有接觸的人（美居旅館的櫃台小姐、「喔！吉爾咖啡廳」的服務生、「家樂福City超市」的收銀小姐）突如其來問我心情如何，我會傾向回答說我「悲傷」，但這是種平和、平穩的悲傷，不會加劇也不會減低，一種似乎一切已經塵埃落定的悲

21 Monoprix是法國市場占有率最大的市區小型超市，G20超市也屬於它旗下。

22 法國七月中到八月中是幾乎大家都休假的時候，八月十五日之後陸續回到工作崗位，尤其到九月初休假結束，一切回歸正軌。

傷。但是我不會掉入這種假象的陷阱，我知道生命還會有許多驚奇的事發生，至於是很糟糕或很美好的事，這就難說了。

話雖如此，但是目前我沒有任何欲望，許多哲學——至少我的印象是如此——認為這種狀態是好的，例如佛教思想就是這一掛。但是相反的，也有許多其他哲學派別以及心理學認為這種缺乏欲望是病態、不健康。在美居旅館住了一個月之後，我還是無法斷定這由來已久的兩種對立看法哪個才對。我每個星期辦下星期的續住，以便保持自己的自由性（這一點世界上所有的哲學流派都認為是正面的）。依我的看法，我過得還不算壞。事實上我的心理狀態只有一件事真正讓我擔心，那就是對身體的照顧，甚至簡單的梳洗。我還勉強可以刷刷牙，這還能做得到，但是一想到淋浴或泡澡就滿心嫌惡，事實上我希望不要再有身體，想到有個身體必須去注意去照顧，對我來說愈來愈難以忍受，儘管數目日漸龐大的遊民讓西方社會對清潔這方面的要求慢慢降低，然而渾身太臭還是會讓我顯得突兀，引人側目。

我從未去看過精神科醫生，老實說也不太相信這個行業的有效性，因此我在「自由醫生」網站上訂了一個十三區的醫生約，至少不必花太多交通時間。

從波比右街轉上鶴鶉之丘路（這兩條路在魏爾倫廣場會合），就是拋下尋常的消費世界，踏入了彰顯各種訴求的可麗餅店和小農合作酒吧（「櫻桃時節酒館」和「嘲諷的烏鶇」幾乎面對面）的境地，穿插著公平交易有機商店、幫人在身上穿環打洞和梳非洲髮式的小鋪子；我向來直覺一九七〇年代並沒有在法國完全消蹤滅跡，只是暫時潛伏而已。這條街上有些街頭塗鴉還不壞，害我一路走到底，錯過勒利耶夫醫生診所的五鑽石路的路口。

我第一眼看到他，就覺得他也有點激進環保人士的調調，半長鬈曲的頭髮已經開始攙雜不少白髮，但是脖子上的蝴蝶領結稍微推翻這個第一印象，還有診間裡整體的豪華家具，讓我修正最先的看法，他最多是激進環保主義的支持者。

我跟他簡短敘述最近這段時間的生活，他認為我的確需要接受治療，又問我是否想到過自殺。我回答說沒有，我對死亡不感興趣。他強壓下一個不滿的表情——他一定覺得我很不上道——以尖銳的語調說，一款新世代的抗憂鬱藥上市了（這是我第一次聽到Captorix這個藥名，殊不知它將在我的生命中扮演如此重要的角色），應該對我的情況有效，服用後一至兩個星期才能出現第一階段的藥效，但這款藥需要嚴謹的醫療追蹤監督，我絕對必須一個月後回診。

我點頭如搗蒜，勉強自己別太過急切地把處方搶過來。我下定決心再也不要看見這個王八蛋了。

回到家，我的意思是說回到旅館房間，仔細閱讀了用藥說明，上面寫我很可能會變成性無能，性欲會消失。Captorix的藥效來自於強化血清素的釋放，但我在網路上看到有關賀爾蒙影響心理活動的資料讓我覺得混亂不清、相互矛盾。有些是常識性的解說，例如：「哺乳類動物不會在每天早上醒來時，思考要留在群體當中，或是遠離群體獨自生存。」又或：「爬蟲類動物彼此之間不存在任何感情，一隻蜥蜴不會相信其他的蜥蜴。」更特別的是，血清素是一種和自尊、和在群體中感受自信有關的賀爾蒙，而且它是由內臟分泌，存在非常多種類的生物體裡，甚至變形蟲的體內。變形蟲會有什麼自尊呢？會在群體中感受到什麼自信呢？結論逐漸浮現，那就是醫學在這一塊還是一片渾沌、不精確，抗憂鬱藥只是許許多多無法解釋藥效產生作用（與否）的原因的藥品之一而已。

藥似乎在我身上起了效用，淋浴還是太強烈的衝擊，但慢慢地能泡個溫水澡了，甚至還能稍微抹一點香皂。至於性欲呢，沒什麼改變，反正從埃爾阿爾基安栗色頭髮女子之後，我再也不曾有過類似性欲的感覺，啊！難忘的埃爾阿爾基安栗色頭髮女子。

因此，幾天之後的下午，促使我打電話給克萊兒的原因，絕對不是淫欲的衝動。那是什麼衝動讓我打電話？我完全不知道。我和她已經超過十年沒聯絡，老實說我還想她會不會換了電話號碼。但是她沒換電話號碼，住址也沒換——這比較正常。她聽到我的聲音好像有點驚訝——但其實也沒那麼驚訝，她提議我們當天晚上在她住那區的一家餐廳吃飯。

我二十七歲認識克萊兒，學生時代已經過去，我也已經交往過不少女生，基本上都是外國女生。必須說明的是，今日如此嘉惠歐洲學生交換性經驗的「歐洲大學高等教育交換學生計畫」（Erasmus）當年還不存在，能釣到外國女學生的少數地方之一，就是位於喬丹大道的「國際大學城」。奇蹟般地，高科農業學院在那裡占了一個廳，每天都舉辦音樂會或晚會。因此我和來自不同國家的年輕女孩發展肉體上的認識，而我深信，唯有在相當不同的文化基礎下，愛情才能發展，相似的兩個個體是永遠無法墜入愛河的——當然還是有許多同中之異可以起實際作用：我們知道，非常大的年齡差異可能會引爆癡狂的熱情；民族不同經常能奏效；甚至國籍或語言的差異也不容忽視。相愛的人說同一種語言是很糟糕的事，能夠透過語言真正理解對方是很糟糕的事，因為語言的功用不是為了製造愛情，而是為了製造分裂與仇恨，話說得愈多就愈造成分裂；所以對你女人或對妳男人一種半語言式的支吾絮語，就像人對狗說話的方式，反而是製造一種無條件而長久之愛的條件。如果只是侷限在立即和具體的話題——車庫的鑰匙在哪裡？電力公司工人幾點來？——這些還可以，但超過這個就進入了分解、感情破裂、離婚的領域。

我那時有過不同的女人，基本上大都是西班牙、德國女人，還有幾個南美洲的，以及一個甜美渾圓的荷蘭女人，活脫脫就是荷蘭高達乳酪廣告上的女人。後來還有凱特，那是我年輕時代最後一段戀情，最後也是最刻骨銘心的一段，和她分手，也就是我的青春時代結束了，往後我再也沒有感受到通常和「青春」這個字連結在一起的心境，那種甜蜜的無憂無慮（也可換個形容，那種令人厭惡的不負責任），那種身處一種無止境、開放世界的感覺，在她之後，現實便永遠綁鎖了我。

凱特是丹麥人，她無疑是我見過最聰明的人，我說這個並不是因為這有什麼實質重要性，在友情、更尤其在愛情關係中，聰明才智一點都不重要，和真心比起來真的沒有多少重量。我之所以提到聰明，是因為她在智力上令人驚訝的靈敏快捷，她那種超乎常人的吸收能力讓人嘆為觀止，真是個特異現象。我們認識的時候她二十七歲，大我五歲，而且她的人生經歷比我豐富多了，我覺得自己在她旁邊像個小男孩。她在超快速念完法律專業之後，就到倫敦一個商業律師事務所工作。我記得我們第一夜歡愛之後的早晨，我說：「那妳那時一定認識很多雅痞……」她輕聲回答：「弗洛朗，我就是一個雅痞啊……」我記得這句回答，也記得早晨的光線下她堅挺的胸部，每次回想起這個我都很想死，唉，算了別說了。兩年後，她想清楚了：雅痞身分完全不符合她的嚮往、風格、她規畫的生活方式。她決定重拾學業，轉攻醫學專業，我已經記不清楚她那時在巴黎做什麼，好像是在巴黎某家因為研究熱帶地區疾病而享譽國際的醫院負責不知什麼工作。這個女人的能力有多強說來聽聽：我們相遇的那天晚上——她剛好碰到我，正確地說是我提議幫她把行李抬上大學城丹麥館三樓她的房間，然後我們一起喝了一瓶啤酒、接著第二瓶之類種種，她當天早上才抵達巴黎，一句法語都不會說；兩個星期之後，她已經差不多能完美駕馭這個語言了。

我擁有最後一張凱特的照片應該是存在電腦裡哪個地方，但是我不需要打開電腦，只需閉上眼睛它就會浮現。那時我們剛在她家過完耶誕節，我說的是她父母家，他們不住在哥本哈根，我忘了住在哪個城市，反正過完耶誕我們打算慢慢坐火車返回法國，旅途剛開始很怪異，火車沿著波羅的海海平面而行，和灰色的海面僅相隔兩公尺，稍微大一點的浪還打上我們車廂，鐵軌上的我們身處於天空與海洋兩個巨大抽象之間，我一生中從沒這麼幸福過，或許我的生命應該在那一刻停止，一個大浪讓我們的身體永遠交纏，但事實並非如此，火車抵達終點（忘記是羅斯托克還是斯特拉爾松？），凱特決定再陪我幾天，大學次日就要開課，但她會想辦法。

我擁有最後一張凱特的照片是在施威林城堡公園裡拍的，施威林這個德國小城是梅克倫堡——前波美拉尼亞州的首府，公園裡的寬徑上覆蓋著一層厚雪，遠遠望去是城堡的圓塔。凱特回過頭對我微笑，應該是我喊她轉過頭看鏡頭，她看著我，眼神充滿愛意，也充滿寬容和悲傷，她或許已經明白我終將背叛她，我們的故事將要結束。

當天晚上我們在施威林一家小餐廳吃飯，我還記得餐廳那個服務生，四十多歲、瘦削、情緒緊張又一臉悲慘。他或許被我們的青春、我們這一對散發出的愛情所感動，當然尤其是被她感動，上了我們的餐之後，乾脆放下手邊工作，朝著我（朝著我們兩人，但特別是朝著我，大概察覺到我這個部分比較脆弱）用法語說（他可能是法國人，一個法國人怎麼會到施威林一家餐廳當服務生呢？人生真是一個謎），總之是以不尋常的嚴肅鄭重口吻對我說：「兩個人就這樣維持下去吧，請求你們，維持下去。」

我們大可以拯救全世界，大可以 in einem Augenblick（德語：在眨眼之間）拯救全世界，但我們沒有，至少我沒有，而愛情也沒有戰勝一切，我背叛了愛情。當我失眠時——也就是差不多每天晚上——悲慘的腦中又聽到她電話答錄機上的錄音，「哈囉，我是凱特，請留言」，她的聲音如此清脆，就像夏日灰塵僕僕的午後置身在瀑布下，立刻讓人洗淨所有塵埃、徬徨和傷痛。

最後時刻是在法蘭克福中央火車站，這時她真的得返回哥本哈根了，大學的課業拖太久，絕對不可能陪我回巴黎。我站在車廂門邊，她站在月台上。我們徹夜做愛，直到早上十一點不得不趕到車站的時間，她和我做愛、吸我直到氣力用盡，而她的氣力持續很久，我也是，那時代我很容易勃起，不過老實說，問題不在此，根本的問題不在此，問題是凱特一時之間哭了，站在月台上開始哭，也不是真的哭，而是臉上滑落幾滴淚珠。她看著我，直直盯著超過一分鐘，直到火車開動，她的視線沒離開我的眼睛一秒鐘，一時之間眼淚不由自主落下，我沒有移動，沒有跳下月台，等著車廂門關上。

就這一點，我實在該死，甚至該受到比死更嚴厲的懲罰，無可諱言：我一定會悲慘、脾氣暴躁、孤獨地結束生命，那是我活該應得。一個男人一旦識得凱特，怎麼可能背叛呢？實在令人無法理解。在不知留了多少次留言都沒回音之後，我好歹跟她通上話，這一切只為了一個回到聖保羅第二天就把我忘了的邪惡巴西女生，我打電話給凱特，恰恰打得太遲了，次日她就要到烏干達出人道任務，西方人一定讓她徹底失望，尤其是我。

*

人總是會走到細說從頭、爬梳總帳的階段。克萊兒也經歷了她那一份悲情劇，她起起伏伏許多年，並沒真正貼近過幸福——但她認為：誰又能體會幸福呢？西方社會中沒有人會感到幸福，再也沒有，我們必須把幸福視為一個古老的夢想，在現代歷史的條件下，沒有人能夠感受幸福。

克萊兒在私人生活範疇，不只不滿，甚至絕望，卻在房地產方面獲得巨大滿足。當她母親悲慘的靈魂回歸上帝之時——更或許是回歸於虛無——第三個千年正開始展開，對原本界定為猶太基督教的西方世界來說，或許是多餘的一千年[23]，就像我們說拳擊手打的不必要的一局賽，這在原本界定為猶太基督教的西方世界裡是很廣泛的說法，我說這個是為了弄清歷史背景，但是克萊兒一點都不在乎，她有太多要操心的，首要的就是她的演員生涯——然後慢慢地，生命中一件一件事都冒出來壓著她，但現在先不談那些。

我和克萊兒相遇是在一九九九年十二月三十一日的跨年夜，我到一個工作上認識的危機溝通專家的家裡慶祝——我那時在孟山都工作，孟山都這個企業幾乎時時刻刻都需要危機溝通。我不知道他是怎麼認識克萊兒的，我想他們其實也不認識，他只是和她一個朋友是砲友——說朋友可能也太過，就是同一齣戲合作的女演員。

那時克萊兒正處於第一齣戲劇成功的曙光——但也是最後一齣。直到那齣戲之前，她都只在一些中低成本的法國影片中跑跑龍套，以及在法國文化廣播電台上演出幾齣廣播劇。這一次，她在一齣喬治．巴塔耶[24]的舞台劇中擔任女主角，老實說根本不是喬治．巴塔耶的戲劇，導演將喬治．巴塔耶的小說和理論東湊西湊成大雜燴改編搬上舞台。他在接受的幾次訪談裡，宣稱他的計

23《聖經》記載，自耶穌基督二千年前復活升天後，世界已經進入「末世」階段，一直至耶穌再來，世界面對終結，人類的歷史結束。

24 喬治．巴塔耶（Georges Bataille, 1897-1962），法國評論家、小說家，被視為解構主義、後解構主義、後現代主義先驅。

畫是以視覺性愛這個新的視角來重新詮釋喬治・巴塔耶，尤其著重在自慰這方面。他認為巴塔耶和惹內[25]不只不同，甚至完全相反。這齣戲在巴黎東區一個政府補助的劇場裡上演。總之，可預期將引起媒體狂熱談論。

我去參加首演。那時才和克萊兒在一起兩個多月，但她已經搬來和我住，也是因為她住的地方實在太爛，走廊上和其他二十幾個房客共用的淋浴間髒得要死，她只好去註冊Club Med健身房，光為了去洗澡。我對那齣戲倒沒多大印象，反而是對克萊兒驚豔不已。整齣戲中她散發著冷峻的性感，服裝師和燈光師當然功勞有加，我們不是想上她，反而是想讓她上，感覺她是個隨時會火山爆發來上你的女人。在我們的日常生活裡，的確也是這樣，她可以面不改色突然間就把一隻手放上我的屌，幾秒鐘之內拉下我的褲襠，蹲下來開始吸吮，或另一種花樣，她脫下內褲開始自慰，而且幾乎隨處都可上演。有一次是在市政府稅收服務處的等待室，裡面一個帶著兩個孩子的黑人媽媽有點被嚇到。總而言之，她在性方面讓人永遠摸不著頭緒。各界評論讚揚有加，《世界報》文化版一整頁報導，《解放報》還占了兩頁。在這些讚揚聲中，克萊兒占了非常大的地位，尤其《解放報》還把她比作希區考克電影裡外冷內熱的金髮女主角，這種金黃挪威蛋餅式的比較我已經看過太多，所以就算沒看過任何一部希區考克的電影，也立刻知道它要表達什麼；我比較是看《瘋狂麥斯》的世代，但就克萊兒這件事來說，我覺得這個比喻還滿正確的。

這齣戲的倒數第二幕，顯然是導演認為很關鍵的一幕，克萊兒撩起裙子，面對觀眾叉開兩腿開始自慰，另一位女演員則在一旁念著長長一段喬治．巴塔耶的文字，好像大抵上是討論肛門的段落。《世界報》的評論尤其欣賞這一幕，讚美克萊兒詮釋這一幕時表現出的「莊嚴」，我認為莊嚴這個字眼稍嫌誇張，但她的確很沉穩，一點都沒激動——她當晚也跟我說的確一點也沒激動。

她的演員生涯大致來說打響了第一砲，這個欣喜尤其在某個三月的週日，法航AF232飛往里約熱內盧的班機墜毀在南大西洋之時達到高點。機上乘客全部罹難，克萊兒的母親也在其中。航空公司立刻為受難家屬成立了一個災後心理諮商小組。克萊兒在第一次和心理師專家會談後的當晚，對我說：「我覺得自己真是個好演員……一臉喪母徬徨之痛，完美掩飾了心底的歡欣。」

沒錯，除了她和母親兩人之間互相仇恨之外，她說她母親只關注自己，壓根不會想到立遺囑的事、不會花一分鐘想想她死後的事；反正，不讓孩子繼承一毛遺產很困難，她是獨生女，法律

25 惹內（Jean Genet, 1910-1986），法國小說家、劇作家。

規定一定會繼承到百分之五十的特留份，總之克萊兒沒什麼可擔心的。那場奇蹟式的空難一個月之後，她的確繼承了遺產，基本上是位於巴黎二十區美尼蒙東小溪巷的一間豪華公寓。我們把老太太遺留的東西處理掉，兩星期之後就搬進去——她母親其實也沒那麼老，四十九歲，死於空難之時，是和一個二十六歲的年輕男子一起出發去巴西度假，二十六歲剛好是我的年紀。

那間公寓是以前一個拉絲工廠改建的，工廠在一九七〇年代關門，空了幾年之後，被克萊兒的父親買下，克萊兒的父親是位嗅覺靈敏的建築師，一看就知道哪些物件會賺錢，買下這座工廠後改建為一間loft公寓。大門有巨大的鐵柵欄深鎖，出入的密碼不久前改為虹膜辨識系統，來訪者必須按內建錄影監視器的對講門鈴。

進了門禁森嚴的大門之後，是一座鋪著石板的寬廣內院，四面圍著以前的工業建築物，整個社區共有二十幾個屋主。克萊兒母親擁有的公寓是社區裡最大一間之一，占地一百平方公尺的開放空間，天花板挑高六公尺，中央一個設備完整的開放式廚房，一間有義大利式淋浴和按摩浴缸的超大浴室，兩個房間，其中一間是樓中樓，另一間附帶穿衣間，書房通向一個小花園。整個加起來超過兩百平方公尺。

儘管這個字眼當時還不風行，但社區裡其他的屋主其實就是大家後來所說的布波族[26]，一個舞台劇女演員搬來當鄰居，讓他們樂到翻了。舞台劇若沒布波族支持早就活不下去了，那個時代《解放報》還有一些一般讀者（雖然數量愈來愈少），尚不至於像最後只剩下臨時演員拜讀的地步；《世界報》那時也還維持一定的銷量和名氣，總之克萊兒搬入社區，受到其他住戶熱情歡迎。至於我呢，我知道情況有點敏感，孟山都企業在他們眼裡就像美國中央情報局一樣齷齪。一個成功的謊言必定攙雜著某些真實成分，我立刻放風聲說本人從事罕見疾病的遺傳研究，罕見疾病是天衣無縫的說法，大家馬上想像到自閉症患者啦、那些才十二歲就一臉老態的早衰症可憐孩子啦。我當然沒有能力從事這方面的工作，但是面對布波族暢談遺傳工程是綽綽有餘，就算對方是個有學問的布波族。

說實在的，我對自己的工作愈來愈厭惡。儘管基因改造的危險性尚未被明確證實，那些激烈的環保人士大都是缺乏知識的蠢蛋；但是基改也從未被證明完全無害，我公司裡的那些上級全都只是壞心腸的說謊家。真相是我們對改造植物基因長期的後遺症一無所知，或是知道得極少；但是在我眼裡，問題甚至不在此，問題是種子公司、肥料公司、殺蟲劑公司的存在就操著農業領域

26 布波族（bobos），指融合布爾喬亞階級（Bourgeois）和波希米亞生活風格（Bohemian）的新中產階級。

的生殺大權，會將農業置於死地；問題出在這個以超大型耕種面積、尋求面積最大產值為基礎的密集農業；問題出在這個完全以出口為主的農業產業，將農業和養殖業分離了，而在我眼裡，這與我們真正該做的背道而馳。農業能夠發展下去，必須注重品質、當地生產、在地消費、恢復複合輪作、保護土壤和地下水，並且使用動物自然肥料。在我們搬進去前幾個月，某場社區舉辦的聚餐中，他們都非常訝異我在這個議題上的尖銳與旁徵博引，他們的想法當然和我一樣，只是以左派一貫的保守態度不去追究細節。我不同，我有想法，甚至有一個理想，我選擇高科農業學院而非綜合性的綜合理工學院或高等商業研究學院，不是沒有原因的，是的，我有一個理想，但我正在背叛它。

然而，我並沒有想到辭職，這份薪水是我們生活所需，因為克萊兒雖然有這齣喬治．巴塔耶戲劇在藝評上的成功，但演藝事業算是停擺。她過去以來的演出把她綁在文化圈，這真是個錯誤，因為她的夢想是進軍大眾娛樂電影，會去看的影片也都是大眾口味，喜歡看的是《碧海藍天》、尤其是《時空急轉彎》。至於巴塔耶的作品，她覺得「爛得要死」，後來在演出一部雷里斯[27]的戲劇時也覺得卡卡不對頭，最糟糕的是在法國文化廣播電台朗誦一個鐘頭的布朗肅[28]。她跟我說，她從未想過世上存在這種垃圾東西，敢把這種狗屁東西呈現給聽眾真是令人難以置信。

我對布朗蕭不予置評，只記得蕭沆[29]曾寫過一段逗趣的文字，說布朗蕭的作品最適合拿來練習打字，因為不會「因字裡行間的意義而分心」。

可惜的是，克萊兒的外表和她的履歷一樣：金髮、高雅、冷冷的美已經注定她會在一個政府補助的劇場以蒼白的音調吐出台詞，當時的大型娛樂事業喜歡的是拉丁美洲火爆浪女或是混血辣妹，她的型根本和那時的流行相反，接下來的一整年，除了我剛提到的那些撈什子文藝劇之外，都沒戲演。雖然持續在「法國影視」網站上朗讀作品，雖然不管什麼角色只要有試鏡就立馬衝去，甚至連腋下除臭劑廣告試鏡也不錯過，她這個金黃挪威蛋餅就是什麼角色都撈不到。看來雖弔詭，但其實她或許在色情產業這一塊機會比較大：色情業當然大都是拉丁妖姬或黑皮膚風騷女的天下，但這一行特別需要各種外型和種族的女演員。她也或許趁我不在的時候下海了，儘管她知道色情演員是永遠換不成跑道回到一般電影演員的，我也相信，酬勞差不多的話，她還是寧可去法國文化廣播電台朗誦布朗蕭而不會下海。反正這一切也無法持續多久，色情產業已步入黃

27 雷里斯（Julien M. Leiris, 1901-1990），法國人類學家、藝術批評家和作家。

28 布朗蕭（Maurice Blanchot, 1907-2003），法國著名作家、思想家，作品和思想影了整個法國當代思想界。

29 蕭沆（Emil Cioran, 1911-1995），羅馬尼亞裔旅法哲學家、作家，以文辭新奇、風格激烈見稱。

昏，很快就會被網上業餘色情片毀掉，YouPorn摧毀色情產業比YouTube摧毀音樂產業的速度還快，色情產業總是走在技術創新的尖端，諸多作家都已經對這一點發表論述，但沒有一個人指出其中弔詭的地方——色情這個範疇不是人類活動中最不需要創新的嗎？甚至根本沒有新的東西，色情上人們所有能夠想像的，早在希臘羅馬遠古時就存在了。

至於我呢，孟山都實在讓我再也無法忍受，我開始認真看徵才啟事，尋找高科農業學院畢業生能走的各種管道，特別是校友會提供的資訊，但一直到十一月初我才看到一則真正讓我感興趣的，是「下諾曼第區農林業管理局」的徵才。管理局新成立一個單位，工作內容是推動法國乳酪出口。我寄去履歷，很快就獲得約見，當天來回康城去面試。農林業管理局的局長也是高科農業學院校友，年輕的學長，我在學校打過照面，他讀二年級時我一年級。我不知道他畢業實習是在那裡做的，但維持著非必要時也使用英語字眼的怪習慣（這在法國行政人員身上不常見）。他開門見山說法國乳酪出口幾乎僅止於歐洲，打不進美國市場，尤其，和葡萄酒相反（這時他落落長大力稱讚波爾多葡萄酒跨業界的合作），乳酪業沒有算準新興國家的市場，主要是蘇俄，但緊接著便會是中國，稍後無疑是印度。法國乳酪全都一樣，但我們是在諾曼第，他中肯地強調，並指出他的野心第一步是成立一個特別工作小組來推廣「諾曼第乳酪三大天王」：卡蒙貝爾、龐雷維克、麗瓦侯。到目前為止，只有卡蒙貝爾享有真正的國際知名度，這其中有許多精彩的歷史原因，但他沒時間多說；麗瓦侯、甚至龐雷維克在蘇俄和中國完全沒沒無聞。他手上的資源雖不是取之不盡用之不竭，但好歹成功得到招募五名人員的經費，第一個要找的就是這個特別工作的領頭人，我對這個工作有興趣嗎？

我有興趣，我適切地混合專業和熱情回答。我腦中出現第一個點子，覺得應該告訴他：很多美國人——我也不知道是不是很多啦，但是每年都有些美國人來諾曼第幾個登陸海灘參觀，尋訪他們曾經在這裡英勇犧牲的士兵親戚，有時甚至是他們自己的家人。當然，緬懷過去的心情必須給予尊重，當然不是在軍人公墓門口舉辦乳酪品嘗會，但是人總是要吃東西，針對這個緬懷歷史的遊客潮，諾曼第乳酪的角色是否能足夠凸顯？他立刻興奮起來：沒錯，就是要落實像這種點子，而且一定要發揮想像力，多想點子；像是香檳區的酒農和法國奢侈產業的結合我們不太可能立即做到：你能想像名模吉賽兒．邦臣品嘗麗瓦侯乳酪嗎（但是舉著一杯酩悅香檳就毫不違和）？總之，我有完全的自由，他不會限制我的新創力，而且，我在孟山都的工作應該也不輕鬆（事實上我沒什麼事要做，種子公司提出的論點簡單扼要：沒有基改，無法養活地球上不斷增加的人口，一句話，不是孟山都就是飢荒）。當我離開他的辦公室時，已經知道——尤其他說我在孟山都的職務時用的是過去式時態——我被錄取了。

合約開始於二〇〇一年一月一日。我在旅館住了幾個星期之後，找到一棟獨棟出租房子，四周丘陵起伏、錯落灌木林和草地，距離克萊希鎮兩公里，這個小鎮洋洋得意地頂著有點誇張的「諾曼第瑞士首府」名號。那真是一棟可愛的房子，半木造建築，寬敞的客廳地上鋪著古樸的陶瓦磚，三個木頭地板房間，還有一間書房。房子旁邊附帶一間以前榨蘋果汁的小廠房，改建成客房，中央暖氣也已經安裝好。

這是棟可愛的房子，參觀時我立刻感受到屋主一定很愛惜它，仔細妥善地照顧它。屋主是個乾癟的老頭子，介於七十五到八十歲之間，他立刻跟我說在這棟房子裡度過美好的一生，但現在不一樣了，他經常需要醫療照顧，一星期護士至少要來家裡三次，狀況不好時是每天，所以到康城住一間公寓比較適合。再怎麼說他算命好，兒女都會照顧他，女兒堅持要自己選擇護士，以今天的景況來看，他算是運氣很好的了。確實，我也同意他的看法，他的命好，只不過妻子過世之後，事情就不一樣了，也永遠不會一樣。他想必是教徒，自殺是永遠不會出現腦海中的東西，但他有時覺得遲遲不受到上帝的寵召，都這把年紀了還有什麼可眷戀的呢，整個參觀過程中我幾乎都噙著眼淚。

這是棟可愛的房子，但我將獨居其中。想到要搬到下諾曼第一個小鎮，克萊兒明確清楚地一口拒絕。我一度想提議她可以通勤回巴黎，但立刻意識到這個念頭太荒謬，她每個星期大概試鏡十次，這完全沒意義，搬到鄉下等於是她事業的自殺，但同時，本來就死掉的東西再自殺真有那麼嚴重嗎？這是我心底真正想的，但不能跟她說，不能那麼直接，如何委婉地說呢？我完全沒有頭緒。

因此我們達成表面上看來合理的共識，那就是我每個週末回巴黎，當時我們無疑還存著幻想，以為這種每週一次的小別會勝新婚，增強彼此愛意等等之類的。

我們之間沒有分手，沒有清楚明確的分手橋段。搭火車往返康城—巴黎並不麻煩，兩個小時多一點就直達，只不過我搭的次數愈來愈少，剛開始以工作量增加為藉口，後來連藉口也不找了，幾個月之後就結束了。在我內心深處，從沒斷過克萊兒會來和我一起住在這棟房子裡的想法：她會放棄那不可能成功的演藝事業，會願意單純當我的妻子。好幾次我甚至傳了幾張這房子的照片給她，天氣晴朗、窗戶大開對著灌木林和草地的照片，現在回想起來都覺得有點丟人。

隔了一段時間回頭想想，最值得注意的，和二十年之後跟柚子一起也是，就是我在這世間擁有的全部東西光一個行李箱就裝滿了。我對在塵世擁有什麼東西真的沒多大興趣，這在某些希臘哲學家（伊比鳩魯學派？斯多葛學派？犬儒派？三者都有一點？）眼裡，是個很好的心態；相反的心態似乎很少受到讚揚。因此就這一點，哲學家們一致同意。這一點非常難得，值得特別提一下。

和克萊兒通完電話是下午五點多，距離晚餐還有三個鐘頭要打發。很快地，幾分鐘之內，我開始自問相見是否是個好主意。相見顯然不會有任何正面的結果，唯一的結果只是將我們二十多年來勉強深藏的失望與苦澀感再度喚醒。我們兩人的生命難道還不夠苦澀、不夠令人失望嗎？有需要花一筆計程車費、晚餐費去再度證實這一點嗎？我又真的想知道她的近況嗎？想必沒有任何出色之處，反正沒有符合她希望的發展，要不然我看街上的電影海報就會知道。我自己對事業的期許比較不明確，因此失敗也比較不明顯，但是我此時對於自己是個失敗者的感覺卻同樣深刻。兩個四十幾歲的失敗者兼舊情人重逢，這若由適合的演員來詮釋——譬如班諾瓦．波維德和伊莎貝爾．雨蓓爾——會是法國電影中很棒的一幕，但是在真實生活中，我真的想這樣嗎？

在生命中遇到某些難關時，我會以電視占卜的方式求助，就我所知這是我發明的方法。中古世紀的騎士、再之後新英格蘭的清教徒在必須做出困難決定的時候，會翻開《聖經》隨機用手指一指，然後解讀指到的那一節經文，以上帝的指示來做決定。我用同樣方法，隨機打開電視（不選台，只需壓On鍵），解讀最先看到的畫面。

晚上六點三十分，我打開美居旅館房間裡電視的On鍵。看到的畫面最初令我困惑，很難解讀（但這也會發生在中古世紀的騎士、甚至新英格蘭的清教徒身上）：我看到的是一個緬懷洛朗．巴菲的節目，這真令人驚訝（他死了？他年紀還輕，但是不少電視主持人都在如日中天的時候意外倒下，讓粉絲們突然失去愛慕的對象，這就是人生）。反正，整個調調就是緬懷的氛圍，所有來賓都強調他「深沉的人性」，某些稱他是「超好哥兒們，娛樂界的天王，搞笑大師」，另外一些對他認識稍淺的人強調他「無懈可擊的從業精神」，各方言論經過妥善剪輯之後，將洛朗・巴菲的職業生涯爬梳了一遍，每位來賓幾乎都異口同聲達成一個溫情的結論：無論從哪個角度來看，洛朗就是「一個好人」。我在晚上七點二十分叫計程車。

*

我晚上八點整來到佩勒波爾街的「巴黎人小飯館」。克萊兒訂了位，這一點挺好，但光是前幾秒鐘穿過空無一人的餐廳——不過也是因為星期天晚上啦，我就感覺今晚我們會是唯一一桌客人。

十分鐘後，服務生來問我要不要先點杯餐前酒。他看起來一副善良忠誠的模樣，尤其我馬上感覺他預知這是個有點問題的約會（在二十區小飯館工作的服務生怎可能不有點通靈、甚至有點引渡亡靈的工夫呢？），也感覺今晚他會站在我這邊（難道他感知到我情緒愈來愈焦慮？沒錯，我狼吞虎嚥了好多義大利麵包棒），既然這樣，我點了一杯傑克丹尼爾威士忌，換過三次桶的[30]。

二十點三十分左右，克萊兒到了，她小心翼翼扶著兩邊桌子往前走到我們這張桌子，一看就知道喝多了。和我再見讓她如此思緒波濤洶湧，往日錯過的幸福讓她一生如此挫折痛苦？這個希望在幾秒鐘之間閃過我腦際，不超過兩、三秒，但是我立刻換了比較貼近事實的想法：克萊兒顯然每天到了這個時候就是這模樣，醉的程度都差不多。

我熱情地張開雙臂，說她看起來神清氣爽，完完全全沒變。我不知道說這種謊言的天賦來自何處，一定不是源自我父母，或許是來自高中前幾年那段時期吧。總之，事實上她頂著一個恐怖的酒糟鼻，肥肉到處滿溢，臉上布滿破裂的微血管。她看我的第一眼倒也充滿懷疑，第一個想法想必是我在嘲笑她，但這只持續十秒鐘，她快速低下頭，又抬起，臉上的表情變了，又重新散發出年輕女孩的模樣，調皮地跟我眨眼。

菜單都是親切的小餐廳菜色，這讓我可以拖延更多一點時間。最後我選了勃艮地蒜泥奶油蝸牛（六顆），主菜選橄欖油煎鮮干貝佐義大利扁麵。這麼選也可以超脫傳統的肉類／海鮮（紅酒vs.白酒）的掙扎，紅白各來一瓶。克萊兒一定也是這麼想，因為她選的是牛骨髓佐麵包片加葛宏德海鹽，主菜是普羅旺斯蒜泥蛋黃醬鮟鱇魚。

---

30 此處意指Triple Matured，在熟成過程中，經過三次熟成，即換過三個桶的威士忌，據說可以為酒帶來更複雜的風味。

我本來擔心必須談到私人領域，要敘述自己的生活，但完全沒有，一點完餐，克萊兒就開始一段長長的陳述，將我們上次見面距今的二十幾年間發生的事做個綜合敘述。她喝酒速度快，一飲而盡，很顯然我們很快就需要兩瓶紅酒（以及，稍後，兩瓶白酒）。自從我離開後，一切都沒轉好，她就是找不到演出機會，情況最後變得有點奇怪，從二〇〇二到二〇〇七年之間，巴黎的房地產翻漲了一倍，她住的那一區飆漲更快，美尼蒙東路被炒作得愈來愈厲害，傳聞耳語言之鑿鑿說文森．卡索不久前搬到這條街上，凱得．梅拉德和碧翠絲．黛兒很快會跟進。和文森．卡索在住家附近同一家咖啡廳喝咖啡可是個天大的特權，這個沒被闢謠的傳聞在二〇〇三和二〇〇四年間促使那區房價大漲一波，她發現她的公寓每個月增值比她賺的多得多，她絕對必須挺住，現在賣簡直是房地產自殺行動，她絕望地只好重回法國文化廣播電台錄製一個布朗蕭系列CD，她一邊說一邊抖得愈來愈厲害，張嘴啃著骨髓骨頭，眼光瘋狂地盯著我，我做個手勢請服務生快點上主菜。

蒜泥蛋黃醬鮟鱇魚令她稍微平靜下來，剛好契合她敘述中相對平穩的一段時光。二〇〇八年，她接受就業局提供的一個工作：就業局為失業者舉辦舞台劇研習營，目的是讓失業者重新找回自信，薪水不高，但每個月總是有收入。她做這個工作至今已經十年了，在就業局也成了固定班底，現在真正抽離出來想想，這個點子其實並不荒謬，至少比心理治療有效。長期失業的人無可避免地會變成一個自卑而無言的小人物，而舞台劇——不知道什麼原因，尤其是滑稽歌舞劇——讓這些悲傷的生靈能夠重新拾回至少最基本的社會性，以便面對求職面試。總之，目前她以這筆微薄但固定的薪水，好歹可以過活，但是公寓的管理費也是個問題，因為同社區一部分房東被美尼蒙東這一區火速的中產階級化沖昏了頭，開始失心瘋地投資，把密碼換成虹膜辨識系統只是開頭，開啟往後一連串瘋狂的計畫，譬如把鋪石塊磚的中庭改成禪風小花園，小瀑布在從阿摩爾濱海省直運來的花崗岩之間涓流，整個設計由一位國際知名的日本藝術家監工。現在她下定決心了，尤其是在二〇一五至二〇一七年之間第二波房價短暫大漲之後，巴黎房價呈現持平，她決定賣掉房子，也剛和第一家仲介公司接觸了。

感情生活上她比較沒什麼可講，有過幾段戀情，甚至有兩次試著同居，提到這些時她勉強充滿感性，但還是掩飾不住實情：她預想共同生活藍圖的那兩個男的（兩名演員，成功度和她旗鼓相當）愛她比愛她的那棟公寓少得多。說到底，我或許是唯一真正愛過她的男人，她帶點驚訝地這麼下結論。我忍住不戳破她的誤會。

雖然這段陳述帶點滄桑甚至悲涼，我還是好好享受了干貝，現在饒富興致地低頭研究菜單上的甜點。冰淇淋雪酪搭配蛋白餅加覆盆子淋醬立刻吸引了我，克萊兒則選了傳統的熱巧克力泡芙；我又點了第三瓶白酒。我認真地開始自問，待會她會不會問：「那你呢？」反正就是在這種情況下會冒出的句子，至少電影裡都這麼演，甚至真實生活裡也是如此。

鑒於整晚的過程，我理當拒絕去她家「喝最後一杯」，到現在我還不懂是什麼原因讓我接受她的提議。或許是有點好奇，想再看看我好歹度過人生中一年的那間公寓，也可能開始自問我當初到底看上這個女孩哪一點，至少不是只有性吧？抑或是——想起來毛骨悚然，真的只有性？

至於她呢，意圖毫不模糊曖昧，端給我一杯白蘭地之後，立刻以她獨特的風格開始切入動手。我滿懷誠意脫下長褲和內褲，讓她方便放進嘴裡，但事實上，我已經有不祥的預感，她吸舔了兩、三分鐘之後，我委靡的器官毫無動靜，我恐怕情況會急轉直下，便跟她承認現在服用抗憂鬱症藥物（為了增加話語分量，我強調是「極高劑量」的抗憂鬱藥），後遺症就是喪失性欲。

這幾句話效果神奇，我感覺她聽了立刻安下心來，當然啦，寧可把錯歸罪到對方的抗憂鬱藥而非自己身上的肥油，但不只如此，她臉上顯出真誠的同情，問我是不是正經歷鬱期、為什麼、從什麼時候開始，這整個晚上她頭一次表示對我的關心。

我炮製出一個過去幾年來感情失敗的簡略版，大致上都貼近事實（除了柚子和狗的瓜葛，我估計這對整體理解並無幫助），唯一和事實的大差別是，在我的版本裡，柚子最後終於遵從家裡一次又一次的逼婚，決定返回日本。在如此敘述之下，這大可以變成一則淒美的故事，真愛面對家庭和／或社會義務的經典衝突（就像一九七〇年代那些左派人士會寫的字句），我跟克萊兒說這就有點像特奧多爾．馮塔納[31]的小說，但是她顯然不知道這個作者。

日本女人替我的愛情故事增添一抹不知是羅蒂[32]還是謝閣蘭[33]風格的異國情調，總之這個故事明顯讓她深感興趣。趁著她借助第二杯白蘭地深深陷入女性沉思之際，我偷偷套上褲子，就在拉上褲子拉鍊時，突然想到今天是十月一日，圖騰大樓的租約今天到期。柚子想必賴到最後一天，此時此刻她一定是在飛往東京的飛機上，甚至飛機已經逼近成田機場，她父母親或許已經等在入境大廳柵欄後，未婚夫或許在停車場等在車旁，一切都策畫好，而且會照劇本演，或許正因為如此，我才會打電話給克萊兒。直到幾分鐘前我都還忘記今天是十月一日，但是我心底的某些東

31 特奧多爾．馮塔納（Theodor Fontane, 1819-1898），十九世紀德國傑出的批判現實主義作家。

32 羅蒂（Pierre Loti, 1850-1923），法國小說家，曾加入法國海軍而隨船遊歷各國，日後以異國遊歷之所聞作為小說的題材。

33 謝閣蘭（Victor Segalen, 1878-1919），法國人種學家、語言學家、文學家、漢學家、探險家。

西，無疑我的潛意識並沒有忘記，我們都活在不確定的神性掌握之下，「這些年輕女孩主導我們走的路途是完全錯誤的，還加上天還下雨」，內瓦爾[34]或許在哪裡寫過這樣的句子，這段時間我並不常想到內瓦爾，然而他在四十六歲上吊自殺，波特萊爾也是四十六歲過世，這不是個容易的歲數。

克萊兒現在頭垂到胸前，喉嚨發出呼聲，她很明顯喝醉了，照理來說我該在這個時候離開，但是這開放空間裡的超大沙發很舒服，一想到得再穿過巴黎市回去，一股極端的疲倦便湧了上來，我躺在沙發上，面朝裡側避免看到她，一分鐘後就睡著了。

*

這整間屋子裡只有即溶咖啡，簡直令人髮指。如果在這種房子裡都沒有雀巢膠囊咖啡機，請問哪裡還會有呢？總之我泡了一杯即溶咖啡，微弱的天光透進百葉窗，儘管小心翼翼，我還是撞到了幾件家具，克萊兒幾乎是立刻出現在廚房門邊，短短的半透明性感小睡衣難以掩蓋女性魅力，幸好她的心思似乎在別的地方，接下我遞給她透明水杯裝的即溶咖啡，媽的，她家連咖啡杯都沒有。她喝了一口就開始說話，她說我住在圖騰大樓真有趣（我沒說已經搬到美居旅館了），因為她父親曾參與這棟大樓的初始計畫，他那時是負責的兩位建築師其中之一的助手。父親在她六歲時便過世了，所以對父親認識不深，但是她記得母親保存著一疊剪報，是關於他對大樓工程所做的辯護——圖騰大樓好幾次被名列為巴黎最醜的建築物之一，當然還沒醜到蒙帕納斯大樓的程度，蒙帕納斯大樓屢屢被譽為全法國最醜的一棟建築物，近期《世界旅遊雜誌》發布的調查排行，蒙帕納斯大樓榮登全世界最醜建築物的寶座，只輸給波士頓的市政廳。

她走進寬廣的客廳，兩分鐘後，拿著一本相簿回來，我稍稍恐懼了一下，怕她要從頭細說一生。在遙遠的一九六〇年代，她父親顯然一副花花公子的模樣——照片上的他穿著一身最新雷諾瑪西裝，站在Bus Palladium舞廳門口，整體說來，就是六〇年代中一個生活寬裕的年輕男子，而且長得還真有點像歌手雅克．居彤；之後在龐畢度和季斯卡執政時代，他成了一個積極大膽（無疑也有點唯利是圖）的建築師，直到和瑞典情婦在多維爾度完週末回程，死在法拉利308 GTB駕駛座

34 內瓦爾（Gérard de Nerval, 1808-1855），法國詩人、散文家和翻譯家，浪漫主義文學代表人物之一。

上，那也是弗朗索瓦·密特朗當選法國總統的日子。以他在社會黨中擁有的人脈，他本已一帆風順的事業理應能夠更上一層樓，而弗朗索·密特朗又是一個大興土木的總統，沒什麼可以阻擋他攀上事業高峰，但是一輛偏離車道的三十五噸卡車決定了另一種命運。

她母親惋惜失去了一個用情不專但豪爽大方的丈夫——何況他也給了她不少自由發展的空間，但她最不能忍受的是想到必須和女兒獨處。她丈夫雖然風流，卻也是個溫柔的爸爸，對孩子照顧有加，至於她自己呢，完全沒有母愛精神，完完全全沒有，母親和孩子的關係就是這樣，要不便是全心付出，為了孩子全然忘卻自己的幸福，要不就是相反，孩子立刻是多餘而討厭，很快就對之滋生敵意。

克萊兒七歲被塞到位於里博維萊一個上帝聖恩修女會辦的女子寄宿學校，這一段歷史我已經很清楚，而且知道住宿學校裡沒有牛角麵包，甚至沒有巧克力麵包可吃，啥都沒有。克萊兒斟了一杯伏特加，好啦，從早上七點就砰砰砰開始喝了。「妳十一歲就逃離寄宿學校……」我打斷她，以便加快進度。我記得她逃離寄宿學校那一段，是她尋求獨立的一個英雄式高潮時刻，她一路搭便車回到巴黎，其實還是很冒險的做法，誰知道會發生什麼事呢？尤其她那時已經開始——根據她自己的用詞——「對屌產生高度興趣」，然而，什麼事都沒發生，據她說這是個徵兆。此時，我感覺快要進入她和她母親之間關係糾葛的隧道，便提起勇氣要求我們出去咖啡廳吃一份正常的早餐，一杯濃咖啡配麵包片，或許甚至加個火腿烘蛋，我用哀怨的語氣說我餓了，真的好餓。

她在性感小睡衣外頭套上大衣。美尼蒙東路上應該什麼吃的都有，甚至可能還有幸能看見文森・卡索面對一杯加奶濃咖啡。總之我們好歹跨出第一階段出了門，外面已經是秋日早晨，風大而有點涼，如果拖再久，我已經想好編一個早上要去看醫生的藉口。

讓我非常驚訝的是，我們一坐下來，克萊兒就談回到「我的日本女人」，她想多知道一點，圖騰大樓的巧合令她很震撼。「巧合是上帝的調皮眨眼」，我忘了這是沃維納格還是尚福爾的句子，也或許是拉羅希福可[35]，還是根本沒人說。無論如何，談到日本我可以說很久，我已經很有經驗，可以靈巧地開端：「日本社會比我們通常想像的還要更保守傳統」，接下來可以夸夸談上兩個鐘頭，不怕受到反駁，反正沒人懂日本或是日本人。

---

35 沃維納格（Vauvenargues, 1715-1747）、尚福爾（Nicolas Chamfort, 1741-1794）、拉羅希福可（François de La Rochefoucauld, 1613-1680），三位都是法國箴言作家。

說了兩分鐘之後，我發現說比聽還更累。廣泛來說，我的問題是和人之間的關係，而且必須承認，尤其是和克萊兒之間的關係。我把發話權轉給她，咖啡廳的裝潢滿舒服，只是服務有點慢，我們步入克萊兒十一歲時，咖啡廳裡客人漸漸湧入，每一個看起來都像從事表演的臨時合約工。

她一逃學回到家，就開始和母親鬥法，這一鬥就持續了七年，是一場激烈、時時刻刻以「性」為核心的女人角力。我知道一些關鍵時刻，譬如克萊兒在母親皮包裡翻到保險套，大罵她「老娼妓」。也有一些我所不知，她現在才告訴我的，像是她用話語和手勢引誘母親大多數的情人，手法簡單但有效，也就是她用在我身上的手法。我更不知道的是，克萊兒的母親為了反擊，運用成熟女人從各大女性雜誌上慢慢學來的世故伎倆，反過來勾引女兒的男朋友。

YouPorn上的影片可能看得到「媽媽的性教育」這種情節，但發生在現實生活中可能沒那麼好玩。牛角麵包很快就上，但火腿烘蛋等比較久，等到火腿烘蛋端來的時候，克萊兒已經來到十四歲，等我吃完時，她還沒慶祝十六歲生日，我現在吃飽了，感覺很舒服，突然覺得或許可以用激昂且歡娛的聲調縮減會面時間：「然後妳滿十八歲就離開家，在巴士底廣場附近一家酒吧打工，租了個房間，然後我們就相遇了，我的親親，我忘了告訴妳，我十點鐘和心臟科醫生有約，拜拜，很快再聯絡喔。」我已經把一張二十歐元鈔票放在桌上，完全不給她反應的機會。當我走出咖啡廳，大動作跟她揮手再見時，她投來一個有點怪異、沮喪的眼神，害我懷著最後一絲同情掙扎了一、兩秒鐘，之後快速地走下美尼蒙東路。我反射性地拐到庇里牛斯路上，一路快步走，五分鐘後就走到干貝塔地鐵站。她很明顯是完蛋了，酒精需求量只會愈來愈大，很快連酒精也無法滿足，還會加上藥物，心臟會承受不了，會在她那文森—林頓大道[36]上的一房一廳小公寓裡被發現因自己的嘔吐物窒息而死。不只我沒辦法救克萊兒，沒有任何人可以救她，或許除了某些基督教裡的密教成員（那些人愛心滿滿地接受或是假裝接受老人、殘障者、悲苦群眾為耶穌懷抱裡的兄弟），但克萊兒反正連聽都不想聽，她根本不想要他們的兄弟情懷，她所需要的是平凡的夫妻溫情，更急迫的是需要陰道裡插一根屌，但這正是已經不可能的；平凡的夫妻溫情只會在性生活圓滿之後到來，絕對跑不掉「性」這一個階段，而這個，恰恰就是她永遠再也得不到的。

這真令人悲傷，其實在這幾年之間，在完全陷入酗酒深淵之前，克萊兒還可以維持一個滿吸

36 巴黎並不存在文森林頓大道，作者故意筆誤把真實存在的 Vincent-Auriol 大道換成法國當代知名男演員、導演 Vincent-Lindon 的名字。

引人的四十多歲成熟女性，甚至可能被視為酷愛小鮮肉的熟女，或是MILF（令人想入非非的辣媽，Mother I'd Like to Fuck），當然是沒生孩子的辣媽，總而言之我相信她的陰道一直濕得起來，想想她這一生也沒那麼糟。相反的，我記得三年前落入柚子爪牙裡之前，突然發神經想和瑪麗—海倫再見一面，那是在我性無感頻繁出現的時刻，我無疑只想口交，甚至可能連打一砲的想法都沒有——或真的要天雷勾動地火才能打一砲，這顯然和可憐的瑪麗—海倫的形象難以連結。

我按她門鈴的時候已經做好最壞的準備，但實際情況比我想像的還更糟糕，她剛經歷不知是什麼精神疾病大爆發，忘記是躁鬱症還是精神分裂之類的，這讓她健康情況急轉直下。她住在勒內—科蒂大道一個安全防衛極嚴密的住宅裡，手抖個不停，而且什麼都怕：從基改黃豆、極右派「國民陣線」掌權，到懸浮微粒……她以綠茶和亞麻子維生，在我們見面的半個鐘頭裡，她只談到她的成人殘障補助。我一走出來，唯一的欲望是想喝一杯生啤酒和嗑一個肉泥三明治，同時，我意識到她會這樣撐很久，至少撐到九十歲，無疑比我活得久得多，愈來愈抖，愈來愈乾癟，愈來愈懼怕，和鄰居產生愈來愈多糾紛，其實她已經是個死人了。我竟然「把鼻子伸進一個死女人的穴裡去了」——這是我不知從哪裡看到的一句生動俗話，可能是在托馬斯．迪斯科[37]的小說裡，這位曾經火紅過的科幻小說家和詩人，今日被不公平地冷落，他在某年七月四日自殺，沒錯，因為他的伴侶剛死於愛滋，但也是因為作者的收入根本不足以維生。他選擇這個象徵性的日期，控訴美國讓他們國家的作者面臨的命運。

相較之下，克萊兒幾乎可以說過得不錯，再怎麼說，她還可以註冊「匿名戒酒協會」，聽說有時候會有令人訝異的效果。在我回到美居旅館的時候，突然意識到克萊兒勢必會孤獨死去，死得悲慘，但至少不會在貧窮中死去。以市價來算，她賣掉房子會擁有比我多三倍的錢。所以，她父親只消在房市成功投資一次，賺的錢就超過我父親四十年公證文件、登錄房貸契約的辛苦積攢。金錢從來都不是辛勤工作的報酬，這兩者一點關係都沒有，沒有任何一個人類社會曾經建立在金錢報酬勞動力這個基準之上，就連未來的共產社會也不會；財富平均的原則被馬克思簡化成一個空洞無比的教條：「取每人所需」，如果真要將之付諸行動，簡直就是笑話一則，漏洞百出讓人笑掉大牙，幸好這從來沒發生過，既沒在共產國家，也沒在其他國家施行過。錢滾錢，然後攙雜權力，這就是社會這個組織的最後定論。

37 托馬斯・迪斯科（Thomas Disch, 1940-2008），美國著名科幻小說家及詩人。

當年我和克萊兒分手的時候，接近諾曼第母牛和緩了我的悲慘命運，牠們對我來說是個慰藉，幾乎是個啟示。我和牛並不陌生，童年時期每年夏季都會去梅里貝爾度一個月假，我父親在那裡有一棟共同持有產權的山區度假木屋。當我父母每天手牽手在山徑上登山健行時，我看電視，尤其守著環法自行車賽，這對環法自行車賽的忠誠直到現在都戒不掉。我還是會時不時出門晃晃，大人在高山上走來走去的喜好對我來說是個謎，我想其中必定有樂趣吧，因為這麼多大人喜歡這麼做，我自己的父母就是。

我從沒實際發展出對高山景致美感上的感動，卻對牛滋生了感情。每年夏季都會看到一群放牧的牛，那些是塔朗泰茲乳牛，身形小而活潑的牛種，淺黃褐毛色，腳力很好，性情有點浮躁；牠們經常在山路上蹦蹦跳跳，還沒看見影子，就聽到脖子上的鈴鐺發出清脆的聲音。

相反地，我們難以想像一隻諾曼第母牛會蹦跳起來，甚至光這個念頭就有點不敬，我認為除非遇到生死關頭，牠才可能稍微加快腳步。諾曼第母牛體型大而莊重，處變不驚地存在於世，而這就十足十構成牠存在的理由。認識了諾曼第母牛之後，我才明白印度人何以視這種動物為神聖。獨自在克萊希鎮度過的那些週末，每回靜觀一群牛穿過附近的小樹林十分鐘，就足以讓我忘卻美尼蒙東路、試鏡、文森・卡索、克萊兒為了擠進那個不接受她的圈子所做的絕望努力，直到忘卻克萊兒這個人。

我還不到三十歲，卻漸漸進入人生冬季領域，沒有任何得以照亮生命的溫柔回憶，沒有任何希望得以使奇蹟再現，這種感官上的虛弱委靡還要加上愈來愈大的職業倦怠感；我們的工作小組慢慢變得七零八落，本來還有一些零星火花、一些原則發表，尤其是在公司同事聚餐的時候（在農林業管理局，每星期至少一次同事聚餐），必須承認，諾曼第人很不會推銷自己的土產，拿蘋果燒酒來說好了，明明是品質很好的烈酒，一瓶好的蘋果燒酒不亞於下雅馬邑、甚至干邑白蘭地，但在世界各機場免稅店卻絕少見到它的蹤影，就連法國大超市裡，它也只是聊備一格的角色。至於蘋果氣泡酒就更別提了，在超市裡根本找不到，連酒吧裡也很少出現。在那些聚餐場合，還有一些熱血沸騰的表態，大家矢言立即行動，之後一切又緩緩消風，一個星期接一個星期毫無變化地輕鬆過去，「反正我們也改不了什麼」的想法慢慢地深入人心。就連聘請我時野心勃勃、大張旗鼓的局長，也漸漸疲軟了。他剛新婚，談得最多的是為未來家庭新購農莊的改裝工程。在一個妖嬈開放的黎巴嫩實習女生來的那段期間氣氛稍微高漲，她貼了一張布希賞臉地面對一大盤乳酪的照片，這張照片引起美國某些媒體的小小風暴，布希這蠢驢，顯然還不知道自己國家剛剛禁止了生乳乳酪進口，此舉造成了些微媒體波瀾，但是乳酪外銷還是不見起色，就算我們不停運送麗瓦侯乳酪和龐雷維克乳酪給普丁，依然未引起任何效果。

我起不了什麼作用，卻也無害，比起在孟山都來說還是有一點進步，每天早上去上班時，開著我的G350穿越小樹林之間浮動的一片濃霧，我還能跟自己說生命其實尚未全然完蛋。每次穿越居西—阿爾古小村，我都好奇這地方和埃米瑞克是否有關係，想來想去，終於上網找答案，當年在網上找資料比較辛苦，網路資料沒那麼完備，但我終於在一個剛成立的網站「諾曼第寶貴遺產，諾曼第的歷史與生活藝術」上找到答案。沒錯，的確有關係，甚至有直接關係。這個小村最早叫居西，之後以家族之名改名為阿爾古，法國大革命期間改回居西，之後為了調解「貴族、平民兩個法國」，乾脆叫作居西—阿爾古。在路易十三時期，這裡建了一座巨大的城堡，有時被稱為「諾曼第的凡爾賽」，作為當時諾曼第省長阿爾古家族各代公爵的宅邸。大革命期間城堡並未受到損害，卻在一九四四年八月，德國軍團被法國五九兵團左右夾攻只得撤退的時候放火燒毀。

我在高科農業學院三年就學期間，唯一真正的朋友只有埃米瑞克．阿爾古—歐隆德，神智清楚的晚上都是在他房間裡度過的——他先是住在農業學院格里尼翁校區，後來搬到「國際大學城」——我們邊灌下一手又一手酒精含量八點六的罐裝啤酒，邊抽大麻（其實是他抽，我比較愛喝啤酒，但是他每天都得抽三十來捲大麻煙，在農業學院頭兩年時間，他幾乎無時不茫），然後一起聽唱片。埃米瑞克一頭金色鬈曲長髮，穿著加拿大砍柴工穿的那種襯衫，一副典型頹廢風，但是在他身上，落實得比 Nirvana 和「珍珠果醬」還要徹底。他是真的追本溯源，房間架子上擺滿好幾百張一九六〇和一九七〇年代的黑膠唱片：深紫樂團、齊柏林飛船、粉紅佛洛伊德，甚至有門戶樂團、普洛柯．哈倫、吉米．罕醉克斯、Van der Graaf Generator……那時代還沒有 YouTube，而且幾乎沒人記得那些團體了，至少對我來說是個全然的新發現，極為驚豔的發現。

我們經常兩個人度過一整晚，有時加上同年級的一、兩個同學——不引人注意的傢伙，我已記不清他們的長相，名字更完全忘了——但是從來沒女生加入，現在回想起這點來還真怪，我也不記得埃米瑞克有過任何情史。但是他也不是童子雞，至少我相信不是，感覺上他並不怕女生，比較是因為腦袋想的是別的東西，或許是職業生涯，他身上必然有當時我所不明瞭的嚴肅性，因為在我這方面，對職業生涯壓根不關心，沒思考這個問題超過半分鐘，也覺得有人會對某件事比對女生還感興趣真是不可思議。最糟的是我現在到了四十六歲，發現其實當年我的想法是正確的，女人可以說都是妓女，以這種角度來看，職業生涯是個更大的妓女，而且不會帶給我們任何歡娛。

二年級末，我以為埃米瑞克會和我一樣，選擇一個輕鬆好混的專業，鄉村社會學或生態學之類的，沒想到他註冊了畜產學，是最需要苦讀的一個專業。九月初開學時，他剪了短髮，穿衣風格整個改變，當他學期末去達能集團做實習的時候，甚至還西裝筆挺。那一年我們比較少見面，在我的記憶裡學院最後一年有點像放假，我選了生態學當專業，一年之間就在法國東奔西跑，實地研究某種又某種植物的生態。學年結束時，我學會了識別各種在法國土地上的植物物種，可以藉由地質圖和氣象資料指出哪種又哪種植物的適應情形，這大概就是全部了。儘管只知道一點皮毛，也足以在和那些「綠黨」[38]激進分子討論到氣候暖化產生的真正後遺症時，講得他們啞口無言。埃米瑞克一大部分實習時間都在達能的行銷部門，想必接下來的職業生涯會投入開發新款飲用優格或是新款奶昔。他又再度讓我吃驚，畢業典禮那天晚上，他向我宣布想接下芒什省一個農場。農業工程師幾乎遍布在農產食品加工企業裡的每個範疇，有的擔任技術職位，更經常是發號施令的角色，但幾乎從沒有人自己跳下去從事農業；我查詢高科農業學院的畢業紀念冊找埃米瑞克的住址，發現他是我們同屆中唯一一個做這個選擇的同學。

他住在康米—拉—后克小村，在電話裡，他先預告我地方很難找，如果問當地居民要說歐隆德城堡。沒錯，歐隆德城堡也屬於他們家族，但這是比居西—阿爾古村正名之前早多了，城堡在一二〇四年第一次被摧毀，又在十三世紀中重建。此外他去年結婚了，他的農場共有三百頭乳牛，投入了不少資金，但這個等見面再談。沒有，自從他在這裡安身立命以來，從未再見過以前高科農業學院的同學。

*

夜色降臨之時我來到歐隆德城堡前。與其說是城堡，不如說是一堆不協調的大建築物聚合在一起，保存狀況各自不一，很難重組出原來的格局。中央是主要的四方形巨大居住建築，看起來還差不多撐得住，雖然雜草已經開始侵蝕建築石塊，但那是厚重的花崗岩塊，可能是出名的弗拉芒維爾花崗岩，還要好幾個世紀才會真正受損。建築後方有一座高聳細長的圓柱塔，似乎保存完好；但是較靠近入口處的主高塔，本來應該是四方形、堡壘的軍事核心，已經沒了窗子和塔頂，

---

38 綠黨（Verts），法國一個以環境保護為宗旨的政治團體。

剩下的斷垣殘壁也在風吹雨淋侵蝕下，變圓、變柔和，緩緩走向它們地質上的最終命運。百來公尺外，有一座巨大的場棚和一座貯倉，閃閃金屬光芒和整個風景非常不協調，這是我開了五十多公里車以來看到的第一座新蓋建築。

埃米瑞克又留起長髮，穿起格子厚襯衫，但這一回襯衫回復到它的本源：工作服。「這地方是巴爾貝・多爾維利[39]那本《沒有名字的故事》小說結局的場景，」他跟我說，「在一八八二年，就被形容是『一座幾乎傾頹的古老城堡』，你自己可以看，從那時之後也沒什麼改善。」

「你沒拿到『歷史古蹟保護局』的補助嗎？」

「多多少少……我們已經註冊在清冊上，但是要得到補助款很難。我太太西西莉很想大肆整修，改建成旅館，一個精緻旅店之類的。的確，這裡有四十幾個房間空著，我們裝暖氣的只有五個房間。你要喝什麼？」

我接下一杯夏布利白酒。我不知道精緻旅店的計畫是否可行，但是這飯廳確實是一間溫暖而舒服的大廳，一座巨大的壁爐、舒適的酒綠色皮製扶手椅，這擺設肯定和埃米瑞克完全無關，他對裝潢根本無感，他在高科農學院的房間是我所見過最不起眼的，跟兵士暫時棲身的營房沒兩樣——只除了那些黑膠唱片。

在這裡，唱片占了整整一面牆，很驚人。「去年冬天我數了一下，我有五千多張……」埃米瑞克說。他一直都還是用那個Technics MK2唱盤，但之前我都沒看到喇叭——兩個巨大平行六面體，高度超過一公尺的核桃原木擴音器。「這是Klipschorn喇叭，」他說：「Klipsch先生最早製造的喇叭，也或許是品質最好的；我祖父在一九四九年買下，他是個瘋狂的歌劇愛好者，他過世時，我父親就把這套喇叭給了我，他自己對音樂不感興趣。」

我感覺這套設備並沒有經常使用，MK2蓋子上已經積了薄薄一層灰塵。「是啊，沒錯……」埃米瑞克應該猜到我的想法，承認說：「我已經沒什麼心情聽音樂了。你知道，很辛苦，從開始到現在我都還沒成功平衡過收支，到了晚上我思前想後，帳算過來算過去，不過既然你在這兒，我們放一段來聽聽，我來找一下，你自己倒酒喝。」

他在牆上翻找了一、兩分鐘，抽出*Ummagumma*。「關於牛的音樂，非常適合現在的情境……」他說完把唱針放在*Grantchester Meadows*這首曲子的開端。真是超然非凡，我從來沒聽過、甚至從未想像過會有這種聲音，每聲鳥鳴、每聲溪水淙淙都生動無瑕，低音強勁充滿張力，

---

39 巴爾貝・多爾維利（Barbey d'Aurevilly, 1808-1889），法國小說家。作品多帶有唯美主義和頹廢色彩，被稱為古典幻奇。

高音清脆純淨令人難以置信。

「西西莉很快就回來，」他說：「她到銀行去洽談她旅館的計畫。」

「我感覺你不太相信這個計畫。」

「我不知道，你覺得這地區有很多遊客嗎？」

「幾乎沒有。」

「那就對啦……不過我同意她的一點：必須做點什麼。總不能像這樣一年一年繼續虧損下去。現在經濟上還過得去，靠的是農地出租、尤其是賣土地。」

「你有很多地？」

「幾千公頃，我們擁有差不多從卡靈頓到卡特瑞特一整區的土地。我說『我們』，其實地還是屬於我父親，但自從我頂下農場，他就把農田租借的收入轉給我，就算如此，我還是不時被迫要賣地。更糟的是，地甚至不是賣給附近農夫，而是賣給外國投資者。」

「哪些國家的投資者？」

「大都是比利時人和荷蘭人，也有愈來愈多的中國人。去年我賣了五十公頃給一個中國財團，他們其實想買十倍大的土地，付市場價雙倍的錢。本地農夫沒辦法與之抵抗，他們光還貸款、交地租都很困難，不斷有人撐不下去而放棄、倒閉，當他們有困難時，我真的不想催他們交租，我太了解他們，我現在處於和他們一樣的境地，對我父親來說比較簡單，他退隱到貝葉市之前住在巴黎很長一段時間，總之是個仕紳……是啊，這個旅館的計畫，我不知道，也或許是個辦法吧……」

在來的途中，我一直思考該怎麼跟埃米瑞克談我在農林業管理局的具體工作。不想跟他說我直接參與推動諾曼第乳酪外銷的計畫，因為那就等於承認我在推動諾曼第乳酪外銷上的計畫失敗了。我比較側重談到職務上行政部分，把法國法定產區修改為歐盟法定產區的操作過程，其實這也沒錯，這些叫人抓狂「謹遵法律規範」的問題占了我工作愈來愈大的比重，必須時時刻刻「遵守細節性的規則」，這方面我真的不在行。在所有人類活動中，散發出最深沉無趣的一個就是法律。但是再怎麼說，我的新工作還是有一絲絲成果，譬如說：因為我的一份綜合報告建議，幾年之後在制定麗瓦侯乳酪歐盟法定產區政令之時，規定製作麗瓦侯乳酪一定要使用諾曼第生產的牛奶。而且此時我正在處理拉克塔利斯集團和依思尼乳品小農合作社要求擺脫只能用生乳製造卡蒙貝爾乳酪的規定，衝突似乎已現曙光。

我才解釋到一半，西西莉回來了。她是個美麗的棕髮女郎，苗條高雅，但臉上掛滿焦慮，幾乎是痛楚，很顯然她度過了不太好受的一天。然而她還是非常和善地對待我，強打起精神煮了晚餐，但我感覺她肩上扛了極重的負擔，如果不是我在的話，她回來一定先吞幾顆止痛藥然後立刻睡下。她跟我說很開心埃米瑞克有朋友來訪，他們倆不停工作，很久沒和人見面，還不到三十歲就葬送了一生。我覺得我也是這樣，只不過我的工作量一點都不過度，老實說所有人都在同樣的狀況，讀書的年代是唯一快樂的時光，唯一未來有望、似乎一切都可能的時代，接下來的成人生活、職業生涯都只是一個緩慢沉淪的過程，甚至因為這個原因，年輕時代的友誼、念書時結交的朋友其實是唯一真正的友誼，一進入成人生活便禁不起考驗，人們避免和年輕時代的朋友重逢，以避免面對見證自己期望落空的人、面對自己失敗的明顯事實。

這次拜訪埃米瑞克大抵說來是個錯誤，但這錯誤也不怎麼嚴重，兩天之間我們會好好相處，晚餐之後，他放吉米．罕醉克斯在懷特島現場演唱會的唱片，這當然不是他最好的一場演唱會，卻是最後一場，他死前兩星期的最後一場。我感覺埃米瑞克這般回顧過往讓西西莉有點厭煩，她自己當年想必跟頹廢毫無關係，我看她比較是保守黨，當然是溫和的保守黨，有點傳統卻還不到基本教義派；埃米瑞克和跟他同一個圈子的人結婚，其實這也是最常見的狀況，而且原則上也會達到最好的結果，至少這是我所聽到的說法，問題是我不屬於任何圈子，任何明確的圈子。

次日早晨，我快九點鐘時起床，看見他在飯桌前，面對一份豐盛的早餐，有煎蛋、烤豬血腸和培根，伴著咖啡以及蘋果燒酒。他跟我解釋說他的一天早已開始，每天早上五點起床擠奶，他沒買電動擠奶機，因為覺得是不成比例的投資，大部分投入的同業很快就淪陷，而且乳牛比較喜歡人的手來擠奶，至少他是這樣想的，其中也有點感情因素在裡面。他提議我去看看他的牛群。

我前一天抵達的時候看到的嶄新金屬廠房的確就是牛棚，四排牛欄裡都圈著牛，他立刻跟我說這些都是諾曼第母牛。「沒錯，這是我的選擇，牠們的收益比霍斯坦種稍差一點，但我覺得牠們的奶品質好很多。所以啦，你昨天說到麗瓦侯乳酪的歐盟法定產區當然讓我很感興趣——雖然現在我牧場生產的牛奶是賣給龐雷維克乳酪商。」

房間底端，夾板牆隔出一個小辦公室，裡面放了一台電腦、一台印表機，和一些金屬文件夾。我問：「你用電腦控制餵食嗎？」

「有時候。電腦可以操控玉米貯料食槽的放料，我也可以設計程式添加維他命，貯料食槽和電腦連線。這些都只是炫目的小花招，其實這部電腦我最主要拿來作帳。」光提到「作帳」這兩個字，就足以讓他面色凝重。我們走出場棚到晴朗的天空下，「進農林業管理局之前，我在孟山都工作，」我向他承認：「不過我猜想你不使用基改玉米吧。」

「不使用，我遵守有機生產的規格，而且試著減低玉米用量，乳牛原則上只吃草。總之我嘗試盡量把事情做好，這裡和工業化養殖完全兩回事，你剛看到牛隻有足夠的空間，每天都放出去，甚至冬季也都這樣。但是我愈是想好好做，愈是難以平衡收支。」

我能回答什麼呢？從某個角度，我可以侃侃而談，在隨便一個新聞台辯論節目上，我可以花三小時來討論這些問題，但是針對埃米瑞克，面對的是埃米瑞克，在他的情況中，我能說什麼呢？他對實際情況知道得和我一樣清楚。早上天空如此清朗，可以依稀看見遠方的大海。「實習結束，他們還要我留在達能集團工作……」他深思地說。

那天剩下的時間我都在參觀城堡，有一座小教堂，阿爾古家族的祖先在這裡祈禱，但是最讓我印象深刻的是一間巨大無比的餐廳，四面牆上掛滿祖先畫像，大壁爐寬有七公尺，完全能想像中古時代沒完沒了的盛宴當中，在壁爐裡燒烤一整隻野豬或公鹿，從這點來看，改建成精緻旅店的點子好像比較可行。我不敢跟埃米瑞克說，但我認為畜牧養殖業者的情況並不會轉好，聽說歐盟已經開始提出取消歐洲國家牛奶配額的政策——這個決定必然讓法國成千上萬的畜牧業者陷入貧困，乃至於倒閉；這個政策將在二〇一五年歐蘭德總統任期內正式施行，二〇〇二年「雅典合約」後歐盟新加入了十個國家，使得法國的配給提案更成為弱勢，因此這個政策決定是無可避免的。大致上，儘管我對農業從事者充滿同情與同理心，但覺得和埃米瑞克對話愈來愈困難——我可以在各種情況下捍衛他們的利益，但也不得不意識到我現在是站在法國政府這個角度，我們倆並不全然站在同一邊。

次日我吃過早餐後出發離開，星期天陽光普照，和我愈來愈濃烈的悲傷形成對比。如今我還很驚訝居然還記得當天的悲傷，那時我在芒什省空無一人的省道上低速前進。人們都希望事情會有一些先兆徵象，但通常是什麼徵兆都沒有，在那個陽光燦爛的下午，沒有任何先兆預告我次日早上將會遇到卡蜜兒，而那週一早上將開啟我此生最美好的幾年時光。

*

在談到與卡蜜兒相遇之前，且讓我先來到幾乎二十幾年後，另一個相當不一樣的十一月，一個極端悲傷、可以說生死交關（如同大家說的危及生命）的月份。十一月底，耶誕節的裝飾已經充斥「義大利二號商場」，我開始自問過節期間是否還要待在美居旅館。我沒有任何理由要離開旅館，除了覺得丟臉之外，沒有其他原因，但其實這本身已經是個很重要的理由，就算在今日，承認自己全然孤獨也不是一件容易的事。所以我開始想可以去哪裡，最可行的是修道院，很多人在緬懷救世主生辰之時，想去修道院尋回自己，至少這是我在《朝聖者雜誌》特別號月刊上看到的。在這種情況下，孤單一人不只正常，而且理所當然。對啊，這是最好的解決方法，現在立刻開始找一下幾個可能的修道院，要不然會來不及，其實早就來不及了，剛上網一找（那一期《朝聖者雜誌》就讓我隱約覺得會是這個結果），所有修道院都已經額滿。

眼下還有一個更要緊的問題，就是要拿到Captorix的新處方。這款藥的作用無庸置疑，幸虧有它，我現在生活於社會已經沒有阻礙，每天早上能做到基本但足夠的梳洗動作，而且可以熱情親切地和「喔！吉爾咖啡廳」那些服務生打招呼，只不過我一點都不想再去看精神科醫生，不只那個五鑽石路誇張經典的醫生，而是更廣義、所有的精神科醫生，一般說來精神科醫生讓我想吐，所以我就想到了家庭醫學醫生阿揍德醫生。

這位名字怪異的家醫診所在雅典路上，就在聖拉薩車站旁邊。在每星期來回康城與巴黎期間，我曾經有一次因支氣管炎去看診。我記得是個四十幾歲的男人，頭禿得嚴重，殘存不多的頭髮留長、攙雜灰髮、髒兮兮的，總之他比較像個硬式搖滾樂團的貝斯手，而非醫生。我還記得看診到一半，他點起一根駱駝牌香菸，「對不起，壞習慣，我是第一個應該告誡大家的……」我尤其記得他沒多問就給我開了可待因糖漿，這在他同儕間已經開始引起懷疑議論。

他現在又老了二十歲，但是禿頭並沒有惡化多少（當然也沒有改善），殘存不多的頭髮依然長、攙雜灰髮、髒兮兮的。「是喔，Captorix 算是有效果，病人跟我說吃了有效……」他審慎地說，「您要開六個月的藥嗎？」

「節慶期間您要做什麼呢？」他過了一會兒問我：「要當心節慶假日，對憂鬱症患者來說經常是危險時期，我有一大堆病患，明明感覺情況穩定了，沒想到十二月三十一號舉槍自殺。每次都是三十一號晚上，撐過午夜就算贏了。想想也真是，耶誕節就已經夠辛酸了，哀怨自憐唧唧哼哼了一整個星期，或許他們已經計畫好怎麼躲過三十一號這一劫，但是計畫泡湯，然後年末三十一到了，他們受不了，就走到窗戶旁跳下去，或是轟自己一顆子彈，方法不一。我會說事情就是這樣，但其實我的職業最重要的就是要避免人們死亡，反正能避免就避免，能拖多久就拖多久。」我跟他說起假期去修道院的念頭。「嗯，滿好的主意，」他表示贊同：「嗯哼這不錯啊，我也有病患這麼做，但我想您現在才找有點太遲了。要不然，去泰國嫖妓也是個辦法，在亞洲您會完全忘卻耶誕節這玩意兒，三十一日年末也可以輕鬆混過，那些女孩的作用就是這個。機票應該還買得到，不像修道院那麼搶手，這一招也有許多病患說有效，有時候甚至有神奇療效，不少男的跑一圈回來脫胎換骨，對自己的男性雄風信心滿滿。是沒錯啦，都是有點蠢的人，就是很好騙的傻蛋，很可惜您給我的印象似乎不是這類型。您的問題還有Captorix，可能會造成不舉，這點我就不敢保證了，就算身邊摟兩個十六歲的漂亮小妓女我都不敢保證。這個藥他媽討厭的一點就是這個。但是也不能驟然停藥，我真的不建議這樣做，何況藥效後續潛伏作用是兩個星期，反正如果真的發生這樣的情形，您知道是因為藥的關係，再不濟去曬曬太陽吃吃咖哩蝦也不壞。」

我回答說會好好考慮他的建議。老實說這建議挺吸引人，雖然我的情形並不完全符合，我的問題不只是不舉，而是全然喪失性欲，光性交這念頭就讓我覺得荒唐可笑，無法實現，就算有兩個十六歲的泰國漂亮小妓女也無濟於事，這是再明顯不過了，沒得救。反正阿撲德醫生說得沒錯，對那些有點蠢的傢伙有效，通常是低下階層的英國人，女人隨便一個愛情的表示，或僅僅一點性刺激，就算是最最不真實的，經過一輪她們的手、陰道、嘴之後，就覺得一尾活龍再生，改頭換面。他們已經被西方女人摧毀殆盡，英國人就是最血淋淋的例子，所以從泰國回來像獲得重生。然而我的情形不同，我對女人毫無責備之處，反正女人已與我無關，因為我再也不會勃起，甚至「性」都已從我思想領域消失，這很奇怪，我不敢和阿揍德醫生承認，只含蓄地談到「勃起障礙」。不過他還是個很棒的醫生，走出診所，我對人性、醫學、世界的信心稍稍修復了一些，幾乎步履輕盈地拐上阿姆斯特丹路，走到聖拉薩車站時，我犯了一個錯誤，但那是真正的錯誤嗎？其實我也不知道，要到最後結局才曉得，沒錯，最後結局已迫近，但還沒真正到來，還沒到真正結局。

踏進聖拉薩車站，我無奈踱步大廳，有種進入「自我虛構小說」（autofiction）的怪異感，車站已經變成一座成衣店林立的普通大商場，但仍舊維持車站的功能，我的確是無奈踱步，在車站大廳裡那些讓人無法理解的商店招牌之間無言地遊蕩。老實說，我對「自我虛構小說」僅有模糊的概念，只記得有一次在克里斯蒂娜．安戈[40]的小說中看到這個名詞（好啦，只看了前五頁），但是愈靠近月台，愈感覺這個名詞非常貼近我的情況，甚至是為了我而創出的。我的生命已經難

40　克里斯蒂娜．安戈（Christine Angot, 1959-）法國小說家，以「自我虛構」小說傳記成名。將自己生平添加感想、戲劇感、臆測寫成小說，開闢自我生活更廣闊的想像空間。

以承受，沒有任何人能夠承受這樣艱苦的孤獨，我無疑拚命試著創造出某個生命事實，回到原來分歧的那個時間點，有點像想跟生命再多借貸一點機會，或許這些機會躲在某個地方，這些年來都躲在兩個月台之間等我；生命的機會隱藏在灰塵和自火車頭滴落的機油底下。此時我的心臟瘋狂亂跳，就像被掠食者相中的一隻小老鼠，像小老鼠那麼可愛的小動物啊。我走到二十二號月台，是這裡，就是這裡，就在幾公尺外，那時卡蜜兒每星期五在那裡等我從康城回來，幾乎持續一整年。她一看到我拖著那有著爛滾輪的登機箱出現，就朝我飛奔過來，跑過一整條月台，盡全力飛奔，上氣不接下氣，我們在一起，完全沒有分開的念頭，甚至連想都沒想過，連說都不必說。

我曾經領受過幸福，我知道它是什麼，我有資格談論它，而我也領受了通常隨之而來的幸福終結。欠缺的只不過就是一個人，結果卻是一片荒蕪，甚至「一片荒蕪」都是薄弱的形容詞，聽起來就是狗屁的十八世紀溫吞用詞，狂猛的浪漫主義那時還正在萌芽。事實上，欠缺的就只是一個人，結果卻是一切皆死亡，世界死亡，自身也死亡，或是變身為瓷偶，所有其他人也都變成瓷偶，熱與電的完美絕緣體，再也沒有什麼能夠欺身，只有內在的痛苦，孤獨的肉身隨之粉化。但是我還沒到那個程度，肉身目前看著還像樣，只是我形單影隻，徹底孤鳥一隻，而且我既不喜歡這種孤獨，也不享受這種精神自由的狀態，我需要愛，而且是某種特定形式的愛，廣泛來說我需要愛，但更準確來說，我需要屄，世界上的屄很多，在我們這個並不算大的地球上存在著好幾億個屄，想到有這麼多屄真不可思議，讓人頭昏目眩，我想每個男人都會覺得頭昏目眩吧。從另一方面來說，屄需要屌，至少這是屄所想像的（這是一個美麗的錯誤，男人的歡娛、人種延續，或許甚至社會、民主都靠這個）。原則上來說，有解決之道，但無法施行，這就是一個文明逐漸死亡的原因，沒有紛擾、沒有危險、沒有悲劇、也不必太多殺戮活動，一個文明僅因為厭倦、自我唾棄而死亡，社會、民主又能提供我什麼良方呢？顯然完全沒有，只能面對永久的欠缺感，只能選擇遺忘。

*

僅幾秒鐘之間，我的思緒就離開聖拉薩車站二十二號月台，但是立刻又想起我們的相遇是在月台最底端，當然這也視不同車班而定，有些火車一直開到瑟堡，有的只開到康城，我不知道為什麼要說這些有的沒的，在我不管用的大腦裡，巴黎聖拉薩車站的時刻表不時出現，總之，我們是在康城火車站C月台見面，某個十一月陽光普照的星期一早上，那是十七年，還是十九年前，我已經搞不清了。

情況本來有點奇特：派我去招呼一個來獸醫處做實習的女生本身就不尋常（卡蜜兒那時還是獸醫系學生，在國立邁松阿爾福獸醫學校讀二年級），現在局裡有點把我當作高薪合約工，可以託付各種零碎但也不能太侮辱人的工作，我好歹也是高科農業學院畢業的。總之這是上級對我「諾曼第乳酪」任務愈來愈不重視的表現。不過呢，在戀愛故事裡，也不必太過誇張這樣的偶然：就算我是幾天後在農林業管理局走廊上才遇到卡蜜兒，事情發展很可能也大同小異，只不過我們的相遇是在康城火車站，C月台底端。

火車抵達前的幾分鐘，我的感知敏感度就已經大大增強，這造成一種奇怪的預知能力；我注意到鐵軌之間不只長著雜草，還有開著黃花的植物，我忘了這植物叫什麼名字，我曾在高科農業學院二年級選修的「城市空間中的隨機生長植物」這門課上學到，這門課滿好玩，我們會去聖蘇比教堂採集教堂石牆間、環城大道路邊生長的植物……我也看見車站後面一個外牆畫著鮭魚色、赭紅色、黑煤色條文的平行六面體，讓人聯想到未來世界的巴比倫城邦——它其實是一個叫作「奧恩河畔」的大商場，是新上任市府團隊的驕傲政績，現代消費社會的指標品牌都進駐，從

Desigual到The Kooples，拜它們所賜，下諾曼第區也進入了現代化的階段。

她自車廂踏下幾階金屬階梯，朝我轉過身來，她沒有滾輪行李箱，我怪異地放下心，她只帶了一個大帆布行李袋，斜背在肩上。隔了好長一段時間——但我們一點都不覺得尷尬（她看著我，我看著她，這就是我們唯一做的）——或許十分鐘之後，當她說「我是卡蜜兒」，火車已經又啟動離站了，繼續駛向貝葉，繼之卡靈頓和瓦洛涅，底站是瑟堡。

在那個階段，千言萬語已在不言中、已決定了，或者套用我父親可能用的代書用詞——所有都已經「收錄」。她的眼睛是溫柔的棕色，她跟著我沿著C月台一路走，然後走上歐吉路。我的車停在百公尺外，當我把她的行李袋放到後車廂時，她自在地坐到前座，就好像這動作她已經做過幾十次、幾百次，往後也還會這麼做幾十次、幾百次、幾千次，其中毫無算計的成分，我感覺如此平靜，一種從未感受過的平靜，害我大概花了整整半個小時才成功發動引擎，或許還幸福得像個大白癡搖頭晃腦，然而面對我的呆滯，她一點都沒有不耐煩，也沒顯出吃驚的樣子。天氣晴朗燦爛，藍天如洗，幾乎有點不真實。

我們走北外環道，沿著教學醫院往前開，我意識到我們駛進了一片陰森的工業用地重劃區，大都是灰色波浪型屋頂的低矮廠房建築；周遭環境甚至不能說讓人不舒服，只不過驚人地完全平淡無色。我每天早上開車經過這裡已經一年了，卻從未注意到這個場景。卡蜜兒的旅館介於一間生產義肢的工廠和一間會計事務所之間。我結結巴巴地說：「我猶豫該選『城市公寓旅館』還是『亞岱吉公寓旅館』，當然『城市公寓旅館』位置比較偏遠，但去農林業管理局只要走路一刻鐘，如果您晚上想去市中心，克勞德－布洛赫地鐵站就在旁邊，坐十分鐘就到市中心，地鐵營運到晚上十二點；當然反過來說也行，您可以搭輕軌去上班，從『亞岱吉公寓』旅館您可以遠眺奧恩河畔，另一方面呢，『城市公寓旅館』裡的首選套房都有露天陽台，我覺得有陽台也很舒服。總之您若不喜歡，要換也行，當然費用是農林業管理局出……」她投給我一個怪異的眼神，很難解讀，混合著不解與某種同情；後來她跟我解釋，她不知道我幹麼這麼費勁再三詳細解說，明明很明顯，我們會住在一起。

在這個城市周邊的荒蕪赤裸環境中，農林業管理局給人一種過時老舊的奇怪感覺，老實說也有被忽略、被遺棄的感覺，而且這不僅是感覺而已，我跟卡蜜兒說，只要一下雨，大部分辦公室就漏水，而且這裡經常下雨。它的外觀看起來不像是公家行政機關，反倒像民房隨意零星散布的小村子，這可以說是園區，但更像一片荒地，長滿無法根除的雜草植物，分隔各建築之間的柏油路也開始被茂生的植物剝裂。我繼續說，接下來得把她介紹給實習的官方上司，也就是獸醫服務處主任。我喪氣地說，那個傢伙客觀來看，只能形容為一個老王八蛋。心眼小又好鬥，修理他手下的倒楣職員毫不留情，尤其是年輕職員，他對年輕人懷著一種特殊的厭惡，這次他被迫接受一個年輕實習員，簡直將之視為對他個人的攻擊。他不只不喜歡年輕人，也沒多喜歡動物，只除了馬，在他眼裡只有馬值得受到重視，其他所有的四腳動物都是動物界的低下階層，反正盡快送進屠宰場就行了。他的職業生涯主要在位於潘城的國立種馬場度過，雖然調到農林業管理局算是高升，老實說也是他事業的最高點，對他是個打擊。總而言之，我跟她說，和他見面，捱過去就好，他討厭死年輕人，之後會想盡辦法避免任何接觸，接下來三個月的實習期間幾乎確定不會再見到他了。

捱過會面後（她有節制地說：「確實是個老王八蛋……」），我就把她託付給獸醫處的一位女獸醫，一個溫柔的女人，三十多歲，我和她向來維持友好的關係。接下來的一個星期，什麼事都沒發生。我將她的電話號碼記在記事簿上，我知道是我該先打電話，在男女交往關係上，這點還是沒有多大改變，而且我比她大十歲，這一點也是要考慮進去。我對這段期間保持著非常怪異的記憶，只能類比為一些罕見的時刻，當我們極為平和快樂的時刻，就會不想沉入睡眠，就算深知接下來的這段睡眠會深沉、舒適、療癒，還是會一直撐著不睡到最後一秒。我覺得把睡眠與愛情相提並論並沒有錯，把愛情與雙人夢相比較是正確的，有時會有各自私人的時光，但彼此會有連結、交會，總之愛情會讓我們在塵世的生存轉化得令人可以忍受——老實說，它甚至是唯一的方法。

事情並不像我預期的那樣發展：外在世界強硬地讓人知道它的存在，並且以粗暴的方式：卡蜜兒約在一個星期後就打電話給我，那時剛過中午。她處於驚恐中，躲在埃爾伯夫工業區的麥當勞裡。她早上剛去了工業養雞場，現在趁著中午休息時間逃離，她需要我過去，必須立刻過去接她、拯救她。

我放下電話，火冒三丈：是農林業管理局哪個混蛋派她去的？我很清楚這家養雞場，規模龐大，飼養了超過三十萬隻雞，生產的蛋外銷遠至加拿大、沙烏地阿拉伯，但這家工廠名聲極差，是全法國養雞工廠裡最糟糕的之一，所有視察都下了非常負面的評論：飼養廠房裡上方照著強烈的鹵素燈，千萬隻雞試著活下去，一隻挨擠著一隻，沒有雞籠，是「地面飼養」，雞隻毛掉光、瘦巴巴、受傷的皮膚上爬滿紅色蟲蚤，生活在同類已經開始腐爛的屍體之間，在短暫生命裡——最多一年——每分每秒不停地驚恐咯咯叫。沒錯，就算在環境比較優良的養雞場裡，第一個讓人印象深刻的，是這不停的咯咯聲、母雞不停投來的驚恐眼神，這驚恐且不解的眼神。牠們並沒有尋求任何憐憫，反正也做不到，只不過牠們不解，不了解為什麼必須這樣活著。更別提那些剛生出來的小公雞，因為不會生蛋，活生生一把一把直接丟進絞碎機裡；這些我都知道，我已經視察過好幾個養雞場，埃爾伯夫這個無疑是最糟糕的，但是因為眾所皆知的惡行層出不窮，足以讓我遺忘它。

她一看到我駛到停車場，就狂奔過來，抱住我，抱了好久好久，不停地哭。人類怎麼可以這麼做呢？人怎能坐視這種做法呢？我不知該怎麼回答，只能說一些人性問題的老生常談。

一上車，我們朝康城駛去，她的發問又更加尖銳：何以獸醫、公共衛生監察員能放任這種情況？為什麼他們去視察那些每日虐待動物的場所，卻任由他們繼續經營、甚至與之合作？那些人至少是獸醫出身的啊！這一點，我也覺得奇怪：他們是不是收賄才睜一隻眼閉一隻眼？我甚至認為不是。總之，納粹集中營裡也必定有拿醫學文憑的醫生啊。這又只是對人性的一個平庸且喪氣的觀察，我寧可住嘴不說。

當她說到考慮要輟學、不再繼續念獸醫時，我終究還是插手干預了。我提醒她，獸醫是個自由業，沒有人可以強迫她去工業養殖場工作，甚至沒有人可以強迫她再看到任何一家工業養殖場，況且，她今天看到的是其中最糟糕的例子，動物生存條件最壞的（至少以法國來說，其他國家還有雞隻養殖更惡劣的環境，但我不想強調這一點）。現在她知道有這種情況存在，如此而已。當然很難忍受，但事情到此為止。我也忍住不說，其實豬隻養殖情況也沒有好多少，而且愈來愈多的牛隻養殖也是——今天她已經受夠了，我想。

開到她住的「城市公寓旅館」附近，她說沒辦法就這樣回家，絕對必須先喝一杯。這附近沒什麼適合的地方，附近環境實在超沒氣氛，老實說只有一家「納克爾海岸美居旅館」，顧客就只是來和本工業城區各家企業洽公的中級商業幹部。

美居旅館的酒吧出乎意料地舒服，散置著赭紅色椅套的沙發和深軟的扶手椅，吧檯人員體貼卻又不太過度。卡蜜兒委實受到極大驚嚇，還真是個單純小女孩，只不過視察了一間工業養雞場，就得喝到第五杯馬丁尼才真正放鬆下來。我呢，我覺得疲憊，極度疲憊，就好像剛結束了一段非常長的旅程，甚至覺得沒辦法再開車回克萊希鎮，事實上我感覺渾身無力，溫順而幸福。我們在納克爾海岸美居旅館要了一個房間過夜，都到了美居旅館，這樣的進展也是理所當然的吧，總之我們的第一夜是在那裡度過，這我可能會記到生命的最後一天，旅館房間裡滑稽的裝潢會一直縈繞在腦中到最後一刻，而且這記憶的確每晚都回來，我知道這不會停止，反而會愈來愈強烈，糾纏不止，直到死亡將我解放。

*

我當然希望卡蜜兒會喜歡我在克萊希鎮的房子，儘管我的審美觀不怎麼發達，卻也覺得這是棟可愛的房子；但我沒料想到她這麼快就把這裡當成自己的家，立刻就想著該怎麼裝潢和辦置家具，想買什麼布料、改動幾個家具位置，總之她很快就表現出女人身分——女權主義興起之前的女人概念——而其實她只有十九歲。直到目前為止，我住這棟房子就像住旅館，一個舒適的旅館，甚至是一個精緻豪華旅店，但只有在卡蜜兒到來之後，我才感覺這是我真正的家，只因為這是她的家。

我的日常生活當然也有其他改變。到目前為止，我都一成不變到居西—阿爾古小村的U超市採買，這家超市還有個好處，就是附帶加油站，出了超市就可以加油，偶爾檢查一下胎壓。我甚至至連克萊希鎮都沒去參觀，盡管各種屬性不同的導遊書都大大讚賞其為魅力小鎮，「諾曼第瑞士首府」這名號也不是空穴來風。

這一切都因卡蜜兒而改變，我們成為鎮上熟食肉鋪以及西點麵包店的常客，兩家都在三角廣場上，鎮公所和旅遊服務中心也都在這裡。好啦，說得更清楚一點，卡蜜兒變成常客，我通常只是在教堂對面、戴高樂廣場上的「凡先酒吧」喝杯啤酒等她，這家酒吧也兼賣香菸和獎券彩票。我們甚至還去鎮上「諾曼第風光」吃了一次晚餐，這家餐廳以當年《傻瓜行大運》的四傻曾在這裡拍過一幕景而自豪。一九七〇年代滿黯淡的，只有粉紅佛洛伊德和深紫樂團。總而言之，餐廳菜好吃，乳酪盤豐盛澎湃。

對我來說，這是一種全新的生活方式，是我和克萊兒在一起時從未想像過的。我發現這種生活充滿出乎意料的魅力，我的意思是，卡蜜兒對生活方式非常有概念，把她放在偏遠鄉下一個漂亮的諾曼第小荒村，她就能立即看到這個漂亮諾曼第小荒村最好的一面。男人通常不懂生活，他們並不懂真正貼近生活，從未真正覺得自在，儘管做各種不同的計畫，有的計畫雄心壯志、有的理想沒那麼遠大，當然這些計畫通常會失敗，然後下結論說，不如簡簡單單好好過生活，但通常為時已晚。

我那時活得幸福快樂，之前從沒那麼幸福快樂過，之後也再沒那麼幸福快樂；然而，在那段時間裡，無時無刻我都沒忘記這種情況是暫時的。卡蜜兒在農林業管理局只是實習，一月底無論如何都得走，回邁松阿爾福獸醫學校繼續學業。「無論如何」嗎？我也可以建議她放下學業，成為家庭主婦，成為我的妻子，如今回頭想想（而且我幾乎無時不想），我認為她會答應——尤其是在工業養雞場插曲之後。但是我並沒有那麼做，無疑我也做不到，我體內並沒有提這種建議的機制，這不包含在我的程式系統裡，我是現代人，對我，如同對和我同時代的人來說，女性擁有自己事業的發展是超越所有、首先需要被尊重的，這是至高無上的準則，代表脫離野蠻、走出了中古時代。但我或許不是一個絕對的現代人，因為就算僅僅幾秒鐘，在我腦中大可以放棄這個最高準則；但又再一次，我什麼都沒做、什麼都沒說，任憑事件發展。我對她回巴黎繼續念書的事完全沒信心，巴黎就像所有城市，是個製造孤獨的地方，而我們在這棟房子裡相處的時間不夠長，一個男人和一個女人，單獨面對面，幾個月的時間當中我們彼此就是全世界，但是這能夠持續嗎？我不知道，我現在老了，記不清楚了，但我記得那時候我就已經很害怕、也明瞭了，社會這個機制是毀滅愛情的機器。

我們在克萊希鎮那一段生活只留下兩張照片，我想是我們太專心過日子，不想浪費時間自拍，也可能因為那時自拍風氣還沒那麼流行。網路社群就算已經存在，當時也還只在萌芽階段；

沒錯，那個時代，大家活得比較專心。這兩張照片應該是同一天拍的，地點在克萊希鎮附近的森林裡。這兩張照片令人驚訝，因為時間應該是十一月，但是照片上看來——清新亮麗的光線、鮮脆的葉子——感覺是初春時節。卡蜜兒穿著一條短裙和配套的牛仔布外套，外套下印著小紅果的白色襯衫在腰間綁個結。第一張照片上，她的臉帶著開朗的笑，渾身散發著幸福氣息。今日讓我覺得很不可思議的，她那時的幸福是因為我。第二張是色情照片，是我保存她唯一一張色情照片。她鮮粉紅的手提袋放在身旁的草地上，跪在我身前，嘴裡含著我的陽具，兩片嘴唇闔在陽具中間。她眼睛閉著，如此專注口交，臉上毫無表情，臉部線條如此純淨，我再沒見過像這樣的全心奉獻。

我的房東去世的時候，我和卡蜜兒已同居了兩個月，我在克萊希鎮也住了一年多一點。葬禮那天下著雨，一月的諾曼第通常多雨，小鎮幾乎所有居民都到齊了，全是老年人。我在隊伍中聽到人說「他也不枉這一生」、「他這一生也無憾」。記得神父是從三十多公里外的法雷茲鎮來的，鄉下地區人口凋零、去基督教化嚴重、一堆「去這個化」「去那個化」，可憐的神父工作繁重，整天東奔西跑，不過這場葬禮容易處理，那剛過世的血肉凡人從未輕忽過聖事，一生忠貞信仰，總之就是一個百分百的基督徒靈魂回歸上帝，神父可以堅定地說：他自此而後將長隨天父左右。他的子女當然可以哭泣，因為他值得、也應該得到淚水奉獻，但子女不應心存擔憂，他們將會在一個更美好的世界與父親相逢，在那裡沒有死亡、苦痛與眼淚。

他的兩名子女旁人一眼就認得出來，他們比克萊希鎮民年輕了三十歲，而我立刻感覺他女兒有話要跟我說，難以啟齒的話，因此我等她來找我。綿綿冷雨下個不停，一鏟鏟土緩緩落進墳裡，她直到葬禮結束、參與者聚在一起喝咖啡時才來找我。事情是這樣，她很為難要這麼跟我說：我得搬家，她父親的房子早已用「以房養老」的方式賣出[41]，現在荷蘭買家希望盡快收回。用「以房養老」方式賣出的房子很少又拿出來租人，這種情形是賣家還持有該房屋的益用權，這時我明白他們的經濟情形一定很困難，賣家還活著而把房子出租這種做法幾乎從沒見過，尤其房客很可能不肯合作搬出。我立刻試著讓她放心，我不會多生枝節，我有份薪水，還過得下去，那他們呢？真的是到了這樣艱難的地步了嗎？唉，是的，她先生最近才丟了在Graindorge公司的工

41 「以房養老」（viager）是法國一種房地產買賣制度，按照法律，屋主老人可以提前找好房子的買家，買家先付一小筆預購款，然後每月付給老人屋主一筆房租，等到老人屋主過世便成為該屋的屋主。

作，這家公司確實經歷真正的危機。說到這個，就是我工作的核心，我所不承認的失敗核心。Graindorge企業在一九一〇年創立於麗瓦侯，第二次世界大戰之後又朝卡蒙貝爾、龐雷維克這兩種乳酪多樣發展，欣欣向榮（這間公司是生產麗瓦侯乳酪無庸置疑的龍頭老大，在「諾曼第乳酪三大天王」中其他兩種乳酪生產也居於第二位），從二〇〇〇年初期開始經歷一連串危機，情況愈來愈困難，直到二〇一六年被全世界最大乳品企業拉克塔利斯收購。

我很清楚這個狀況，但對前房東的女兒什麼都沒說，因為有時候閉嘴會比較好，反正我沒什麼可說嘴的，我的職責是幫助她先生在職的公司，乃至衍生保住她先生的工作，但是失敗了。不過我要她放心，會立刻把房子空出來。

我對她父親存著一份真正的感情，也感覺他滿喜歡我，不時會捎瓶燒酒來看我。對老人家們來說，燒酒很重要，他們也只剩這個了。我立刻對他女兒也產生好感，她非常非常愛父親，這可以看得出來，她展現出的親情真心、徹底、無條件。然而，我們注定不會再相見，兩人道再見時也確信不會再見到彼此，接下來的細節問題房屋仲介會處理。這種事情不斷出現在人的生命當中。

其實我一點都不想獨自住在這棟我曾和卡蜜兒共度的房子裡，也完全不想生活在別的地方，但我沒得選擇，必須搬家。她的實習已近尾聲，只剩下幾個禮拜，然後很快只剩下幾天。顯然是為了這個原因，主要、且幾乎只是為了這個，我決定搬回巴黎，但當我和所有人、甚至和她談起這個決定時，不知哪來的男性尊嚴促使我大談其他原因；幸好她也不是好騙的，當我大談事業上的各種野心時，她每每投來猶豫而傷心的眼光，令人扼腕的是我沒有勇氣簡單明瞭地跟她說：「我要搬回巴黎是因為我愛妳，想跟妳一起生活。」她一定想說男人有跨不過的界限，我是她的第一個男人，但我想她很快、很容易就明瞭了男人跨不過的界限。

我口口聲聲事業上的各種野心其實也不盡然是謊言，在農林業管理局，我深深明白自己起不了什麼作用，真正的權力在歐盟首都布魯塞爾，或至少在和布魯塞爾關係緊密的中央行政組織，我若想放手一搏就應該去那種機構。只不過這種高層的職缺很少，比各處的農林業管理局職缺少得多，我試了整整一年才成功。在這一整年裡，我沒勇氣提起勁去康城再租一間公寓，「亞岱吉公寓旅館」雖不是很好的解決辦法，但一個星期睡四晚還可以接受，就是在那裡，我破壞了此生第一個煙霧偵測器。

農林業管理局幾乎每週五都有公司同仁聚會，不能不參加，所以永遠趕不上下午五點五十三分那班火車。搭下午六點五十三分那班火車，我在晚上八點四十六分到達巴黎聖拉薩車站。我說我領受過幸福快樂，以及創造這幸福的所有元素，完全知道那些元素是什麼。每一對伴侶都有他們的小習慣小儀式，一些毫無意義的儀式，甚至還有點荒謬，不足為外人道。我們的小儀式之一就是以晚餐開啟週末，每週五晚上在聖拉薩車站對面的莫拉餐廳吃晚餐。我好像每次點的都是風螺美乃滋，加上焗烤龍蝦，每一次都覺得很美味，從不覺得需要或有意願嘗試菜單上其他的菜。

我在巴黎租了一間可愛的兩房公寓，對著內院，位於學校街，離我學生時代住的那個套房不到五十公尺。但是我並不覺得和卡蜜兒住在一起的時光讓我想到學生時代，情況已經不一樣了。首先我已非學生，尤其卡蜜兒不一樣，她身上沒有我在高科農業學院當學生時那種輕鬆、那種不在乎。大家都說女生念書比較認真，這種人云亦云當然也是真的，但還有其他的。我大卡蜜兒只不過十歲，但是無可否認的，某些事情已經改變，她這個世代的氣氛已經不一樣了，我在她同學們當中就看得出來，不管學的是什麼專業：他們都很認真、用功，非常重視學習成績，似乎他們已經知道外面的世界不會手軟，等待他們的世界是充滿敵意且艱困的。有時候他們需要解放，就一群人一起買醉，但甚至買醉也和我那時代不同——他們要立刻醉，在最短的時間裡灌下大量酒精，巴不得盡快醉死過去。他們這種喝法和《萌芽》[42]小說裡那時代礦工的喝法完全一樣，兩者相像的程度更因為苦艾酒強力回歸而增加，這種滴定蒸餾的酒精濃度高得嚇人，一瞬間就會喝醉。

卡蜜兒在學業上的這種認真嚴肅，也表現在我們的關係上。我不是說她嚴厲或刻板，相反的，她很開朗，隨便一點事就笑開懷，某些地方看起來還非常孩子氣，會突然瘋狂想吃健達繽紛樂巧克力之類的。但我們是一對，這是很嚴肅的事情，甚至是她生命中最嚴肅的一件事情，這讓我非常震撼，每當我接收到她看我的鄭重目光，以及她所投入的深沉度，甚至無法呼吸——這是我在十九歲時不可能有的鄭重與深沉。或許這也是她那個世代的特點。我知道她的朋友們都認為她「運氣好找到了」。我們安定、布爾喬亞階級的伴侶關係是：她衷心地需要，我們每週五晚上去的不是年輕人常上門的奧貝坎普區的小酒館，而是一家裝潢古典的傳統餐廳，這似乎就代表我們試著活在其中的夢。外面的世界殘酷、對弱者毫不留情，世界從不遵守自己誇下的保證，愛情是唯一，或許，我們還能夠相信的。

---

42 《萌芽》（*Germinal*）是十九世紀法國自然主義小說家左拉（Émile Zola）的代表作，描繪當時礦工生活與他們社會意識的覺醒。

*

我何以要讓自己陷入過去這一幕一幕呢?就像人家說的,我可以做夢而非哭泣——好像我們可以選擇似的——只需告訴自己,我們的愛情故事持續了五年多一點,五年的幸福已經很了不起,我當然不配得到這麼多幸福。這段愛情以愚蠢至極的方式結束,像這種事不該發生,卻發生了,而且每天都在發生。上帝是個蹩腳的編劇,這是我近五十年生命得到的信念。更廣泛說來,上帝本身就是個蹩腳人物,所有創造的人與物若非純然惡劣,也都顯出「粗略」和「失敗」,當然也有例外,絕對有例外,幸福的可能,哪怕僅僅以誘餌的名義,也應該是存在的。我愈扯愈遠,還是回到關於我的主題,並不是它有什麼特別有趣之處,但這是我的主題。

那幾年我也在工作中得到某些自我肯定,甚至有時——尤其是到布魯塞爾出差的那些時候——會短暫產生自己是個重要人物的錯覺。說起重要性,無疑是比起之前我為了麗瓦侯乳酪做的那些滑稽推廣行動來得重要,我在歐盟農業預算中,法國的方案計畫上扮演相當重要的角色。不過我很快就明白,農業補助預算是歐盟最大一筆開支,法國又是最主要的受惠國,然而農業從業人員就是太多,無法扭轉農業走下坡的頹勢。我漸漸下了結論:法國的農業從業人員擺明了就是死路一條。就算我和所有其他人一樣對這個努力沒抱多大期望，也明白我無法改變這個世界，其他人無疑比我更有抱負、更有熱忱、更聰明。

有一次我去布魯塞爾出差，突然興起了和譚妹上床的晦氣念頭。其實無論誰都會有這種念頭，那個黑小妞秀色可餐，尤其她那小屁股。總之，她有個黑小妞的漂亮小屁股，這就一切盡在不言中，而我追求的方法其實也就直接參考這一點。那是個週四晚上，我們一群還算年輕的歐盟公務員聚在「大中央酒吧」喝啤酒，某個時間點我不知說了什麼讓她哈哈大笑，那時候我還做得到這種事，總之，當我們走出酒吧到盧森堡廣場上一家舞廳續攤時，我把手放在她屁股上，原則上這種簡單明瞭的方式很難奏效，但這一次，奏效了。

譚妹隸屬英國代表團（當時英國還屬於歐盟，至少假裝屬於），但我想她來自牙買加，或是巴貝多，總之來自一個好像產不盡大麻、蘭姆酒和小屁股漂亮黑妞的島國，那些好東西可以幫助人活下去，卻無法把生命轉化為命運；還要加上一點，她口交的工夫「堪比女王」，這是在某些領域使用的怪異說法，但她的工夫肯定比英國女王好得多，嗯，我不諱言度過了舒爽的一夜，甚至非常舒爽，但食髓知味適合嗎？

我確實食髓知味，那是趁她來巴黎的一個機會，她時不時會到巴黎來，原因我完全不知，當然不是來逛街採購，只有巴黎女人會去倫敦採購，絕不會反過來，但是遊客會來巴黎觀光應該也有其原因吧？總之我去她位於聖傑曼區的旅館，兩人走在附近的貝西街上，手牽著手，我臉上或許還帶著剛高潮完那種傻兮兮的表情，迎面碰上了卡蜜兒。她怎麼會到聖傑曼區來呢？我完全不知道，我說過了，這是一段愚蠢的故事。她看我的眼神中淨是恐懼，是個純然驚恐的眼神；然後她轉過身逃走，真的一溜煙逃走了。我花了幾分鐘擺脫那個女的，只比她晚五分鐘趕回公寓，真的五分鐘而已。她沒有任何責備、任何生氣的表現，而是更令人難忍：她開始哭。她哭了好幾個鐘頭，靜靜地，滿臉淚水也沒想到去擦；這是我此生最難受的時刻，這點無需懷疑。我的腦袋運作變得遲緩，渾沌不清，想找出諸如「我們總不會為這種出軌小事分手吧……」或「我對那女的完全沒感情，只是喝多了……」（第一次是真的，但這第二次是假的）這種說詞，但沒有一個說詞合格、適當。第二天，她繼續哭著收拾行李，我則絞盡腦汁想找出一個適切的說詞。老實說，接下來的兩、三年，我還是不斷尋找一個適切的說詞，或許從來沒停止尋找。

接下來的生命乏善可陳——除了上面談到的柚子之外——現在我又再度孤獨一人，比以前任何時間還要孤獨。是啦，我有鷹嘴豆泥蘸醬，它是孤獨的好伴侶。遇到節慶期間就比較尷尬，總得來個海鮮盤吧？但這種東西是要和人一起分享的，獨自一人吃海鮮盤是個極端的經驗，甚至莎岡[43]也描寫不來吧，真是太聳動了。

還剩下泰國這個選項，但是我感覺自己做不到。好幾個同事都跟我說泰國女人棒極了，但是她們好歹有她們的職業尊嚴，不喜歡舉不起來的客人，會興起對自己的質疑，總之我不想招惹任何事端。

二〇〇一年十二月，就在我剛認識卡蜜兒之後，立刻面臨了生命中第一次每年反覆出現、無可避免的節慶悲劇——我雙親在六月過世，有什麼可資慶祝的呢？卡蜜兒和父母相當親近，星期天中午經常回父母家吃飯，他們住在五十多公里外奧恩省的巴尼奧爾。我知道我對父母之死三緘其口讓卡蜜兒感到奇怪，但她並不問，只等我自己開口。直到耶誕節前一個星期，我才終於跟她說到我父母親自殺的事。這讓她非常震撼，我立刻感受到，這對她來說是一個非常大的震撼；有

43 莎岡（Françoise Sagan, 1935-2004），法國女作家，十八歲以處女作《日安憂鬱》（*Bonjour Tristesse*）走紅文壇，無論文字或為人都被衛道人士抨擊為離經叛道。

些事我們在十九歲時並不一定有機會去思考，除非生命逼著你，要不然事實上不會特別去想。因此她邀請我去她家過耶誕節。

去見對方父母總是敏感而不舒服的時刻，但是我從她的眼神立刻明瞭：她父母絕不會對她做的選擇存疑，連存疑的念頭都不會有；她選擇了我，因此我成為這個家庭的一分子，就是這麼簡單。

達西瓦家族之所以落腳到奧恩省的巴尼奧爾，對我來說一直是個謎，尤其裘阿金・達西瓦最早只是個建築工人，何以能成為奧恩省的巴尼奧爾鎮上最主要、也是唯一的菸草報章店老闆？他的店位於湖畔，位置極佳。人們可以觀察到，上幾代祖先的命運、一生的經歷常常伴隨著一股神祕的趨勢，讓人不知所以然，以前稱這種轉變為「社會階級提升」。總之，裘阿金・達西瓦一輩子在這裡度過，陪伴著同樣是葡萄牙人的老婆，從不回顧過去，也從來沒夢想回去故鄉葡萄牙，在此地生了兩個孩子：卡蜜兒，以及多年以後的凱文。我是個道地的法國人，對這個議題毫無置喙餘地，但是和他們的談話輕鬆且愉快，裘阿金・達西瓦對我的職業很感興趣，和他周遭所有的人一樣，他本身是農人出身，父母在葡萄牙阿倫特茹區曾試種過不知什麼作物。他雖然時而認為自己身為菸草報章店老闆是勝利組，但對本區農人愈來愈艱困的處境並非無感。儘管他工作辛苦，和一般農民比起來還是沒那麼辛苦；儘管他賺的錢不多，但還是比農民多。談到經濟這個話題，就有點像談到龍捲風或是地震，很快就不知所云，感覺像是談到一個晦暗的神祇，然後大家就再斟一杯香檳，當然，通常節慶時才喝香檳，待在卡蜜兒父母家的幾天吃得非常好。整體來說，我在他們家受到非常好的招待，他們真的很親切，我想其實我父母在這種情境中也會表現得非常好，或許方式會稍微布爾喬亞一點，但老實想想也不見得，他們很知道如何賓主盡歡，我已經多次見識過他們這個工夫。離開卡蜜兒父母家的前一夜，我夢見我父母在桑利斯市的家裡接待她，醒來時我本想和她說這件事，隨即才猛然想起他們已經死了，我對死亡這件事總是難以釋懷，這是我個性上的一個特質。

哪怕全天下只有一個不尋常的專注讀者會在意，我還是想嘗試解釋一下：我為什麼想和卡蜜兒再見？為什麼覺得必須再見克萊兒？甚至再次見第三個女人、那個只吃亞麻子的厭食症患者——我一時之間想不起她的名字，但我想像裡的那個專注讀者想必能幫忙補上她的名字——我何以希望再見她一面呢？

大多數瀕臨死亡的人（除了那些陳屍停車場或是專門機構裡安樂死的人）都會在死前營造出某種告別儀式，希望見到那些在他們生命中曾經扮演某個角色的人最後一面，希望和他們最後一次說說話，時間長短視人而定。這對他們來說非常重要，經過我多次觀察，他們從電話找不到要找的那個人就開始擔心，因為他們想立刻安排見面，這都可以理解，他們剩下的日子不多了，到底多少天不知道，但不多了，幾天而已吧。臨終關懷人員（至少我看見的，在我這個年紀，勢必看過不少）對他們這些要求都表現出專業與人道，這些人員真讓人感佩，在這個整體上缺乏人性且令人厭惡的時代中，他們是屬於「令人感佩的小人物」的少數人，支撐著社會的運作。

我可能也是如此，著眼於為未來做練習，在一個比較小的範圍內，安排一個小儀式，向我的性欲告別，更具體地說是向認識我陰莖的人，值此它即將熄燈結束服務的時刻，我希望再見一次所有眷顧過它、以她們的方式愛過它的女人。在我的情況，向認識我與認識我陰莖的人的告別儀式其實可以二合一。我生命裡不曾有過多少男性友誼，其實男性朋友總共只有埃米瑞克一個。而這種做整體回顧、在人生最後一刻告訴自己曾經活過的做法，實在很奇怪；也或許剛好相反，如果不想這樣做才是恐怖且怪異的。恐怖怪異的是那些活著的男男女女對一生沒有任何可敘述的，對未來也沒有任何可想的，只除了變成一堆模糊難辨的生物技術體（因為骨灰牽扯到技術層面，就算只能當肥料，也要評估裡面的鉀和氮的含量），一生平平淡淡、懵懵懂懂地離開，就像離開一個堪稱尚可的度假地，不知下一段旅程的目的地，僅僅帶著早知道就不要來世界一遭的模糊直覺，我說的是絕大部分男女眾生。

因此，我帶著這種無可救藥的心情，訂下了奧恩省的巴尼奧爾湖畔那間「倍宜Spa旅館」的房間，準備度過二十四日到二十五日那一夜，於是我在二十四日早上上路。二十四日是個星期天，大部分的人都在星期五晚上、最晚星期六一大早就上路了，高速公路上空無一人，只除了無所不在的立陶宛和保加利亞大卡車。我一路上幾乎都在琢磨待會兒對旅館櫃台人員，還有倘若碰到樓層清潔人員時的簡短說詞：耶誕節家族團聚人數實在太多，叔叔家（雖然是在叔叔家相聚，但所有家族成員都會來，我會見到好幾年、甚至好幾十年沒見到的表兄弟姊妹）睡不下所有人，我只好犧牲自己來旅館過夜。我認為這段說詞實在完美，連自己也慢慢相信了；為了取信於人，當然不能叫餐點到房間，所以我在快到達前，先在高速公路「阿爾讓唐地區休息站」採買了一些當地特產（麗瓦侯乳酪、蘋果氣泡酒、蘋果香甜酒、肉腸）。

我犯了一個錯誤，一個天大的錯誤，去聖拉薩車站已經令我難受，尤其是卡蜜兒氣喘吁吁飛奔過月台投進我雙臂的影像，而在這裡更糟糕，大大糟糕，甚至還沒抵達奧恩省的巴尼奧爾，過往一切已全部回到眼前。一駛進安譚公有森林，就記起我和她一起走過的一段長長的路，長得不得了、沒有盡頭、簡直是一段永恆的散步，那是十二月的一個下午，回程時我們上氣不接下氣，雙頰火紅，快樂的程度是我從不敢真正奢望的，路上我們在一間「巧克力製造商」停下，買一種奶油超多的蛋糕，絕對打敗「巴黎—巴尼奧爾」以及巧克力製的假卡蒙貝爾[44]。

記憶一旦開啟便停不下來，逃也逃不掉。我認出「河畔花盆餐廳旅店」（起司焗烤馬鈴薯是他們的招牌菜）上方那怪異的紅白磚砌小塔，以及就在近旁那棟由各種顏色的磚塊建成的奇特「美好年代」風格建築。我也記得湖泊最底端的小拱橋，以及卡蜜兒的手壓在我前臂、指著滑行在湖上的天鵝給我看的力道，那是個十二月三十一日，日落時分。

我並不是在奧恩省的巴尼奧爾才開始愛戀卡蜜兒，而是我早說過的，在康城火車站的C月台底端。但是在她父母家的那兩個星期，無疑使我們的關係更深厚了。我心底一向覺得我父母親的鶼鰈情深是無法達成的，第一是因為我父母是奇怪的人，好像謫下凡間的神仙眷侶，不能作為真實生活的範例，其次我也感覺這種夫妻模式，某方面來說，已被我這個世代所摧毀。啊，並非我這個世代——我這個世代不僅沒有能力建構，連摧毀的能力也無，應該說是我們上一代，是的，一定是我們上一代的錯。話雖如此，卡蜜兒的父母，卡蜜兒那一對平凡的父母，象徵的卻是能夠達成的例子，一個近在眼前、強而有力的例子。

我就是在這種狀況下往前開了百公尺到達菸草報章店前。星期天下午，又是十二月二十四日，店當然是關著，但我想起她父母就住在店樓上的公寓。公寓亮著燈，一片通明，想當然耳，感覺是一片溫馨的通明。我就這樣待了不知多長時間，事實上無疑只是短暫一會兒，我卻覺得拉長至無限。一陣濃霧已自湖面升起。或許已經冷了，但我只是間斷地感覺到這冷，並且只是表面的冷。卡蜜兒的房間也亮著燈，之後又熄了，我的思緒氤氳著朦朧的期待，然而很清楚卡蜜兒根本不可能會打開窗戶呼吸外面的夜霧，完完全全不可能，而且我甚至不希望她打開窗，只想好好思索自己新的人生藍圖，帶著些許恐懼地想，這趟旅程的目的或許不僅僅是緬懷過去，這趟旅行或許是某種面對未來的轉機，我必須很快想清楚。我還有幾年可以思考未來，幾年或是幾個月，

44 「巴黎—布雷斯特」（Paris-Brest）是法國一種傳統泡芙，裡面包著慕斯奶餡，各地區把這甜點加上自己住的地名，變成「巴黎—ＸＸＸ」，其實是一樣的東西。卡蒙貝爾（Camembert）是法國著名乳酪，有商人別出心裁用巧克力製成這種圓形乳酪，裝在木盒裡，幾可亂真。

我無法正確知道。

我對「倍宜Spa旅館」的第一印象糟糕透頂，在所有的旅館裡（十二月，奧恩省的巴尼奧爾可不缺旅館房間），我選了最糟糕的一家。在四周「美好年代」風格的漂亮房子當中，它的建築大大破壞了湖畔的和諧美感。我沒勇氣把編好的故事說給櫃台小姐聽，她看到我的剎那滿臉驚訝，甚至帶著明顯的敵意。的確，人們難免會想我到這裡來幹麼，但話又說回來，耶誕節晚上也有形單影隻的投宿者，旅館櫃台什麼樣的人沒看過呢？我只不過是不幸的人生裡比較奇怪的一種罷了。我幾乎因旅館冷漠不多問的模式鬆了一口氣，當她遞出房間鑰匙時，我僅僅點了點頭。我買了整整兩大根肉腸，午夜彌撒電視無疑會轉播，也沒什麼可多抱怨的了。

一刻鐘之後，我其實在奧恩省的巴尼奧爾已經沒任何事可做了；但若次日就返回巴黎似乎太大意，我通過了二十四日這一關，但還有三十一日那一關，根據阿揍德醫師所言，那一關還更難過。

人一旦憶及過往，就會陷進去，只要開始陷進去，就會一頭栽進無邊無際的泥淖。我去埃米瑞克家之後幾年，還收到他零星幾個消息，大致上是小孩出生的訊息：先是安娜瑪麗，三年之後是塞格琳。至於他的農莊狀況，隻字未提，我猜想情況一定沒好轉，甚至更壞；在家教嚴謹的家庭裡，沒消息代表的必定是壞消息。或許我也是屬於家教良好這個不幸的類別，和卡蜜兒認識初期我傳給埃米瑞克的郵件都充滿熱情，但分手的消息卻隻字未提，然後我們的聯繫就完全中斷了。

現在可以直接進入高科農業學院的畢業生網站，我發現埃米瑞克的生活似乎毫無改變：從事同樣的工作、同樣的住址、同樣的郵址、同樣的電話號碼。然而我一聽到他的聲音——疲憊、緩慢、連說完一個句子都困難——就知道某個東西改變了。我隨時可以過去，為何不就選今晚呢？他毫無疑問可以留我住宿，儘管住宿的情況改變了，總之見了面他會再解釋。

介於奧恩省的巴尼奧爾和康米—拉—后克小村之間，是從奧恩省到芒什省一段緩慢、非常緩慢的路程，沿著空蕩且霧氣瀰漫的省道——我再提醒一次，那是十二月二十五日。我不時停下車，試著回想我為什麼到了這裡，卻回想不起來。草地上飄浮著一層濃霧，沒有牛隻的影子。人們大可把我的旅程形容為充滿詩意，「詩意」這個說法散發出一股悲哀的輕盈、消逝感。我的賓士四輪傳動在平穩的路上發出愉悅的引擎聲，空氣調節器送出舒適的暖氣，而我充分意識到：悲劇性的詩意也是存在的。

和我十五年前來訪時相比，歐隆德城堡外觀並沒有更明顯的破敗；內部卻全變了樣，原先溫馨熱情的飯廳成了一個晦暗、骯髒、臭兮兮的破地方，四處亂丟著火腿片的包裝和醬汁肉餡捲的空罐頭。「我家什麼吃的都沒有……」這是埃米瑞克迎接我的第一句話。我回答：「我還剩下一根肉腸。」這就是我和這個曾經是、現在說來也算是（雖然只是退而求其次）我最要好朋友重逢的開場白。

「你要喝什麼？」他問；說到酒，他似乎毫不匱乏。我到的時候他正在解決一瓶野牛草伏特加，我則選喝夏布利白酒。他邊喝邊擦拭零件、組一支槍，看來是一支自動步槍，在許多電視劇裡看過。「這是一支施麥瑟S4，223口徑雷明頓彈。」他做出沒必要的說明。我切了幾片肉腸以緩和氣氛。他的外表改變了很多，臉變大且多了酒糟鼻，但最恐怖的是他的眼神，一種空洞、毫無生氣的眼神，似乎哪怕幾秒鐘時間都不可能放鬆的茫然虛空。我覺得不必問任何問題，已經明瞭大致的情形，不過還是得說點什麼，但是兩人都沉重地不想開口。我們不時各自斟酒，他喝他的伏特加，我喝我的白酒，兩個筋疲力盡的四十多歲男人搖頭晃腦。「我們明天再談。」埃米瑞克說，終結了我的尷尬。

他開著日產Navara貨卡為我開道。我跟著他的車開了五公里，路又窄又顛簸，比車子寬不了多少，兩旁荊棘灌木刮著車身。他關掉引擎、下車，我走到他身旁：我們位於一片廣大半圓形劇場般的草地頂端，草坡往海邊緩緩下降。滿月高掛照亮遠處大海上的波濤，但幾乎看不見小木屋，它們散布在緩坡上，彼此之間相隔百來公尺。「我總共有二十四間小木屋，」埃米瑞克說：「我們根本沒拿到補助款來改建城堡為精緻旅館，上面認為芒什省北部有皮克貝克城堡旅館就夠了，所以我們改走小木屋路線。營運還不錯，這是唯一有點進帳的，五月連假開始有客人，有一次七月甚至客滿。冬天當然一個人都沒有。喔，很奇怪的是，現在有一間小木屋租了人，獨自一個客人，是個德國人，我想他是個賞鳥客，有時看見他背著望遠鏡和遠距離鏡頭在草原上。他不會吵到你，好像打從入住到現在都還沒跟我說過話，走過時也只是點個頭當作招呼。」

走近看，小木屋是一個個長方塊，幾乎呈立方體，覆蓋著塗漆松木板。內部也是淺色木頭材質，空間還算寬敞：一張雙人床、一座沙發、同樣木製的一張桌子和四張椅子、一間小廚房和一台冰箱。埃米瑞克按下配電箱。床上方有台架在移動架上的電視。「有的小木屋有一間兩張上下鋪的小孩房，也有的有兩間小孩房，加上四張床；以西方人口成長趨勢來看，我想這樣足夠了。可惜的是我沒有網路……」他惋惜地說。我發出一聲這無關緊要的呼嚕聲。「這讓我流失不少客人，」他堅持：「有很多人問的第一件事就是這個，芒什省鄉下架設高速網路的計畫進行得有點慢。不過，暖氣很強。」他指著電暖器說：「從來沒有客人抱怨過這一點，建造小木屋時我們很注意隔熱，這是最重要的一點。」

他突然停住，我感覺他就要談到西西莉了，於是閉上嘴等待著。他壓低聲音又說：「我們明天再聊，晚安。」

我躺在床上，打開電視，床柔軟舒適，屋內氣溫很快變得溫暖，他說得沒錯，暖氣很強，唯一有點可惜的是我孤單一人，人生還真不簡單。窗戶很寬，幾乎像玻璃帷幕，想必是為了海景，滿月依舊照耀海面粼粼波光，我感覺海水比我們到的時候接近了很多，想必是海潮現象吧，我不知道，我對張潮退潮毫無概念。我的年輕時代是在桑利斯市度過，度假就去山上，後來我曾有過一個女朋友，她父母在地中海岸的胡安萊潘[45]有棟別墅，那是個個頭小小的越南女生，陰道可以緊縮到驚人的程度——喔，其實我的生命不是只有不幸，但是對潮汐的經驗相當匱乏，看見這一汪浩瀚的水慢慢湧上，淹覆陸地，是一種很奇怪的感受。電視上正播出《夜未眠》節目，熱鬧的脫口秀和緩緩上升的海水成了不尋常的對比，主持人數太多，講話聲音太大，節目整體的分貝高得誇張，我關掉電視，卻立刻後悔起來，現在感覺自己錯過真實世界裡某些事、和歷史脫了節，而我錯過的或許是重要的東西。節目選角無懈可擊，我確信被邀請來的都是舉足輕重的大咖。看看窗外，海水似乎又更接近了，令人憂心，我們很快會被海水淹沒嗎？如果真是這樣，不如找點樂子。我拉上窗簾，又打開電視，關靜音，立刻領悟這是個絕佳選擇，這樣就很好，節目依然熱鬧喧囂，但聽不到聲音，反而還更增加趣味，就像看一堆媒體上精神有點毛病但逗趣的小玩偶，他們一定能助我入眠。

*

45　地中海屬內陸海，潮汐遠不如大西洋岸來得明顯。

我的確入眠了，但是睡眠品質很差，一整夜騷動著陰森的夢，有的帶著情色但整體就是陰森。我現在開始害怕夜晚，任由精神不受控制地漫遊，因為我的精神意識到我的生存正在邁向死亡，所以抓住每一個機會提醒我這個事實。在夢裡，我半躺著休息，半個身體埋在傾斜、黏稠、泛白的土地下，雖然四周沒有任何景象提示，但我腦中知道身處海拔不是很高的山區，放眼望去，周身一片無盡棉絮般泛白的氣息。我微弱地呼喊，一遍又一遍不放棄，但是我的呼喊毫無回音。

將近早上九點，我敲了城堡的門，沒有回應。遲疑了一下，我走向牛欄，埃米瑞克也不在那裡。牛隻好奇地盯著我一路走上小徑，我隔著柵欄摸牠們的鼻子，觸感溫熱濕潤。牠們的眼神抖擻，看起來壯碩健康，儘管他困難重重，還是把牲畜照顧得很好，這點讓人放心。

辦公室的門敞開著，電腦開著。螢幕選單上有火狐瀏覽器的圖示。我倒也不是有多少原因需要上網，只為了一個原因。

如同高科農業學院的畢業生網站，網上現在也可以直接進入邁松阿爾福獸醫學校畢業生網站，我只花了五十秒就找到卡蜜兒的檔案。她自己開業，診所位在法雷茲市，離她父母家三十公里。所以，我們分開之後，她回歸到她的家庭；我早該猜到的。

檔案上只有她診所的住址和電話，沒有其他任何個人訊息。我把資料列印下來，摺成四摺塞進厚呢上衣口袋，還不知道到底該怎麼做，或更準確地說，不知道我有沒有勇氣去做，只是全然意識到，我的餘生僅繫於此。

走回小木屋的路上，我遇到德國賞鳥者，或者說差一點遇到。他在三十公尺外看到我，突然僵住幾秒鐘，然後拐向左邊一條往上攀的小路。他背上背著一個背包，胸前斜背著一台加上巨大遠距離鏡頭的相機。他快步向前，我停下目視他的路徑：他往上幾乎攀到斜坡的頂端，坡度算是相當陡，沿著頂端走了將近一公里，之後斜斜往下走到離我的小木屋百公尺外的他的小木屋。也就是說，只為了不和我照面說話，他繞了十五分鐘的路。

觀賞鳥類應該有其趣味之處，可惜直到目前我仍完全無法體會。那天是十二月二十六日，商店應該有營業，的確，我在庫唐斯一家賣武器店裡買到一副施密特──本德爾高倍數望遠鏡，那位熱心洋溢的店員──一個漂亮的同性戀，只可惜發音有點問題，說起話來有點像中國人，「絕對四市場上能著到最好的，不必懷疑」：它擁有的施奈德鏡頭畫質超佳，聚光性能一流，就算拂曉或是黃昏、甚至濃霧之中，我也可以輕鬆把目標物放大五十倍。

這一整天剩下的時間我都在觀鳥，觀察牠們在海灘上機械性地一跳一顛（海水已經退了好幾公里，幾乎看不到了，只看見一片廣闊的灰色沙灘，四處顯現黑水的沙坑，景色老實說滿淒涼的）。觀察大自然的這個午後饒富趣味，讓我回想起求學時光，只不過我當初念書時比較關注的是植物，但現在何不來關注鳥類呢？那些鳥看起來有三類：一種全身白色、一種黑白交雜、第三種全身白色但腳很長，鳥嘴也很長。牠們的名字，不管學名或俗名我完全無知；不過，牠們的活動毫無神祕可言：不停把鳥嘴伸進潮濕的沙地裡，從事和人類所謂徒步撈捕相同的事。剛才我看到一個旅遊告示牌，寫著大海退潮之際，可以在潮間帶的沙灘或水窪裡輕鬆捕撈到大量的鳳螺、濱螺、竹蟶、蛤蜊，甚至生蠔或螃蟹。有兩個人（望遠鏡裡可以準確看見，兩個五十多歲的男人，虎背熊腰）也沿著海邊走，拿著耙鉤和水桶，正在與海鳥爭食。

晚上七點左右，我又去敲城堡的門，這回埃米瑞克在家，樣子不只是醉了，還有點迷幻。「你又開始嗑藥？」我問。「是啊，我在聖洛有個藥頭。」他邊說邊從冷凍庫掏出一瓶伏特加，我呢，還是選喝夏布利白酒。這一次他沒組裝步槍，而是拿出一張祖先畫像，靠在扶手椅上；畫像上是個虎背熊腰的傢伙，四方臉上的鬍子刮得乾乾淨淨，眼神陰鬱專注，身上緊裹著一個金屬馬甲，一隻手上拿著一把幾乎高及胸部的大尖刀，另一隻手上舉著一把斧頭，整體散發出強健和強烈的殘酷感。「他是侯貝．阿爾古，人稱為強者……」他娓娓道來：「是阿爾古家族第六代，因此是比征服者威廉[46]晚很多的時代。他曾跟隨獅心王理查第三次十字軍東征。」我心底想，有家族根源還是很不錯。

「西西莉兩年前走了。」他音調不變地繼續說。好啦，談到這事啦。我心想：他終於要講了。「某方面來說是我的錯，我讓她太操勞，管理農場事情就多得不得了，再加上小木屋更不堪負荷，我應該照顧她，試著多關心她一點。自從我們在這裡定下來，就沒休息過一天。女人家需要假期……」他說到她的方式相當含糊，好像談到某個不太認識的遠親似的。「你看我們這裡，哪有什麼文化消遣活動？女人家需要文化消遣……」他做了個模糊搪塞的手勢，好像想避免講清

46　諾曼第地區曾被羅馬人統治了四個世紀，西元四九七年被法蘭克王朝統治，後被法王劃分給維京人，後來成立諾曼第公國。維京人後代「征服者威廉」（Guillaume le Conquérant）統一諾曼第之後，於一〇六六年入侵英格蘭，成為英國國王，統治諾曼第和英國兩地，使得諾曼第公國達到歷史上鼎盛時期。

楚他到底是什麼意思。他大可再加上以逛街購物來說，這裡可不是巴比倫帝國、時尚週也不會搬到康米—拉—后克村來舉行。但同時間我心想，她大可嫁給另外一個人嘛，這婊子。

「不然也得買點小玩意給她，你知道，漂亮的小玩意兒……」他又吸了一口大麻，我覺得他愈說愈不對勁，他應該更貼切中肯地說，他不再睡她，這才是問題的核心。有時候女人不是像我們所以為的，用錢就可以收買打動，首飾之類的小玩意兒，只要偶爾在市場買個非洲的假首飾就行了，但如果你不再睡她，甚至對她沒有性欲，事情就嚴重了，這一點埃米瑞克很清楚，性可以解決所有問題，沒有性一切皆無解，但我知道他不會談這個，絕對不談，甚至不會跟我談，尤其不會跟我談，或許可能和一個女人談。不過老實說，談這個一點都沒用，甚至會引起反效果，在傷口上撒鹽並不是個好方法。我前一晚當然就知道他太太離開了他，今天一整天有時間準備我的反擊、籌備一個前瞻的計畫，但現在還不是提及這個的時候，我又點起一根菸。

「說真的，她和另一個男人跑了。」他靜默了很久才說。就在「另一個男人」之後，他發出不自覺的一小聲痛苦呻吟。這真的無可回應，情況棘手，事關男性自尊最大的侮辱，我也只能發出一聲痛苦呻吟作為回應。「他是個鋼琴演奏家，」他接著說：「知名的鋼琴演奏家，在世界各地開演奏會，錄製CD。他來這裡沉潛，放空一下，離開時帶走了我太太……」

又一陣沉默，但我有不少方法填滿這空檔，再倒一杯夏布利、拉拉手指筋。「我真是個蠢蛋，一點都沒留意……」埃米瑞克的聲音如此低沉，讓人警戒。「城堡裡有一架非常棒的鋼琴，一架貝森朵夫三角鋼琴，是我祖上一位女士所有，第二帝國時期她在城堡裡主辦藝文沙龍，我們家族從不是文藝贊助者，不像諾阿伊夫人[47]，但她好歹弄了個沙龍，據說白遼士曾在這台鋼琴上彈奏過。總之，我說他如果想，可以彈這台琴，當然，那就得先調音，他待在城堡的時間愈來愈多，結果就變成這樣，現在他住在倫敦，但經常到處跑，到世界各地演奏，南韓、日本……」

「那你兩個女兒呢？」我感覺最好忘記貝森朵夫鋼琴這一段，我懷疑女兒的話題也不會多愉快，但貝森朵夫鋼琴是那種躲藏著魔鬼的細節，直接把人推向自殺，無論如何必須把這個移轉出他的腦子，女兒一定有開啟另一扇門的可能性。

「我當然有探視權，但實際上她們住在倫敦，我已經兩年沒看到她們了；我還能怎麼做呢？在這裡帶著五歲和七歲兩個小女孩？」

47 二十世紀初諾阿伊夫人（Marie-Laure de Noailles）在巴黎主持的文藝沙龍是當時前衛文學藝術家聚集之地。

我看一眼餐廳，地上丟著扁豆鴨肉和醬汁肉餡捲的空罐頭，推倒的櫃子傾出一堆瓷盤子碎片（很可能是埃米瑞克在酒醉狂怒中推倒的）；也真不能怪他，人要消沉，下墜速度真的極快。我前一天還注意到埃米瑞克的衣服髒得要命，甚至身上還發出點臭味。在高科農業學院時，他就是每個週末把髒衣服帶回家讓母親洗，我也是啦，不過我好歹知道宿舍地下室給學生用的洗衣機怎麼操作，使用過兩、三次，他從來沒有，我想他甚至不知道地下室有這東西。或許女兒這個話題也算了，直接談到根本重點，反正，女兒再生就有了。

他又替自己倒了一大杯伏特加，一口飲盡，消沉地結論說：「我的生命算是完了。」此時我會心地一顫，隱忍內心一陣微笑，一開頭我就知道他的結論會是這個，在他暫停敘述的時候，我趁機精心琢磨我的回應、我的反對論點，我在觀察海鳥的那一整個下午祕密研究出來的積極前瞻計畫。

「你犯了一個根本的錯誤，」我快活有勁地開場：「那就是和你一樣身分階層的人聯姻。所有那些羅昂—夏伯、克萊蒙—托內爾貴族聯姻後代的娘們，到今天老實說算什麼東西呢？只不過是一些狗顛屁股為了搶到在文化週刊或是縫紉合作社實習的臭娘們而已（我歪打正著，西西莉就是福西尼—盧參居家族後代，完全旗鼓相當，龍配龍、鳳配鳳），總而言之，她們絕對不會是農人的妻子。但是對幾百、幾千、幾百萬的女人來說（我可能有點過頭了），你代表的是理想男性的極致。找個摩爾多瓦，或是喀麥隆、馬達加斯加女人，再不濟一個寮國女人：她們不太富有，甚至很窮困，出身農村，從來沒看過另外的世界，甚至不知道有另外的世界存在。然後，你來了，正處壯年，身體狀況還不錯，一個四十來歲的健壯帥哥，而且擁有半個省分的地產（這裡我是誇張了點，但意思到了）。這些土地當然不會給你帶來多少收益，但是這點她們根本想都想不到，其實她們永遠不會懂，因為在她們腦袋裡，土地就是財富，土地和牲畜，哎呀我跟你保證她們絕不會放手，辛勤苦幹，絕不放棄，清晨五點就起來擠牛奶。何況她們年輕，比所有那些貴族娘們都性感，做愛技巧好上四十倍。只不過你要少喝點伏特加，這可能會讓她們想起自己的出身，尤其是那些東歐女孩，反正少喝點伏特加對你只有好處沒有壞處。「她們清晨五點就起床擠牛奶，」我愈說愈被自己的言論說服，眼前已經出現一個摩爾多瓦女人的身影，興高采烈地繼續：「之後她們會幫你口交喚醒你，而且早餐已經準備好了！」

　　我瞄了埃米瑞克一眼，我確信他一直在注意聽我說話，但現在開始進入昏睡狀態，想必他在我來之前、或許過午不久就開始喝了。我有點詞窮，結論說：「你父親一定也贊同我的說法。」

這一點我就沒那麼確定，我幾乎不認識埃米瑞克的父親，只見過一次，他看起來正直，但有點刻板，一七九四年以來法國社會的轉變似乎沒在他身上產生多大影響[48]。從歷史上看來，我知道我說的並沒有錯，貴族階層一旦意識到家族沒落，就會毫不遲疑地去找洗衣婦或縫衣女振興家族血脈基因，現在只不過要找得更遠些罷了，但是埃米瑞克的情況能想到這些基本常識嗎？然後，一個更廣泛、更生物學的疑慮出現在我腦際：既然是一個被打敗的衰老雄性，何必去拯救呢？我和他兩人的境況差不多，雖然命運不同，結局卻相似。

他現在真的睡著了。或許我並沒有白費口舌，或許摩爾多瓦女人的身影會飄進他夢中。他沉睡了，挺直坐在沙發上，兩眼大張著。

*

我知道次日不會看見埃米瑞克，或許接連幾天都不會，他鐵定後悔那晚說了心底話，三十一日他會再出現，因為三十一日跨年夜總不能什麼都不做，其實我倒是有幾次這種經驗，但我和他不同，比他更不受制於世俗做法。距離三十一日還有四天的孤獨時光，我立刻感覺到光是賞鳥其實不夠，不管電視或賞鳥都不夠，所以又想起那個德國人。二十七日一大早我就把施密特—本德爾望遠鏡瞄準德國佬，我其實很想當警察，潛入別人的生活，滲入他們的祕密之中。我本來想，監視德國人一定沒什麼精彩刺激的；那可是大錯特錯了。將近下午五點，一個小女孩前來敲他小木屋的門；聽好，是個小女孩喔，棕色皮膚，十幾歲，臉很稚氣，但以年紀來說長得高䠷。她騎腳踏車來，應該是住在方圓不遠外的地方。我當然立刻懷疑是戀童事件：一個十幾歲的小女孩來敲一個憤世嫉俗又陰森的四十多歲男人的門，會有什麼正當理由呢？再加上又是個德國佬？難道是為了念席勒[49]的詩給她聽嗎？比較可能是亮他的屌給她看吧。那傢伙確實是戀童癖的典型樣子，四十多歲受過高等教育、孤單一人、沒有能力和外界交際，尤其和女人，我一邊這麼想，一邊意識到這些特徵也大可放到我身上，我確實很吻合以上各種條件，這讓我非常火大，為了平息怒火，我把望遠鏡對準小木屋窗戶，但是窗簾掩著，那晚無法知道更多細節，只知道她將近兩個鐘頭後才出來，看看手機簡訊，然後騎上腳踏車。

48 一九七四年議會決定取消貴族特權。

49 席勒（Friedrich Schiller, 1759-1805）是德國十八世紀著名的詩人和劇作家，德國啟蒙文學的代表人物之一。

次日她差不多同一時間前來，但這次他忘了拉上窗簾，我得以看到一個架在三角架上的攝影機；我的懷疑得到證實。很可惜的是，女孩一到，他就察覺窗簾沒拉上，於是走向窗戶，拉上窗簾擋住了我的視線。這副望遠鏡功效實在驚人，我完整捕捉到他臉上的表情，他興奮到極點，一瞬間我甚至感覺他流了點口涎；至於他那邊呢？我確信他一點都沒懷疑我在監視。跟前一天一樣，小女孩差不多待了兩個鐘頭後離開了。

同樣的場景第三天又上演，差不多同樣情形，只不過我有一瞬間依稀看到背景裡小女孩經過，穿著T恤，光著屁股；但影像模糊且快速，因為望遠鏡是聚焦在那男人臉上，這種不確定真令人抓狂。

撥雲見日的時刻終於在三十日早上來臨，將近十點時，我看見他開著那輛四輪傳動離開（收藏款的Defender，可能是一九五三年的款或之類的，那個王八蛋不僅憤世嫉俗、可能是戀童癖，而且是一個最糟糕的愛慕虛榮勢利鬼，幹麼不像所有人、像我開賓士四輪傳動就好？他要付出代價，昂貴的代價）。那個戀童癖（我之前沒特別說，但他活脫脫一副德國大學教授的嘴臉，請病假中，更可能是研究特休假中的德國教授，想必正出發去科唐坦半島西北部、靠近拉阿格海岬那一帶觀察北極燕鷗或之類的），總之他把一個小冰桶放進Defender後車廂，裡面想必放了幾瓶他熟知的巴伐利亞啤酒，還有一個好像裝滿三明治的塑膠袋。他肯定整個早上都不會在，或許在每天下午五點的約會之前回來，這便是我行動的時候，抓他個正著。

為了保險起見，我還是又等了一個鐘頭，然後悠閒地晃到他的小木屋前，隨身帶了隨時放在我賓士後車廂裡的緊急工具袋。誰知他的門甚至沒上鎖，人們如此毫無戒心還真是令人訝異，當他們來到芒什省，感覺浸入一片霧氣瀰漫而安詳的空間，遠離人類平日的爾虞我詐，就覺得遠離了罪惡，這是他們的錯覺。我還是得把電腦開機，他想必是為了省電，睡眠螢幕還不夠，他很可能懷有充分的環保意識，然而，他連開機密碼都沒設，真令人瞠目結舌。現在這時代人人都有密碼，甚至六歲小孩的平板都設了開機密碼，這傢伙到底是什麼人物啊？

電腦裡的檔案是按照年份月份排列，在十二月只有一個影音檔，名稱是「娜妲莉」。我知道有戀童錄影帶這種東西存在，但從未看過，一打開檔案，我就知道必須忍受非常業餘的錄影技術。前幾秒就看見他把錄影機隨便架在浴室磁磚地上，然後往上移到小女孩的臉，她正在化妝，在嘴唇上塗厚厚一層口紅，實在太厚了，還塗出範圍，接下來塗藍色眼影，也塗得很糟，一大坨一大坨地抹，但是這似乎讓賞鳥專家看得很樂，我聽見他低聲說：「Gut... gut...」影片直到這裡，這是唯一有點讓人噁心的地方。隨後，他試著做一個推軌攝影，其實就只是往後退，鏡頭中女孩站在浴室的鏡子前，光著身子，只穿了一件牛仔小熱褲，就是她來的時候穿的那件。她胸部幾乎還沒發育，但好歹看出一咪咪隆起，算是個承諾。他不知說了一句什麼，她一聽就脫下熱褲，坐在浴室小板凳上，岔開雙腿，開始把中指插入陰部，她的陰部已發育完成，只是光溜溜無毛，我猜想此時戀童癖已經開始重度興奮。的確，我聽到他呼吸聲愈來愈大，攝影機有點晃動。

畫面突然轉變，女孩出現在客廳，穿著一件蘇格蘭條紋小短裙，正拉上絲襪，固定在吊襪帶上——絲襪和吊襪帶都顯得有點太大，應該是成人的XS尺寸，不過勉強還可以穿。她把蘇格蘭布上衣在胸部下綁個結，我覺得這招不錯，就算沒胸部也能引起胸部的遐想。

接下來一段有點模糊，他翻找一個錄音帶，插進一台卡帶播放器裡，我不知道這玩藝兒還存在世上，反正就像那輛Defender，走復古風。女孩垂著兩臂靜靜等著，當她聽出是哪首歌曲開始回應時，我感覺有點不舒服，那應該是七〇年代末或八〇年代初的迪斯可舞曲，或許是酷洛樂團唱的，女孩反應很好，開始旋轉跳舞，那時候我真正覺得想吐，並不是因為影像而是因為取景角度，他一定是蹲著仰角拍攝，像隻老蟾蜍般在她周身跳來跳去。女孩熱情專注地跳舞，隨著韻律忘我，短裙不時飛揚，這讓賞鳥家有完美的視角欣賞她的小屁股，有時她突然停下來，面對攝影機，岔開雙腿，把一隻或兩隻手指插進陰部，然後放進嘴裡慢慢吸吮。總之他愈來愈亢奮，攝影機晃動得不像話，我也看得有點煩了，此時他平靜下來，把攝影機放回三腳架上，走回來坐在沙發上。女孩繼續隨著音樂旋轉，他愛慕地盯著看。他已經達到高潮了，我是說精神上，剩下肉體層面，我想他已經開始自慰。

卡帶突然喀一聲停止。女孩微微彎腰行禮，嘴邊帶著一抹譏諷的微笑，繼之她靠向德國佬，蹲在他兩腿之間——他已褪下長褲，卻沒完全脫掉。攝影機還架在三腳架上，意思也就是說影片上幾乎什麼都看不到——不管專業還是業餘，這和色情影片章法完全不一樣。女孩雖然年紀小，卻似乎很老練地開始幹活，賞鳥家不時發出滿意的呻吟，夾雜著諸如「我的心上人」的溫柔字眼，總之他似乎對這個女孩充滿情意，我簡直不敢相信，如此冷漠的傢伙耶。

看到這裡，錄影快結束了，依我所見射精應該是即將發生的事，就在此時，我聽見碎石子地上的腳步聲。我猛一下跳起來，立刻發現沒有任何逃離的出口，沒有任何可以逃避和他面對面的方法，而這面對面很可能是致命的——他可能一上來就殺了我，希望之後可以脫身，機會不大，但他大可一試。他進來時像羊癲瘋一樣渾身震了一下，整個身體顫抖，一時之間我盼望他會昏過去，但他沒有，兩腳站得好好的，臉部整個脹紅。「我不會告發您！」我大聲吼，當下我覺得應該用吼的，吼叫是唯一能讓我脫身的辦法，我立刻想到他或許不懂「告發」這個詞，就更大聲地吼：「我不會說！我不會和任何人說！」我一遍又一遍吼：「我不會說！我不會和任何人說！」同時慢慢朝門邊靠近。我邊吼邊舉起雙臂，朝前大大張開，作為一個無辜的象徵；他一定從沒使用過暴力，這是我的一線曙光，唯一的機會。

我繼續慢慢朝前走，一邊用蠱惑的韻律放低聲音不斷重複：「我不會說！我不會和任何人說！」當我欺近他身邊一公尺處，好像侵入了他私人領域似的，他突然猛地往後躍開，讓出大門，我趕忙衝出，一路跑回我的小木屋，不到一分鐘，我已經把自己木屋的門鎖好了。

我喝下一大杯梨子燒酒，很快恢復理智：陷於險境的是他，不是我；可能會被判三十年牢獄而且不能減刑的是他，不是我；他撐不了多久的。的確，不到五分鐘，我觀察到——這副望遠鏡實在功能絕佳——他把行李塞進Defender後車廂，坐上駕駛座，朝向未知的命運消失了。

*

三十一日早上，我起床時幾乎心情平靜，眼睛平和地掃過一整片小木屋，目前我是唯一的住戶了；路況好的話，賞鳥學家現在應該已經開到德國美茵茲或是科布倫茨附近了。他一定很開心，剛躲過一場大厄運、只需要面對一般日常煩惱的短暫開心。我雖一心專注想著德國佬，卻也沒忘記那些在海灘上徒步撈捕的人，整個禮拜來了一批又一批，時間到了就聚集一大堆人。想想也是，現在是放假期間。我在聖尼古拉勒培阿的U超市買到一本介紹完整的小手冊，是《西部報》出版的，裡面我讀到徒步撈捕的流行現象，也得知一些從來不認識的蚌、蜊、螺、貝，還有可以加大蒜、奶油、香菜爆炒的斧蛤。我相信海灘上徒步撈捕的人之間會產生一種熱絡和樂的氣氛，我經常在TF1電視台、法國電視二台也偶有所見標榜這種活動，家庭或一群朋友一起出動，然後把捕撈到的竹蟶、蛤蜊生火烤來吃，配上淺嘗即止的蜜思卡得白酒，這彰顯了一個文明的高超階段，兇猛野性的獵捕欲望僅止於徒步撈捕。當然，徒步撈捕也不是毫無危險，小冊子上明文標示著：被體型小的臭肚魚螫到可能引起難以忍受的痛苦，是所有魚類裡最具毒性的一種；螺類比較容易捕撈，貝類則需要耐心和技巧；捕撈鮑魚需要一根長鉤；至於蛤蜊呢？根本無法從沙地表面看到蹤跡。對這個高階段的文明，我完全不得其門而入，那個德國戀童癖勢必更陌生，他此時應該已經開到德勒斯登附近，甚至已經進入波蘭境內——波蘭的罪犯遣返條例比較嚴格。小女孩如同往日，在快到下午五點的時候，把腳踏車停在賞鳥學家的小木屋前。她敲了很久的門，然後湊近窗戶朝裡頭看，又回到門口敲了很久才放棄。她的表情很難解讀，看起來並不怎麼難過（還未開始難過嗎？），比較像是驚訝和沮喪。這一刻我在想他有付她錢嗎？很難說，但依我之見應該有吧。

將近晚上七點的時候，我朝城堡走去，結束這一年的時刻來了。埃米瑞克人不在，但好歹做了些準備，餐桌上擺了一些豬肉製品：燻肉腸、手工血腸，還有一些義大利火腿肉和乳酪，至於飲品不會短缺，我一點都不擔心。

入夜的牛欄是個令人沉靜的地方，三百隻乳牛的嘆息、輕聲鳴叫、踩踏在乾稻草上的聲音集結成溫柔的低沉響聲。的確還是用乾稻草，他不肯省麻煩改用隔板架空，執意製造天然堆肥來給農田施肥，他的目標就真的是古法天然農牧。我想起他慘烈的收支狀況，心下一陣淒然，但是又有其他一些聲音響起，牛隻的溫柔鳴叫，天然堆肥並不討人厭的氣味，這一切瞬間讓我覺得自己或許在這世間並無立身之地，也沒那麼誇張啦，意思是我只屬於某種生物體演變中的一員，只是動物群裡面的一種。

夾板隔出來的小辦公室燈亮著，埃米瑞克坐在電腦後面，戴著附麥克風的耳機，專注在螢幕上，直到最後一秒才看到我。他猛然起身，做出一個荒謬的保護手勢，好像要阻擋我看到那我根本不可能看見的螢幕。「別在意，慢慢來，別在意，我先回城堡去。」我做個含糊手的勢（一定是下意識地想模仿可倫坡探長[50]，神探可倫坡當年對我這個年紀的年輕人衝擊甚巨），然後掉頭往回走。我邊說邊高舉雙臂，就像前一天面對德國戀童癖一樣，可惜現在事關的不是戀童癖，而是更糟──我確定在這跨年夜他鐵定死活都要和倫敦視訊，當然不是和西西莉，而是和兩個女兒，他通常每個星期會和女兒視訊一次。「我的把拔，過得好嗎？」我完全可以想見這一幕，也能猜想到兩個小女兒站在哪一邊──請問一個開演奏會的古典鋼琴家能給她們什麼雄壯威武的父親形象？當然絕對不能（拉赫曼尼諾夫或許可以？），只不過又是一個倫敦同性戀娘砲罷了。她們的爸爸可是掌管牛隻那種體重至少五百公斤的大型哺乳動物的鐵漢子耶。那他呢，他又能和

---

50 《神探可倫坡》是一部著名的美國經典電視電影系列，一九六八年播映到二〇〇三年。描述洛杉磯重案組的刑警主角可倫坡辦案的故事。

女兒敘述些什麼呢？想當然耳是一堆屁話，這蠢傢伙當然會說他一切都好，事實上是壞得不能再壞，身邊沒有她們。更廣泛地說，身邊欠缺愛讓他日漸沉淪。所以嘍，不管怎麼看他都完蛋了，我穿過中庭邊走邊想，他是走不出這一段故事了，會受苦一輩子，我夸夸其談的摩爾多瓦女人完全派不上用場。我心情鬱悶，不等他來就自己倒了一大杯伏特加，一邊大吞好幾片手工血腸。真是的，我心想，我們對別人的生命真的一點忙都幫不上，不管友誼、同情心，或是心理學、危機處理都毫無用處。人會製造自己的不幸機制，只要親手轉緊發條，機制就頑強地持續運轉，只除了生病可能會讓這機制稍微不靈或失調，否則它就會運轉到最後，直到最後一秒鐘。

一刻鐘之後埃米瑞克來了，展現出一副輕鬆模樣，像是要讓我忘記剛才的小意外，這更加證實了我的想法，以及我的愛莫能助。我情緒尚未完全平穩下來，也尚未完全放棄，所以一開口就直戳要害。

「你要離婚嗎？」我平靜地問，口吻中幾乎是帶著不輕不重的冷淡。

他一整個攤坐在沙發上，我幫他倒了一大杯伏特加，他幾乎等了三分鐘才把杯子湊到嘴邊，一瞬間我還以為他要哭出來了，那會很尷尬。他要敘述的事絕對沒任何新穎之處，人們不只彼此折磨，而且是了無新意地折磨。眼見一個我們愛過、曾經分享過夜晚、早晨，甚至共度過病痛、為孩子的健康操心的人，幾天之內就幻化成一個對金錢需索無度的貪婪惡魔吸血鬼，這當然是很悲痛的事，是一個讓人永遠無法全然平復的痛苦經驗；但這或許也有某方面的益處，離婚的經歷或許是終結愛情唯一有效的手段（誠然，前提是我們覺得終結愛情是件好事），至於我呢？如果我和卡蜜兒結婚然後離婚，或許就能成功地做到不再愛她——就在此刻，一邊聽著埃米瑞克的陳述，我毫無防備，也無任何虛構或約束保留，任憑這個痛楚、殘酷、致死的事實長驅直入我的意識，那就是我還愛著卡蜜兒；這跨年之夜委實一開始就很糟。

埃米瑞克的情況還更棘手，就算他不愛西西莉了也無法逃脫，還有兩個小女兒在啊，簡直是天衣無縫的陷阱。而且以他的財務狀況，雖然和大部分離婚情形會碰到的問題大同小異，還是有些特別令人擔憂的地方。夫妻財產共有制，這很好，大部分離婚都採用這種做法，但是他的財產所有權就是一大麻煩。農場、新建的牛棚、農耕機器（農業生產是重型工業，需要大量投資，投資回報率卻很低，或者是零，在埃米瑞克的情況甚至還虧本），這些資產的一半都要分給西西莉嗎？他父親雖然厭惡那些司法手段、執行司法那些人員、更廣泛說整個法律系統，但還是決定替他請個律師，是在騎馬俱樂部的朋友介紹的律師。律師研究的最初結果，情況還好，至少就農場來說，土地一直是在埃米瑞克父親名下，因此在土地上做的改善，新建的牛棚、農耕機器之類種種可被歸在埃米瑞克父親名下；依法可以把埃米瑞克只算作經理人之類的。但是小木屋又是另一回事。小木屋和經營旅館都登記在他名下，只有土地是他父親的。倘若西西莉執意要分一半產權，他們唯一方法只能申請資產清算，然後等待接手人出現，這一耗就不知道多久，可能好幾年。埃米瑞克絕望又厭惡地結論說，總之，離婚這事情還沒完沒了。在離婚進行中，討價還價、商議、雙方律師和代書的提議和反議這些折騰，這種混合絕望又厭惡的情況會根植成恆常的心理狀態。

「況且，我父親絕對不肯賣掉面海的那片土地，就是上面蓋小木屋的那塊，他絕對不肯……」他說：「這麼些年來，每次為了平衡收支而賣地，我知道他都很痛心，他是真的痛心疾首，你知道對一個傳統貴族——他確確實實就是——來說，最重要的就是把家族地產好好傳給子孫後代，就算沒法擴增，至少也不能縮減。而我從一開始就在縮減家族地產，若不變賣地產，根本就撐不下去。他當然愈來愈受不了，巴不得我收掉農莊。上一次他直接跟我說：『阿爾古家族的使命從來都不是管理農莊……』他是這麼說的，或許沒錯，但使命也不是旅館業啊，奇怪的是他很贊成西西莉把城堡改為精緻旅店的計畫，無疑只是因為這樣就會修復城堡，至於小木屋他連問都懶得問，就算明天被火箭筒炸光他也無所謂。最駭人的是，他幾乎一生沒做過什麼有用的事——去參加參加婚禮、葬禮、騎馬打獵、偶爾去騎馬俱樂部喝一杯，我想他有過幾個情婦，但很低調——卻能守住阿爾古家族的產業。而我試著做一些事，幹活幹到快死，每天早上五點起床，每天晚上記帳，結果呢？搞了老半天，我害家族變窮了。」

他說了很久，這一次真正敞開心胸暢言，我想快接近午夜了，提議他放音樂來聽，早該放音樂的，這是唯一該做的事，也是在我們的處境裡唯一還可能做到的事。他感激地點點頭，我已經忘了放的是哪張唱片，因為我那時已經完全醉了，醉而且絕望，對卡蜜兒的回憶在幾秒鐘內將我擊潰，沒想起她之前，我覺得自己是個堅強的漢子，有智慧，會安慰人，一瞬間成了一坨漂流不定的屎。我相信他一定放了最棒的、他最珍惜的唱片，我唯一還記得的是一九七〇年在杜伊斯堡演唱會上盜錄的一曲《時代的小孩》，他那台Klipschorn的音效實在超凡，從美的角度來說，我必須說那或許是我生命中最美的一刻。當然，如果美會有什麼用處的話。總之我們大概放了三十或四十遍，每一次都整個被吸進去，在瓊．洛德沉穩的鍵盤下，伊恩．吉蘭翱翔般的歌聲由歌詞到吟唱，由吟唱到嘶喊，之後再轉為歌詞，緊接著是鼓手伊恩．佩斯澎湃的間奏，沒錯，儘管旁邊有瓊・洛德一貫的技巧高超襯托，然而伊恩・佩斯的間奏華麗繽紛，無疑是搖滾樂史上最美的間奏；間奏後伊恩・吉蘭繼續第二階段的神聖演唱也精采無比，飆飛高音，又由歌詞到吟唱，由吟唱到純粹嘶喊，可惜的是沒多久，歌曲就結束了，唯一能做的就是把唱針再擺到開頭。我們可以不厭其煩地聽下去直到永恆，我不知道有沒有永恆，一定只是個幻覺罷了，卻是個美麗的幻覺。我記得當年曾和埃米瑞克一起去「體育宮」聽過「深紫樂團」的演唱會，那一場也很棒，但終究比不上杜伊斯堡那一場。我們現在老了，這些美好時光現在會愈來愈少，但在他和我臨死之際，這些時光會再度出現，在我的情況，說不定還會出現卡蜜兒，或者還有凱特，我不知道自己是怎麼回到小木屋的，只記得臨走前抓了一片手工血腸，邊開車邊在嘴裡慢慢嚼，沒感受到什麼滋味。

*

一月一日的早晨來臨，在我問題重重的生命裡，如同世界的每一個早晨。我依舊起床，以早上漫不經心的注意力看了一下外面：霧天，但也不是大濃霧，而是尋常的起霧天；各主要娛樂電視台播放著賀年節目，但裡面唱歌的女星我一個都不認識，只覺得拉丁風騷辣妹似乎被北方冰霜美人搶了地盤，就生命中這一個現象而言，我只有片段不精準的觀點，整體上算是樂觀以對：如果收視率是這樣決定，就某方面而言也很好。快到下午四點的時候，我朝城堡走去。埃米瑞克回復平常的狀態，也就是陰鬱、沉悶、絕望；他有點機械式地拆卸、組裝那支施邁瑟槍。那一刻，我跟他說我想學射擊。

「什麼樣的射擊？自衛射擊，還是運動式的射擊？」他很開心我提到一個具體、技術性的話題，對我沒重拾前一日的話題尤其鬆了口氣。

「兩者都有一點吧……」事實上，在我和賞鳥學家對峙的時候，如果手上有把槍會感到安全得多，不僅如此，精準射擊長久以來就有某種吸引我的地方。

「若是為了自衛，我可以給你一支史密斯—威森短槍，準頭比長槍稍差一點，但攜帶方便。357麥格農，可以毫無問題打死十公尺外的目標物，而且操作極其簡單，我五分鐘之內就能解釋清楚。運動式射擊的話……」他的聲音漸漸宏亮，語調中散發出我多年來未曾感受到的熱情。所謂多年其實就是我們二十歲以來。「我曾經熱愛運動式射擊，從事了好多年。真的太棒了，當你瞄準射擊中心目標的時候，心無別念，忘卻一切煩惱。剛創業的頭幾年真的太艱苦，比我想像的辛苦百倍，如果不是射擊訓練，我很可能撐不住。現在啊，當然……」他平舉右手，幾秒鐘後就開始顫抖，抖動不大但千真萬確。「伏特加……這兩者絕不相合，兩者選其一。」他難道有選擇嗎？不管是誰，又有任何選擇嗎？我對這點存疑。

「運動式射擊的話，我有一支超級喜歡的槍，斯泰爾．曼利夏的HS50，我可以借你用，但得先檢查、仔細清一下，三年沒用了，我今晚就動手。」

他有點蹣跚地走向槍械櫃，是在進門處的三個滑動門，裡面放了二十來支槍，步槍、卡賓槍、幾支手槍，以及一疊一疊的幾十包子彈。我非常訝異斯泰爾．曼利夏看起來根本不像卡賓槍，而像一根單純的暗灰色鋼管，完全抽象式概念。「當然還有其他組件，要組裝起來……但我跟你保證，槍管製造的精確度是最主要的。」他把槍管湊到燈下，要我好好讚賞；沒錯，這是支鋼管，無疑是支完美的鋼管，我全然同意這一點。「好，我會收拾一下……」他不想堅持，結語說：「明天把它帶過去給你。」

的確，次日早上八點鐘，他把貨卡停在小木屋前，整個人處在不尋常的激動狀態。史密斯—威森沒什麼可多說的，使用起來像玩具一樣簡單輕鬆。斯泰爾．曼利夏則是另一回事，他從後車廂拿出一個塑膠硬殼保護盒，小心翼翼放在桌子上。盒裡四格泡棉墊精準擺放著四個暗灰色鋼製零件，製造極其精密，每個零件各自看起來都不會讓人立刻想到一支槍，他讓我練習組裝、拆卸好幾次。除了槍管，還有槍托、彈匣，和一個腳架。組裝起來還是不像一支平常所見的卡賓槍，比較像一隻金屬蜘蛛，可置人於死地的蜘蛛，不容一絲多餘的美感裝飾，沒有多餘的一公克金屬。我開始理解他的熱情投入，我從沒看過一個科技物品散發出如此完美無瑕的光暈。在這個金屬組合上，他又添加了一個瞄準鏡。他進一步解釋說：「這是施華洛世奇DS5瞄準鏡，在運動射擊界裡頗受批評，比賽裡甚至被禁止使用，要知道，子彈的途徑不是直線，一定是呈拋物線，運動射擊界認為這是考驗選手的項目之一，也是啦，參賽者考慮到子彈拋物線途徑，都會習慣瞄準目標中央上方一點點。施華洛世奇內建一個雷射測距儀，測量你和目標物的距離以便改正拋物線問題，所以你不必傷腦筋，只要瞄準中央，準確瞄準中央就行了。運動射擊界思想比較傳統，喜歡在一些無用的複雜細節上做文章，所以我很快就退出射擊比賽那個圈子。總之，我為了加上瞄準鏡還特別訂做了一個槍盒。但最基本的，這是一支槍，我們出去試一下。」

他從櫃子裡拿出一條毛毯。「我們直接從臥姿開始，這是最優的射擊姿勢，射得最精準。不過你得舒適地趴在地上，不受到地面冰冷或潮濕的影響，要不然會顫抖。」

我們走到朝海岸而下的斜坡上方，他把毛毯鋪在草地上，指著百來公尺外陷在沙地上的一艘船。「看到船身上漆的船號BOZ-43嗎？你試著把子彈打到字母O的中央，這樣大概直徑二十公分，用斯泰爾．曼利夏，一個好射擊手可以毫無障礙地在一千五百公尺外做到。不過你先從這個距離開始。」

我趴臥在毛毯上。「找到自己的最佳姿勢，慢慢來……找到沒有必要再移動的那個姿勢，除了呼吸其他都不要再動。」

我沒多大困難就辦到了，槍的抵肩部位外部呈弧形且平滑，很容易就緊貼著我的肩膀。

「有些學禪的傢伙會說，重要的是和瞄準目標合而為一。我倒認為是胡說八道，況且日本人的運動射擊很爛，從來沒贏過一次國際比賽。相反的，精準射擊和瑜伽很像：你和自己的呼吸合而為一。你慢慢呼吸，愈來愈慢，盡量慢而且深。等你準備好了，就瞄準目標的中心點。」

我按他所說照做。「行了嗎？準備好了？」我點點頭。「現在你要知道的是，不必追求絕對靜止不動，因為根本不可能。你要呼吸，所以一定會移動，只要試著做到很緩慢，隨著呼吸規律地在目標中心點來回移動。一旦做到這一點，一旦掌握了這個移動，只需要在移到中心的時候扣扳機就對了。輕輕扣一下就行，不要用力，它已經調到最高的敏銳度。HS50是單發，必須裝填才能再發射，這也是為什麼在戰場上狙擊手並不常用它，他們講求的是效率，是為了殺戮。我個人倒認為這樣很好，只有一次成功機會。」

我短暫閉上眼睛，避免去想只有一次成功機會對個人生活所造成的問題，然後張開眼睛，一切都很好，就像他說的，BOZ三個字母在瞄準器中緩緩左右移動，當我覺得時機到了，扣下扳機，發出小小一聲，輕微的「噗」一聲。委實是一個超凡的經驗，剛才經歷的幾分鐘像是在時間之外、純粹置身在彈道的空間裡面。我站起身，看見埃米瑞克拿著望遠鏡望向船隻。

「不錯，真的很不錯……」他轉身對我說：「沒打中正中心，但子彈擦射到O字母，總之差目標才十公分。對第一次百公尺距離射擊來說，我覺得很成功。」

臨走之際，他提醒我要勤練固定靶，然後再開始飛靶射擊。船號實在是個完美的靶標，可以精確瞄準。我提出疑慮，他回答說那艘船隨便我怎麼打都可以，他認識船主（再加上，那傢伙是個大王八蛋），那艘船不太可能再出海了。他留給我十盒五十顆裝的子彈盒。

*

接下來的幾個星期，我每天早上至少練習兩個鐘頭。我不敢說「忘卻所有煩惱」，那太誇張了，但的確每天早上都是一段還算平靜安詳的時光。Captorix的助益不容否認，我每天的喝酒量很節制，而且看到我的Captorix劑量是十五毫克，比最高劑量稍低一點，這挺振奮人心。我雖然沒有欲望也沒有活著的理由（這兩者是一樣的嗎？這個議題相當困難，我並沒有周詳的見解），還是把絕望維持在可接受的程度。我們可以在絕望狀態中存活，甚至大部分的人都是這樣活的，當然偶爾也盤算是否能放縱自己、奢望一點希望的氣息，但立刻就給自己否定的答案。就算如此，他們還是堅持存活下去，這景象令人動容。

射擊方面，我進步神速，快到連自己都驚訝。不到兩個星期，我不只能打中O的中心，還能打中B字母上下兩個框，還有數字4那個封閉的三角形，於是我想開始飛靶射擊。海灘上飛靶可不缺，最方便的就是海鷗。

我這輩子還沒殺過一隻動物，不是因為原則，甚至我並不反對。工業化養殖令我反感，但原則上我卻不反對打獵。打獵時，動物還在牠們生活的自然環境中，牠們可以自由奔跑飛翔，直到被生物鏈中更高級的狩獵者處死。斯泰爾．曼利夏HS50將我提升到生物鏈中一個非常高級的狩獵者，這一點無庸置疑，只不過我還從未用它殺過動物。

我在一個早上十點鐘過一點，下定了決心。我好好趴在毛毯上，在斜坡頂上，天氣清冷舒適，不缺獵物。

良久，我瞄準一隻飛鳥，那不是海鷗、也不是銀鷗那些知名大海鳥，只是一隻腳長長叫不出名字的小海鳥，在這海灘上經常可見，算是海灘界的無產階級吧。事實上牠就是隻愚蠢的飛鳥，兇惡的死魚眼，一個機械式殺生的小傢伙，長腳不停移動。牠那機械式、可預計的步伐只有在看到獵物時才停下。轟掉牠的頭，我可以拯救大量腹足綱、頭足綱動物的生命，只不過小小調整一下生物鏈次序罷了，而且我自己沒獲得實質好處，這陰森的海鳥應該是想像不到這些的。我只要記得我是人類，一個主宰者、一個主人，大公無私的上帝創造了這個對我而言方便合宜的宇宙。

對峙情況持續了幾分鐘，至少三分鐘，也或許五或十分鐘，我的手開始顫抖，明白自己無法扣下扳機了。我只是個徹底的懦弱蟲，可悲而毫無意義的懦弱蟲，並且漸漸年老。「沒有殺的勇氣，就不會有生的勇氣」，這句子在我腦海裡盤旋不去，盤出一圈圈痛苦的痕跡。我回到小木屋，拿出十幾個空瓶，隨意排列在斜坡旁，不到兩分鐘就將之擊成碎片。

瓶子都擊爆了，我發現子彈也用盡了。我將近兩個星期沒看見埃米瑞克，但注意到從年初開始，他的來訪者不少，經常看到四輪傳動車或貨卡停在城堡中庭，他把他們送到車子旁，都是和他年紀相仿的男人，和他一樣穿著工作服，可能都是附近的農人。

我到城堡門口時，他正和一個五十多歲的男人走出來，兩天前我已看過這傢伙，蒼白的臉，看起來聰明而悲傷，他們倆都身穿深色西裝，打著和西裝顏色不調和的海軍藍領帶，我突然確信領帶是他借給那傢伙的。他介紹我是「租小木屋的一位朋友」，沒有提到我以前在農業部工作，這令我相當感激；他並告訴我法蘭克是「芒什省工會負責人」，我等了幾秒鐘，他才加上一句：「農民聯盟的負責人。」他疑惑地搖搖頭，又說：「我有時在想，我們是不是應該和『鄉農協調工會』結盟。我不知道，不確定，這陣子我什麼都不敢確定……」

「我們現在要去參加葬禮……」埃米瑞克又說：「有一位在卡特萊的農友兩天前舉槍自殺。」「是年初以來第三起自殺。」法蘭克說。兩天後，星期天下午，他將在卡特萊召開工會大會，如果我願意，歡迎我去參加。「無論如何必須做點什麼，我們不能接受奶價再次調降，如果坐以待斃，所有人都會完蛋，沒有一個躲得過，不如及早制止。」埃米瑞克在上法蘭克的車子之前，對我投來一個道歉的眼神；我霎時想起我絲毫沒有和他說到個人感情上的問題，沒提到卡蜜兒一個字，但是通常不必多說，事情就會被了解，他一定猜到我目前的狀況也不太好，奶農的命運可能無法激起我多大的同理心。

晚上七點我回到城堡，埃米瑞克已經把握時間乾掉了半瓶伏特加。葬禮過程是我們可以想像的，自殺者沒留下妻小，他從來沒找到老婆結婚，父親過世，母親有點癡呆，整個葬禮中只哭著重複說時代不同了。「對法蘭克，我不得不跟他稍微解釋。」他道歉說：「我不得不向他承認你對農業議題也不是素人，別誤會，他並不怪你，他知道公務員可操作的空間很小……」

我不是公務員，但這也不會增加我的操作空間，我也很想撩下去喝伏特加，延長痛苦有什麼意義呢？然而不知什麼拉住了我，我請埃米瑞克開一瓶白葡萄酒給我。他點點頭，幫我倒之前驚訝地聞聞白酒，就像掀起一個比較幸福時代的回憶。「你星期日要來嗎？」他近乎輕鬆地問我，好像是什麼愉快的朋友聚會似的。我還不知道會不會去，但回答我會去，應該會去，但是會議會有什麼結果嗎？會決定採取行動嗎？依他所見，應該會，奶農極端憤怒，至少會暫停供貨給產銷合作社和奶製品工廠。問題是，三、四天之後從波蘭或愛爾蘭的運奶車將一輛一輛而來，他們又能如何因應呢？用步槍阻絕通路？就算做到這樣了，倘若那些運奶車在「防暴警察」的警力保護下又回來呢？要開槍嗎？

我腦中閃過「象徵性行動」這個念頭，但連句子都沒說完就覺得好可恥而說不下去了。「好幾百公升的牛奶倒在康城區政府前的廣場……」埃米瑞克說：「我們當然可以做，但這只會占據一天媒體標題，之後就沒了，事實上我並不想這麼做。二〇〇九年我參與把一罐車一罐車的牛奶傾倒到聖米歇山海灣的行動，留下一個傷痛的回憶。那就像每天早上擠奶、裝滿一罐罐車，然後像沒價值的東西傾倒出去……我想我還比較想掏出槍桿子。」

離開之前我又跟他拿了幾盒子彈；那時我並沒料想到情況會轉變到需要動槍動刀，老實說我什麼都沒料想，但他們的情緒裡有些讓人擔憂的東西，通常是不會發生什麼大事，但有時候也會擦槍走火。情況永遠出人意料。總之練習一下打靶不會有壞處。

＊

工會集會的地點在「卡特萊餐廳」，是一家位於「終點站廣場」上的超大餐廳，廣場名稱叫「終點站」是因為以前廣場正對面有一個車站，現在已被荒蕪雜草蓋住了大半。從菜單上來看，「卡特萊餐廳」提供的大都是披薩。我遲到滿久，發言已經結束，但也還有百來個農夫坐在餐桌旁，大多數喝著啤酒或白酒。大家不太交談——集會的氣氛本來就很沉重——當我朝埃米瑞克那桌走過去時，他們投來懷疑的眼光。埃米瑞克和法蘭克坐的那桌，還有另外三個人，臉色都跟法蘭克一樣，理智且悲戚，看起來就是受過教育的人，至少歷經過農業學校的洗禮，總之想必也是工會領導階層，他們也不多話。這次牛奶價格劇烈調降（我抽空看了一下《芒什省自由報》上的報導），簡直是迎頭一棒，我甚至不知道他們該怎麼準備談判的基礎。

「或許打擾你們了。」我試著以輕鬆的口氣說。埃米瑞克尷尬地看我一眼。

「不會，不會……」法蘭克回答，他似乎比上一次我看到他時更疲憊、更氣餒。

「你們決定行動了嗎？」我不知道自己幹麼問這個問題，我甚至不想知道答案。

「我們還在研究，還在研究……」法蘭克垂著眉怪異地看我一眼，眼光帶點敵意，但其中更多是令人無法置信的巨大悲傷，甚至是絕望，他就像隔著一道深淵跟我說話，那時我開始真確感到不舒服。我處於他們之間真莫名其妙，我不和他們同一陣線，也不可能同一陣線，我並沒有經歷像他們一樣的人生，我的人生並沒有比較光明，但是和他們的不一樣，如此而已。我很快就離開，大概待了還不到五分鐘，走出來的時候，感覺這一次情況可能真的會不可收拾。

接下來的兩天，我待在小木屋一步也沒踏出，把最後的儲糧都吃完了，在各電視台之間猶豫亂轉，還兩次試著自慰。星期三早上，四周景色淹沒在一整片霧海之中，無邊無際，連小木屋十公尺外都看不到；但是我得出門買食物，至少要去位在巴涅維爾—卡特萊的家樂福超市。我極為謹慎，車速不超過四十，花了快半個鐘頭才開到，路上偶爾看到一圈昏黃的光，是對面來車。卡特萊平常的樣貌是個漂亮的海濱小城，有遊船港、賣航海裝備的商店、高級餐廳提供海灣裡捕撈的龍蝦；今天卻像個鬼城，掩蓋在濃霧下。我開到超市的途中沒遇到任何一輛車、甚至沒任何一個行人。家樂福超市裡走道上幾乎空無一人，好像人類文明最後的遺跡，我採買了乳酪、熟食冷肉、紅酒，懷著不理性但縈繞不去的感覺，覺得自己好像要儲糧抵抗圍攻。

這天剩下的時間，我都在沿岸小徑上散步，四周一片棉絮般全然寂靜，一陣陣濃霧飄移而過，沒有一刻看得見下方的海洋；我的生命和這景色一樣，飄忽不成形、不確定。

次日早上，我從城堡門口經過，看見埃米瑞克正把槍枝發給一小群人，大概十幾個人，都穿著派克大衣和獵裝外套。他們各自上自己的車，朝瓦洛涅方向開去。

五點左右我再經過城堡時，看見埃米瑞克的貨卡停在中庭，我直接朝飯廳走去，他和法蘭克以及另一個男人坐在裡面，那個男的是個紅頭髮的大塊頭，看起來不怎麼好相處，名叫帕納貝。他們好像剛剛才回來，槍還放在身邊，已經開始倒起伏特加，但大衣還沒脫下。我注意到飯廳裡冷得要命，埃米瑞克似乎已經不再開暖氣了，我也不確定他睡覺是否脫衣服，他很明顯正在放棄很多東西。

「今天早上，我們攔截下從勒阿弗爾港開出來的一列運奶槽車，是愛爾蘭和巴西產的牛奶。他們沒料到我們會拿槍抵抗，二話不說就轉回去了。只不過我相信他們會立刻到憲兵隊報案。明天當他們在防暴警察的護衛下回來，我們又該怎麼做呢？我們一直不斷回到原點，別忘了這裡位在國境邊緣處。」

「要挺住，他們不敢對我們開槍，他們不能這麼做。」紅髮大傢伙辯說。

「當然，他們不會先開槍……」法蘭克說：「但他們會把錯都怪到我們身上，試著讓我們放下武器，衝突無可避免。問題是，我們要不要開槍。如果我們挺住不讓步，橫豎是在聖洛的憲兵隊蹲一個晚上。但是如果有傷亡，那就是另一回事了。」

我不可置信地看著埃米瑞克，他沉默不語，酒杯在手上轉來轉去；他的樣子陰鬱沉悶，躲避我的眼光，這時候，我覺得實在應該試著介入，如果現在還來得及的話。「聽著！」我大聲說，一點都還不知道自己要說什麼。

「嗯？」他抬起頭，直直看著我的眼睛，和我們二十歲時一樣直率誠懇，讓我一下子就喜歡上他的眼神。「告訴我，弗洛朗……」他緩緩地說：「告訴我你怎麼想，我想聽聽你的觀點。我們是真的完蛋了嗎？或是還可以試著做點什麼？我該試著做點什麼嗎？或者我該和我父親一樣，賣掉農莊、加入騎馬俱樂部，就這樣安安穩穩過完一生？告訴我你怎麼想。」

一開頭就應該這麼做，從我二十多年前第一次來造訪、他剛投身農業生產、我平凡地當個中級管理階層的那個時候，就應該這麼做。我們把談話延遲了二十多年，現在是時候了。另外兩個人一瞬間靜默下來，現在是我們兩個之間的事，他和我。

埃米瑞克等待著，純真的眼神直視我的眼睛，我開始講，甚至不太清楚自己在講什麼，我感覺自己滑行在一道斜坡上，兩耳嗡嗡有點想吐，就像每一次深入真實都會引起的不舒服感。但回過頭想想，在人的一生中，這種時候並不多見。「你看，某家工廠倒了、某個產業外移，譬如讓七十個工人失業好了，BFM二十四小時新聞台就會做特別報導，會有靜坐罷工、會燒輪胎、會有一、兩位地方政治人物前來關心，就成了一則新聞，一個讓人感興趣的題目，加上聳動的畫面，鋼鐵業和成衣業雖然不同，都可以拍出畫面。但是農業呢，每年有幾百個農業從業者倒閉。」

「或是賞自己一顆子彈……」法蘭克陰沉地說，立刻擺擺手像是道歉自己插嘴，臉色又重新恢復悲傷、無法看透。

「或是賞自己一顆子彈，」我同意他所說，「五十年來法國農業從業人口大幅下降，但是降得還不夠。數量還要再除以二或三才能達到歐洲其他國家的標準，丹麥或荷蘭的標準。我舉這兩個國家因為現在談的是奶製品，如果談到水果，就要和摩洛哥或西班牙的標準比。今日法國有六萬多個乳牛養殖戶，依我所見，十五年內數量會減到兩萬戶。總之，現下法國農業所經歷的，是一波超大規模的裁員，到目前為止最大規模的裁員，而且是個無聲無息、看不見的大規模裁員，農民一個接一個在角落裡消失，從來不會成為BFM新聞台的議題。」

埃米瑞克帶著滿意的神色搖搖頭，我的心抽痛一下，因為我頓時明白，他並不期待我說出任何良方，只等著我客觀證實農業面臨的慘況，而且我除了荒謬的摩爾多瓦女人囈語之外，沒有、絲毫沒有任何可建議的，最糟的是，我話還沒說完。

「就算農業人口數量除以三，」我繼續說，覺得自己正處於職業生涯的失敗中心，每一句都在毀滅我自己。若我的個人生活還有什麼成功之處也就罷了，譬如曾讓一個女人或一隻動物感到幸福，但完全沒有，「就算和歐洲各國標準相同，我們還是沒贏，甚至處於大潰敗邊緣，因為那時真正面臨的是國際市場，面對國際生產這場戰役，我們是贏不了的。」

「您覺得不會有一些保護措施嗎？絕對不可能嗎？」法蘭克的聲音怪異地冷漠、事不關己，好像他談的議題是某些怪異的地方迷信巫術。

「絕對不可能。」我毫不猶豫地回答：「意識形態的箝制太強烈了。」回想我的過去、職場生涯的那些年，我領悟到那時面臨的其實就像奇怪的種姓階級迷思。和我對話的人並不是在捍衛他們自己的利益，甚至不是為他們覺得應該捍衛的利益，如果這樣想就是誤會他們了：他們是為一些理想而戰，多年來，我碰到許多人能為貿易自由從容赴死。

「所以，就是這樣，」我轉頭朝向埃米瑞克：「依我所見，完蛋了，真的完蛋了，我建議你，以個人身分試著抽身。西西莉是個大婊子就讓她去和鋼琴家搞，忘掉兩個女兒、搬家、賣掉農場、把這一切一股腦忘乾淨，如果你現在就做，人生還能存一點希望可以重新來過。」

這一次我說得很清楚，再清楚不過了，而且只需幾分鐘就說完了。當我起身說要走之時，埃米瑞克投來一道奇怪的眼光，眼光中帶著一絲頑狹，也或許、甚至更像是一絲瘋狂。

次日，我在BFM新聞台上看到事件的進展。只是一則簡短報導。他們最後決定不抵抗、撤除障礙，讓在勒阿弗爾港上岸的那些奶槽車開往位於梅奧蒂和瓦洛涅的各個工廠。法蘭克接受了將近一分鐘的採訪，侃侃而談諾曼第酪農無法生存下去的情況，我覺得他的談話清晰、有條理、說服人，佐以一些數據。他結論說戰鬥才要開始，「農民聯盟」將結合「鄉農協調工會」號召下星期日發起一場大型活動。整個採訪過程中，埃米瑞克都在法蘭克旁邊，但一句話都沒說，只機械式地把玩著衝鋒槍的扳機。看完報導，我短暫而矛盾地感到一絲樂觀：法蘭克的談話如此清晰、節制、透徹。短短一分鐘的採訪，不可能做得比他更好了。大眾如何能忽視，對方又如何能拒絕商議談判呢？我關掉電視，望向小木屋窗外，此時六點多一點，霧氣慢慢被夜色籠罩。我想起在我將近十五年的職業生涯中所做的捍衛在地農民觀點的報告，也都是有理的，也都是數據真實清楚、提出合理的對應措施，建議合乎永續經濟的在地消費等等，但我只是個農業學家，一個徒有技術的人，到最後永遠沒人聽我的，事情永遠到最後一刻屈服於無往不利的自由貿易論，傾向於提高再提高產量。我又開一瓶酒，夜晚現在籠罩了整片景色，沒有盡頭，我又是什麼人物，肖想可以改變任何世界的運行呢？

*

諾曼第畜牧業農民被號召星期日中午到龐雷維克市中心集合。在BFM新聞台上看到這個消息，我一開始以為選擇這地點是因為它的象徵意義，期望吸引更多媒體對遊行活動的關注——龐雷維克乳酪的大名在法國、甚至在其他國家人盡皆知。事實上，隨著遊行進展，才知道選在龐雷維克，是因為它位於從多維爾方向來的A132高速公路支線和康城—巴黎的A13高速公路的交叉點。

一大早我起床時，西風吹散了所有濃霧，大海閃耀著，微微激起浪花，直到無限遠處。長空如洗，展現漸層的潔淨色調，一片淺藍，這似乎是我第一次在天際線看到一個島的邊緣。我拿著望遠鏡走出去：沒錯，很神奇，這麼遠還看得見，但的確能看見稍微凸起的一片草綠色，應該是澤西島的東岸。

這麼美好的天氣，感覺任何悲慘的事都不會發生，我也一點都不想再次面對農業人員的困境。我開著四輪傳動，有點想到弗拉芒維爾的懸崖上散步，或許可以一直走到若堡峭壁，像今天這種好天氣，一定可以遠眺到奧爾德尼島的海岸；我短暫地想到了賞鳥專家，或許他沒有結果的尋覓把他帶到更遙遠的地方、更陰鬱的地帶，或許他正蹲在馬尼拉的監獄裡，其他犯人早就把他收拾乾淨，他那渾身青腫流著血的身體爬滿蟑螂，牙斷的嘴巴闔不起來，昆蟲順著喉嚨往裡頭鑽。這令人不舒服的景象讓這美好的早晨打了第一個折扣。還有第二個，那就是當我經過埃米瑞克停放農業機械的場棚前，看見他來來回回，把一桶桶柴油放到他的貨卡平台上。一桶桶柴油要做什麼？一定沒好事。我關掉引擎，猶豫著，該不該去和他談談？但是要談什麼呢？除了上次晚上的談話以外，我還能跟他說什麼呢？人永遠不會聽別人的勸告，當他們徵詢忠告時，目的恰恰是不會遵循忠告，而是想要一個外在聲音驗證自己是對的，他們陷入一個麻痺、死亡的漩渦，別人給的忠告正好當作悲劇的背景合唱，證實悲劇英雄走的是一條毀滅而混亂的道路。

然而，這個早晨如此美好，我還不敢完全相信自己的預感，猶豫了一下，我發動車子駛往弗拉芒維爾。

懸崖上的散步不幸地完全失敗。光線從未如此美麗，空氣從未如此清新而令人精神一振，牧草原野從未如此油綠，陽光閃耀在海平面上的波光粼粼從未如此醉人，但我也從未如此難受。我一路走到若堡峭壁，心情更糟，凱特的身影似乎很難不在此時出現，天空變得更藍，光線變得更晶亮，這是北國的光線。我先是看見她在施威林城堡公園裡回過頭看我的眼神，充滿柔情與寬容，已經原諒了我後來的不忠；其他的記憶隨之而來，在那幾天之前，我們在森訥堡沙丘上散步的影像——對啦，她父母住的地方是森訥堡，那天早上的光線就是眼前這種。我躲進我的G350車子裡幾分鐘，閉上眼睛，全身竄著奇怪的顫抖，但我沒哭，顯然我已經沒有眼淚了。

接近早上十一點時，我駛向龐雷維克。離城內兩公里處，省道就被停在路中間的農耕機擋住。一長列農耕機一路停到市中心，應該有幾百輛，有點令人訝異的是並沒看見警力出動，不過，農民都在自己的農耕機附近野餐、喝著啤酒，看起來頗平靜。我打埃米瑞克的手機，他沒接，我徒步往前走了幾分鐘，很明顯在這一堆人群裡絕對不可能找到他。我回到車上，轉頭開向奧格區的皮耶爾雷菲特，然後轉向位於高速公路叉口上方的一個小丘。我停下車還不到兩分鐘，事情就火速進展。十幾輛貨卡組成的一個小車隊——我看見埃米瑞克的日產Navara也在其中——緩緩駛下A13高速公路的入口。高速公路上，車流中的最後一輛瘋狂按著喇叭，搖擺蛇行一陣終於通過，在此之後，通往巴黎的交流道入口就被堵塞住了。他們選的位置非常好，是在高速公路入口兩公里直行路段之後，看得很清楚，車輛絕對有足夠時間剎車。那天剛過中午車流還順暢，但是很快就開始壅塞，剛開始還有幾聲喇叭，接著愈來愈少，之後一片沉寂。

這支突擊隊由二十多個農民組成，其中八個坐鎮在他們的貨卡後方，舉著槍面對後方車輛，距離最前頭幾部車輛五十多公尺。埃米瑞克位在中央，手握著施邁瑟自動步槍。他模樣輕鬆，一臉自在，漫不經心地點燃看起來像大麻的一支菸。老實說，我從未見過他抽別的東西。法蘭克在他右邊，我感覺他緊張多了，手上緊握的看起來是普通獵槍。其他農人開始抬下自己卡車上載的油桶，搬到後方五十來公尺外，把柴油灑在整個高速公路路面上。

他們快灑完時，天際邊出現第一輛防暴裝甲車。防暴警察介入速度太過緩慢，之後引起非常多爭論，但我可作證，要在車陣中殺出一條路真的很困難，儘管警笛大作，駕駛們（大部分車輛都是緊急剎車，不少還撞到路邊去了）根本寸步難移，防暴警察只好下了裝甲車，用腳走，這是唯一的選擇，依我所見也是能責難下此命令的小隊長的唯一一點。

就在他們走到對峙地點時，兩台農耕機駛下高速公路入口，兩台龐然的重機械車，一台是收割脫穀機，另一台是玉米收割機，巨大得幾乎和高速公路入口一樣寬，司機高踞在離地四公尺的駕駛台上。兩台農機重重地停在油桶堆中間不動了，兩名司機跳下駕駛座，和其他同志會合；我現在明白他們準備做什麼了，但還是難以相信。要弄到這兩台機械，必須向「農業設備合作社」申請，應該是卡爾瓦多斯省的合作社，那個合作社離「農業和林業地區局」只有十幾公尺遠，前台那個接待員還短暫掠過我腦際（一個不幸的離婚老女人，還沒對性完全失去憧憬，乃至於發生了不少令人遺憾的插曲）。要借到一台收割脫穀機和一台玉米收割機（而且編了什麼藉口呢？現在不是玉米收割時節，更不是麥田收割時節），他們至少要繳交身分證，沒有身分證絕不可能，這些機械每台都價值數十萬歐元，他們要負擔法律責任，現在脫不了身了，不可能全身而退，他們走上了不歸路，一條兄弟一起自殺的快速道路？

接下來一切進展速度飛快，就像排演了很久的完美一幕；兩位重機械司機一和同伴會合之後，一個紅頭髮的大塊頭（好像就是不久之前我在埃米瑞克家看到的帕納貝）從貨卡後廂拿出火箭筒，好整以暇地安置。

兩個火箭彈朝著兩架農耕機油箱飛去，瞬間燃燒，兩叢強烈的火焰沖天，合而為一，冒出巨大壯觀的一陣陣黑煙，像地獄之火，我從沒想到農業用柴油會燃燒出如此黑的煙。大多數攝影師拍出的就是這幾秒的黑煙，之後反覆出現在國際媒體各大報上。尤其是埃米瑞克的照片，將會出現在從《義大利晚郵報》到《紐約時報》的各大報章頭版。他本來就長得超帥，在鏡頭下臉上的浮腫神祕消失，尤其他顯得平靜，幾乎樂在其中，就在這一刻起了風，他長長的金髮飄蕩風中，嘴角叼著一根大麻煙，施邁瑟自動步槍立在腰間；背景抽象且極端地殘酷，一道火焰搖擺在層層黑煙之中；但這一刻，埃米瑞克看起來很快樂，嗯，幾乎可以算快樂，至少是適得其所，他的眼神和從容姿態透露出一種滿不在乎，成為反抗的、永恆不朽的影像，在全世界各大報紙上反覆出現。還有另外一點是只有包括我在內的少數人才能明白的，那是我一直以來所認識的埃米瑞克，一個和善的人，本性溫和甚至善良，他想要的僅僅是活得快樂，投入奠基於負責、優質生產方式的田園鄉野夢想（夢想裡也包括西西莉，但是西西莉證實是個大婊子，醉心於和一個上流社會鋼琴家在倫敦的生活；而歐盟也是個大婊子，牛奶配額弄出個大問題），他一定沒想到事情會以這種方式結束。

無論如何，我不理解、直到現在還無法理解事情怎麼會以這種方式結束，生命還有許多勉強可接受的可能性，我不覺得自己說的摩爾多瓦女人選項很誇張，甚至和騎馬俱樂部也不違和，摩爾多瓦一定也有貴族，世界上到處都有貴族，總之，我們總是可以拼湊出一個像樣的藍圖，但是埃米瑞克此刻卻舉起了槍，明顯擺好射擊的姿勢，迎著防暴警察陣線走去。

警察已經組成了一個還過得去的戰鬥隊形，第二輛裝甲車也到了，警察不客氣地趕走在場的幾位記者，他們當然抗議，但甚至不必亮槍，槍托孔武有力地往頭上威脅一下就行了，面對一群懦夫情況容易處理多了。總之記者們退到事件爆發地點的高速公路路脊下方（那些記者已經開始在推特上發文抗議新聞自由遭到扼殺，但這不是防暴警察的工作，自有新聞聯繫人去操心）。

不論如何，防暴警察的陣線擺好了，據我目測，距離農民起義者三十多公尺。這條陣線嚴密、微微成弧形，呈現相當像樣的戰鬥態勢，圍成一道強化玻璃纖維的盾牌。

我本以為我是接下來發生事件的唯一目擊者，其實不是，一個BFM電視台攝影記者逃過防暴警察的驅趕，成功地藏在高速公路邊的灌木叢裡，拍下完整清晰的畫面，甚至還在電視台播放了兩個鐘頭，才在電視台公開道歉之後刪除，但已然太遲，畫面出現在社群網站上，到下午已經超過一百萬次點閱。電視台聳動的做法又一次遭人詬病，本來就是，這個拍攝畫面的功用只應該是提供檢方調查所需，絕不應移作他用。

自動步槍安穩地橫在腰間，埃米瑞克緩緩地從右轉到左，瞄準防暴警察。他們彼此靠攏挨緊，將陣列寬度減縮到一公尺以下，強化玻璃纖維盾牌擦撞出一陣滿大的聲響，之後又趨於沉寂。其他農民也拿起槍對準防暴警察，跟在埃米瑞克身後往前走，但他們只有獵槍，警察當然知道埃米瑞克口徑223的施邁瑟是唯一能打穿盾牌、穿透防彈衣的一把槍。回頭想想，引發悲劇的是埃米瑞克極其緩慢的動作和臉上怪異的表情，他臉上一副全都豁出去的模樣。幸好世界上真能豁出一切的人不多，因為他們能製造出非常大的災難。那些平日駐防在康城的普通防暴警察雖然知道這一點，但也只是理論，他們並沒有面對這種危險的準備，或許「國家憲兵特勤隊」

或「黑豹警察總署特勤隊」的人員會比較沉得住氣，這一點讓內政部長遭到四方指責，但話說回來，誰能料到會出現這種狀況呢？又不是國際恐怖分子，最初只是一場單純的農民抗議行動罷了。埃米瑞克一臉好玩，真心覺得好玩又譏諷的模樣，然而又如此疏離，彷彿完全身處他方，我從來沒看過有人如此疏離。我現在還記得他的神色，是因為有一瞬間我想走下斜坡跑向他，但這想法才出現，我就已經明白這樣做是沒用的，在這最後一刻，沒有任何友情或人與人之間的關係可以觸及到他。

他緩緩轉身，從左到右，一個一個瞄準盾牌後的防暴警察（他們絕對不會先開槍，這我確定，但實際上這也是事件發展中我唯一能確定的事）。接下來他以相同的動作從右掃到左，速度更慢，之後回到瞄準中心，定下幾秒鐘——少於五秒。此時他臉上的表情變了，出現一陣痛楚，他把槍口翻轉，抵著自己下巴，扣下扳機。

他的身體朝後倒下，撞到貨卡載貨平台，發出很大的聲響，沒有鮮血四濺、腦漿外流，一點都沒有這種畫面，一切都怪異得低調灰暗，但除了我和BFM電視台攝影記者，沒有人看見真正發生了什麼事。在他身前兩公尺的法蘭克大吼一聲，甚至沒瞄準就朝防暴警察的方向開槍，其他幾個農民也跟著他開槍。事件調查期間，依照當時拍攝影片，這都清清楚楚被證實：和其他同志以為的相反，防暴警察不只沒開槍打死埃米瑞克，反而是在受了四、五顆子彈攻擊後才反擊的。只不過，另外一波更嚴重的質疑是他們的反擊火力大開：九個農民當場被擊斃，第十個當夜在康城總醫院不治身亡，另外有一名防暴警察殉職，死亡人數總共十一個。這是法國很久沒發生的，更從未在農民抗爭行動中發生，而我接下來幾天才在媒體上得知。我不知當天是怎麼回到康米─拉─后克小村的，有一部分的自己機械化地開著車，我覺得，幾乎所有事都包含著機械化的成分。

＊

次日早上我起得非常晚，處在一種想吐、不可置信、幾乎痙攣的狀態，這一切我都感覺不可能、不真實，埃米瑞克不可能飲彈，不可以這樣結束。我曾經目睹過一次衝突場面，很久之前，看過一次警方大肆出動的事件，但比這次輕微得多，沒人死亡，只不過是一個女生不記得是否同意被插屁眼的事件，總之是年輕人之間鬧事而已。我按下煮咖啡器，吞下我的Captorix藥丸，打開新的一條「菲利普莫里斯菸」，然後打開ＢＦＭ台，一切立即迎面而來，昨天不是我做的一場夢，一切都是真的，BFM電視台播放的正是我記得的影像，穿插著相關的政治評論，無論如何昨天的事件是真真確確發生了，芒什省和卡爾瓦多斯省周圍的畜牧業農民齊聲抱怨，原本只是一個地區性的問題，卻逐漸引發一連串嚴重效應，很快成為結合歷史背景的一股聲音。這個背景雖然是地區性的，但顯然引發了整體性的反應，新聞台開始出現政治評論，這些評論大致的內容令我吃驚：所有人都習慣性地譴責暴力，惋惜發生這樣的憾事以及某些極端滋事者的囂張，然而，那些為政者身上顯出一絲不安，一股非常不尋常的尷尬，每一位都特別強調必須多多少少諒解農民的悲苦與憤怒，尤其是畜牧農戶，一直是歐盟牛奶配額取消的犧牲品，這像一個未經思考又糾纏不去的鬼規定，所有政治人物面對這個議題都閃爍不定，只有極右派的「國民聯盟」對這一點狀似堅決否定。針對連鎖大型超市對農民強制壓低價格的醜聞，各黨政治人物也只是試著辯解，只有共產黨的態度比較明確——藉著這個機會，我才知道我們國家還存在一個共產黨，甚至還有該黨推選出的政務官。我既驚惶又厭惡地察覺到，埃米瑞克的自殺或許會產生政治效應，除非他死，其他行動都不可能動搖一分一毫。至於我呢，我唯一確定的是自己必須離開，另謀住處。我想到牛棚旁辦公室裡的電腦，應該還可以使用，沒道理主人死了就不能使用。

一輛小卡車停在城堡中庭。我也走進城堡。兩名憲兵正在埃米瑞克擺放槍械的櫃子前一一輪流專心檢視，其中一個看起來五十歲，另一個三十五歲。他們倆很明顯完全被這一櫃子的槍械吸引，低聲交換著想必是內行人的評語，這終究是他們的職業，我高聲喊了一句「日安！」才讓他們注意到我。年紀比較大的那個憲兵轉身看我的時候，我突然一陣驚慌，想起那支斯泰爾・曼利夏卡賓槍，但隨即恢復理智，告訴自己他們鐵定是第一次看到埃米瑞克收藏的槍械，絕沒有理由會懷疑少了一支槍，甚至是兩支，還有另一支史密斯—威森。當然，如果他們拿著槍枝執照一一核驗的話，可能就會出問題，但是就如同《傳道書》中所寫的，明天的事就明天再去操心吧。我跟他們解釋說我住在小木屋，但沒說我認識埃米瑞克。我一點都不擔心，對他們來說，我只是個毫不重要的人，一個遊客，他們根本不想在我身上多花時間，他們手上的工作就夠頭痛了。這是個平靜的省分，犯罪率幾乎是零，埃米瑞克跟我說這裡的人經常整天不在家也不鎖門，就連在鄉下地方這種事都還很罕見，總之，憲兵他們一定沒碰過眼下這種情勢。

「啊，對，那些小木屋……」年紀較大的那位憲兵好像從長長的發呆裡醒過來，根本忘記有小木屋的存在。

「現在我該走了。」我接著說：「這是我唯一能做的事情。」

「是啊，您必須走了。」年紀大的憲兵同意：「這是您唯一能做的事情。」

「您一定是來度假的吧？」年輕憲兵說：「真可惜假期泡湯了。」

我們三個都搖搖頭，非常滿意我們的分析一致。「我馬上回來。」我有點怪異地用這句話結束談話。我走出門，再回頭看，他們倆已經又專心投入檢視槍枝的工作。

走過牛棚，牛隻發出一長串憂慮、埋怨的鳴叫，是啊，我自忖，牠們今早沒被餵食也沒被擠奶，說不定前一晚也該餵食才對，乳牛需不需要定時餵食，我完全不知道。

回到城堡裡，兩名憲兵還杵在兵械櫃前，依舊陷在深不可測的沉思之中，勢必是對彈道學或技術方面的沉思，他們或許正在擔心，如果這一帶的所有農民都有這樣的配備，遇到嚴重衝突那麻煩可大了。我跟他們提到牛隻的情況，「啊，牛……」年紀大的憲兵悲傷地說：「那些牛該怎麼辦呢？」我哪知道？是要去餵食，還是找個人去餵，這是他們的問題，不是我的問題。「我現在要走了。」我說。「好，當然，您現在要走了。」年輕憲兵鄭重地說，好像這是很明顯應當做的事，甚至好像巴不得我走。我的確也是這麼想，憲兵言下之意是他們真的不希望我來添亂，他們已經被發生的事件、要呈交的報告搞得焦頭爛額，在報紙上題名《為農民獻出生命的貴族》的文章推波助瀾之下，上級一定會用放大鏡仔細檢閱這份報告。我和他們沒再交換一句話，返回到車上。

至於我呢？我終究沒勇氣上網找住宿，尤其旁邊伴隨著牛隻的悲鳴，老實說，我覺得自己都提不起勇氣做任何事，漫無目的地開了幾公里，腦袋一片空白，集中僅存的最後一絲感知能力來找尋一家旅館。我遇到的第一家旅館叫作「海灣小旅店」，剛才開過來連村名都沒注意，老闆告知這裡是濱海雷涅維爾村。我關在旅館房間裡整整兩天，持續服用Captorix，但還是無法起床、無法洗浴、甚至無法打開行李。我無力想到未來，也無力想到過去，連當下也無力去想，但會構成問題的正是此刻、當下。為了不叫旅館老闆起疑，我跟他解釋說我是抗爭中死亡的一位農民的朋友，眼睜睜看著他被槍殺。他原本殷勤的臉突然一沉，很顯然，他和本區所有居民一樣，是和農民站在同一陣線。「按我說，他們幹得好！」他大聲有力地說：「不能再這樣下去，有些事是無法接受的，必須要有所行動……」我沒試著反駁，因為我心底想的跟他也差不多。

第二天晚上，我起床出去吃飯。在村口有家小餐廳，叫作「瑪莉翁之家」。我是「阿爾古先生」的朋友的風聲可能已在村裡流傳開，老闆娘帶著熱情與尊敬招待我，好幾次擔心我是否缺什麼、會不會覺得穿堂風太涼之類的。餐廳裡少數幾個客人都是附近農民，圍著吧檯喝白酒，我是唯一進餐的客人。他們不時低聲交談幾句，我聽到好幾次憤怒的聲音說出「防暴警察」這個字眼。我覺得這家餐廳氛圍很怪異，幾乎是「舊體制」時代的氛圍，就好像推翻它的法國大革命只留下表面依稀的痕跡，說不定待會兒農友會以「我的先生」來稱呼埃米瑞克。

次日，我前往霧氣瀰漫的庫唐斯，連大教堂的尖塔都快看不到了，但霧氣中的教堂看起來非常典雅，整個小鎮安詳、遍植綠樹、美麗。我在菸草報章店買了份《費加洛報》，坐在「教堂廣場酒館」裡看報，這是一間位於教堂廣場上的大咖啡廳，兼營餐廳和旅館。裝潢偏向一九〇〇年風格，椅子是木頭和皮製，幾座「新藝術」風的立燈，總之這裡是庫唐斯鎮的夢想之地。我想找出一篇對這個事件的深度分析，或至少一篇共和黨方面發布的官方態度，可惜完全沒有這類東西，倒是讀到一篇長文討論埃米瑞克，他前一天下葬，葬禮在貝葉市的大教堂舉行，文章特別強調「大批群眾哀戚出席」。我認為文章標題〈一個法國重要大家族的悲劇句點〉有點誇張，他還有兩個姊妹，至於貴族頭銜的沿襲或許會是個問題，這就不在我的知識範圍裡了。

我在兩條街外找到一家網咖，老闆是兩個阿拉伯人，他們長得真的太像了，一定是雙胞胎，他們身上薩拉菲極端主義者的裝扮如此突出露骨，反而讓人覺得骨子裡應該是無害的。我猜他們應該是單身，兩人住在一起，或是娶了一對雙胞胎姊妹，住在隔壁，總之就是這類的關係。

網路上這方面的網站不少，現在不管找什麼都一大堆網站，我忘了是在「貴族組織網」或是「大貴族網」上找到了資料。我早就知道埃米瑞克出身於一個古老的家族，但不知道到底多古老，看到資料還是嚇了一跳。他們家族王朝的奠基者是個叫貝爾納的丹麥人，他追隨維京人首領羅洛，而羅洛在九一一年經由「埃普特河畔聖克萊爾條約」從法國國王手中取得諾曼第的擁有權。之後，丹麥人貝爾納的三個兄弟艾宏、侯貝和安凱迪·阿爾古跟隨獅心王理查征服了英國。他們得到的犒賞就是一大片位於英倫海峽兩岸土地的主權，然而，英法百年戰爭一開打，就面臨到立場上的困難，最後決定捨棄英國的金雀花王朝，投靠法國的卡佩王朝。只除了人稱「跛腳」的傑弗華·阿爾古在一三四〇年態度有些曖昧，引起夏多布里昂[51]激昂的指責。除了這個異類之外，該家族世世代代一直對法國王室忠心耿耿，出了很多大使、主教和軍事將領。然而，阿爾古家族終究在英國遺留下一系旁支後裔，他們紋章上的格言是「將會雨過天青」，針對眼下情況還真不太契合。

埃米瑞克突然死亡，死在他日產Navara貨卡後方載貨平台上，我覺得同時吻合、卻又違背於他們家族的使命。我很好奇他父親會怎麼想。他為了保護法國農民，手執槍枝而死，這是自古以來貴族的使命；但另一方面，他是自殺而死，和基督教騎士精神相悖；再怎麼看，他都該至少轟掉兩、三個防暴警察的腦袋才對。

找這些資料花了我不少時間，老闆兩兄弟之一拿來薄荷茶招待，我婉謝了，我向來討厭薄荷茶，但接受了他們請的汽水。我喝著柳橙雪碧，突然想起原先要找的是住宿訊息，而且最好就在附近這一區、就在今晚入住。我沒有勇氣回巴黎，也沒有任何回去的理由。我的想法是，在法雷茲附近找一個鄉下小屋，又花了一個多小時才找到合適的地方：小屋介於福萊爾和法雷茲之間，一個叫作「皮唐日」怪名字的小村，叫人立即聯想到巴斯卡拐彎抹角的句子，「女人既不是天使也不是妓女」[52]之類的。「想當天使的人就會是妓女」這句話根本沒啥意思，不過原本的正宗說法我也聽不出是什麼意思，巴斯卡到底要表達的是什麼啊？缺乏性生活無疑讓我比較靠近天使這一邊，這是我對天使淺薄的研究所得出的結論，但為什麼這樣就會讓我變成禽獸呢？我實在看不

---

51 夏多布里昂（F.R. de Chateaubriand, 1768-1848），法國十八至十九世紀的作家、政治家、外交家、法蘭西學院院士。十九世紀初法國國家意識高漲，夏多布里昂在著作回顧歷史書籍時，對中古世紀的傑弗華．阿爾古於百年戰爭之中游移於英法兩國之間不明確的態度提出了嚴厲批判。

52 Putange這個字發音很像pute（妓女）和ange（天使）合起來。

出來[53]。

總之，木屋的屋主一下子就聯絡上了，木屋空著，短期內都沒出租，如果我希望，當晚就可以入住，他提醒我地方很難找，在森林裡，四下都沒房子，我們說好晚上六點在皮唐日的教堂前見面。

在森林裡四下都沒房子，那我或許該先採買點食物用品。沿途好幾個廣告看板讓我知道在庫唐斯有一家勒克萊爾大超市購物中心，結合了勒克萊爾網購取貨中心、勒克萊爾加油站、勒克萊爾文化商品部，還有一家旅行社，當然也是勒克萊爾。其實勒克萊爾也有葬禮禮儀服務中心，這是這裡唯一缺的。

我活到這把年紀，還從未踏進過一家勒克萊爾購物中心。真是目眩神迷。我從未想像過貨物如此琳琅滿目的一家店，這種店在巴黎市區不可能存在。何況，我從小在桑利斯市長大，一個老派、布爾喬亞階級、甚至某些地方看起來與時代不合的城市，我父母至死都在附近小店鋪購物，奮力以行動支持城內小商店。至於度假時的梅里貝爾滑雪地更別提了，就是個人工新創的地方，和國際商業潮的主流趨勢根本沾不上邊，純粹一個旅遊業鬧劇。庫唐斯的勒克萊爾購物中心是另一回事，是真正一個大型、超大型的超市企業。望不盡的貨架上擺著來自各大洲的食品，想到背後牽動的物流、巨大的貨櫃輪穿越不可知的各大洋，讓我幾乎一陣頭昏目眩。

看那些運河裡睡著的船隻
它們的性情是四處流浪
為了滿足
你最微小的願望
它們從世界的盡頭來到這兒……[54]

漫步了一個鐘頭之後，推車已經裝滿了大半，我不由得又想到本來可以、本來應該和埃米瑞克共創幸福的摩爾多瓦女人，現在可能死在祖國摩爾多瓦一個黑暗的角落，甚至不知道世界上有

---

53 巴斯卡的正確原句是「人希望表現得像天使，實際卻像野獸」，意思是太想面面俱到當好人，反而會顯露出像野獸惡的一面。本書主角故意插科打諢寫得混淆。

54 這是波特萊爾〈邀遊〉（L'INVITATION AU VOYAGE）一詩中的詩句。

像這個超市的天堂存在。和諧與美，這無庸置疑。豐盈，寧靜與歡娛[55]，那是當然。可憐的摩爾多瓦女人，可憐的埃米瑞克。

*

木屋位在奧恩河上的聖歐佩，是附屬於皮唐日的一個小荒村，但沒出現在GPS地圖上，房東跟我這麼說。他跟我一樣四十來歲，灰白的頭髮剪得很短，幾乎理平，這也跟我一樣，看起來一臉衰相，我擔心這點也跟我一樣。他開一輛賓士G-Class系列，這又是我們另一個相同點，通常足以滋生出中年男人彼此之間溝通的橋梁。更好的是他的車是賓士G500，我的是G350，這在我們之間設下一個可以接受的微小階級差別。他從康城過來，我好奇他從事什麼行業，外表看不太出來。他是建築師，他告訴我——一個失敗的建築師，他特別強調，「就和大部分的建築師一樣。」他又補上這句。他也是負責位於康城北郊工業用地重劃區裡城市公寓旅館的建築師，卡蜜兒搬來和我同住前曾在那兒住過一個星期；那個公寓旅館計畫並不會讓他臉面增光。他評論說，的確不會，委實沒什麼可增光的。

他當然想知道我準備租多長時間，這真是大哉問，或許三天，或許三年。我們兩造欣然同意租約簽一個月，約到期自動延長，我每月初繳房租，可以寄支票，他可以併入事務所的帳裡。他厭惡地說，這倒並不是為了逃稅，只是填報稅單實在有夠煩，永遠不知道這筆收入要填在BZ還是BY那一欄，都不填最省事。我並不訝異，這種厭煩我已在許多自由業者身上看見過。他自己從不回那棟屋子，也覺得應該永遠不會回去住了，兩年前離婚之後，他喪失了對房子以及對很多其他東西的熱情。我們兩人的生命如此相似，像到幾乎令人倍感壓力的程度。

他出租的次數不多，反正夏天之前不會有人詢問，他會立即把訊息從網上下架。就算在夏天，租的人也不多。「那裡沒裝網路，」他突然擔憂地說：「我希望您知道這一點，我敢確定招租啟事上有特別註明。」我回答說我知道，也接受。此時，我看到他眼裡瞬間出現一絲擔憂。心情憂鬱想單獨在森林裡度過幾個月「整理心情面對自己」，這大有人在，但是眉頭不皺就接受無限期斷絕於網路，這傢伙一定相當不對勁，我在他擔憂的眼裡讀到這個。「我不會自殺。」我帶著希望讓他解除心防的微笑說，但想必這微笑看起來很詭異。「總之，不會馬上。」我讓步地加

55 和諧與美（Ordre et beauté）、豐盈，寧靜與歡娛（Luxe, calme et volupté）也是〈邀遊〉詩中著名的句子。

上這一句。他嘟囔了一聲，轉而解釋技術實用層面的問題，一切都很簡單。電暖氣以一個溫度計控制，只要轉動旋鈕就可調到我想要的溫度，熱水是熱水器直接加熱，我什麼都不必動。可以在壁爐裡生火，他指出存放火種和木頭的地方。手機視電信公司多多少少可接收訊號，SFR完全收不到，布依格通信收得還不錯，橘子電信他忘了收不收得到。要不然屋裡有座機，他沒加裝計費系統，寧可相信住客，他揮揮手臂做出一個表示他的態度毫不重要的動作，他只希望我不會每晚和日本通電話一整夜。「絕不會和日本。」我沒經思考就粗暴地打斷他的話，他皺起眉頭，我感覺他猶豫要不要問，試著多知道一點，但幾秒鐘之後他放棄這個念頭，轉身走向車子。我還以為我們很快會再見到面，但他發動車子前遞給我一張名片：「上面有我的住址，付房租用的……」

因此我現在就如同盧梭所寫的：「我就此孤身一人，不再有兄弟、鄰人、朋友，於世再也無人往來。」[56]這一句滿貼切我的境遇，但只限於這一句，盧梭再下一句說自己是「芸芸眾生中最願跟人交往，最具愛人之心的一個」，我可不是，我談到埃米瑞克，談到幾個女人，名單短得不能再短。和盧梭不一樣，我也不能說我「在人們的一致同意下遭到排擠」，人們並沒有聯合起來排擠我，根本沒發生任何事，只不過我對世界的關心和參與本已有限，如今漸漸趨於零，直到沒有任何東西能阻擋我的沉淪。

我調高室內溫度，決定上床睡覺，或至少躺到床上，睡不睡得著是另一回事，時值深冬，白晝已經漸漸變長，但長夜依舊漫漫，在這森林之中，夜如此深沉。

*

我終於沉入難受的睡眠中，當然少不了一杯杯從庫唐斯勒克萊爾購物中心買的熟成蘋果燒酒的協助。沒被夢驚醒，卻突然在深沉夜裡醒來，感覺肩膀上一陣摩擦或是愛撫。我起身在房間裡走來走去設法平靜下來，走到窗戶旁，外面夜色一片黑暗，月亮應該剛好運行到月蝕階段，雲層太低，看不見任何星星。半夜兩點，夜只過了一半，是修道院晨禱儀式的時間；我點亮所有燈，卻無法真正覺得安心：我一定夢到卡蜜兒了，是她在夢中愛撫我的肩膀，如同幾年前她每夜都會

56 這幾句是盧梭（Jean-Jacques Rousseau, 1712-1778）著作《一個孤獨漫步者的遐想》（*Les rêveries du promeneur solitaire*）第一章最開頭的兩句。

做的動作。我再也沒有幸福的希望，但仍希冀能逃脫純粹而全然的瘋狂。

我又躺回床上，環視了一下房間：房間呈完美正三角形，兩側牆壁在正中央的主梁下交會。我察覺到自己落入一個陷阱：這房間和我在克萊希鎮與卡蜜兒同居的頭三個月度過的每一個夜晚的那個房間一模一樣。這個巧合本身其實沒什麼可訝異的，所有諾曼第地區的房子蓋得都差不多一個樣，而且這裡離克萊希鎮只不過二十公里；但我事先並未想到這一點，外觀上看來兩棟房子並不相像，克萊希鎮的房子是半木構房，而這一棟外牆是粗糙的石頭，可能是砂岩。我匆忙套上衣服，下樓到飯廳，那裡冷得要死，壁爐火沒燒起來，我對生火向來手拙，完全搞不懂要怎麼擺引火小樹枝和木柴，這是我和我想成為的典型男子漢（像哈里森．福特那種）諸多差異中的一點，只是目前問題不在這裡，我的心一陣絞痛，回憶如潮水不斷湧上，會殺人的不是未來，而是過去，它糾纏折磨著你，最後致你於死。飯廳也是，和那間我和卡蜜兒一起吃了三個月晚餐的飯廳一模一樣。我們在克萊希鎮上的傳統熟食肉鋪、以及同樣傳統手工的麵包西點店、幾家菜農直營蔬果店買完菜之後，她洗手做羹湯，那樣興致勃勃，而現在回想起來讓我如此心痛。我認出那掛著的一排銅製鍋子，在石頭牆上發出溫柔的光芒。我認出那厚重的核桃木碗櫃，鏤空的層板襯托出盧昂特產：畫著天真、色彩繽紛圖案的琺瑯瓷餐具。我認出那座橡木大座鐘，停頓在某一時刻，一個過往歷史中的某個時刻——有的是兒子或親人死亡的時刻，有的是第一次世界大戰一九一四年法國對德國宣戰的時刻，有的是貝當元帥獲得全部權力的時刻[57]。

我不能就這樣坐以待斃，我拿起可以打開房子側翼建築的大金屬鑰匙，屋主跟我說這個旁側目前不太能使用，沒辦法開暖氣，如果我一直待到夏天的話，或許可以用到。我進到一個非常寬大的空間，以前應該是房子的客廳，目前堆放了一堆壞掉的扶手椅和花園用的戶外椅子，但是有一整面牆都是書，我驚訝地發現架上有一本薩德[58]全集，應該是十九世紀的版本，一整面皮製的外皮，封面和側邊印著各種燙金花飾，這狗屁玩意兒應該值不少錢，我隨便翻閱了一下，裡面附印了很多版畫，我翻看的也大都是版畫插圖，奇怪的是我看得一頭霧水，插畫上有各式各樣的性交姿勢，但我沒辦法身歷其境，難以想像自己置身其中，這一切都好沒意思。我走上夾層，夾

57 第二次世界大戰期間，貝當元帥（maréchal Pétain）和德國簽訂屈辱停戰約定，貝當被授予「國家元首」的稱號並兼任總理，擁有召開國民議會、制定行政立法、指揮軍隊、任命或撤換部長等多種權力。

58 薩德（Marquis de Sade, 1740-1814）是法國貴族出身的哲學家、作家和政治人物，著作一系列色情和哲學書籍，露骨的色情描寫引起當時社會喧囂醜聞。

層上應該比較好玩、比較輕鬆吧？然而上面只剩下開腸剖肚、椅套發霉的沙發，半翻倒在地上。還有一架電唱機和一整組黑膠唱片收藏，多數是四十五轉，我遲疑了一下認定是扭扭舞的舞曲唱片——由封套上舞者的姿勢看出，至於背後的歌唱者和樂團都陷在一團漆黑中。

我記得建築師房東帶我看房子時都很不自在，只停留極短的時間跟我解釋屋內幾個必要家用電器用法，最多最多待了十分鐘，重複說了好幾次想賣掉這房子，只是代書手續之類的實在麻煩，更何況買家難找。這棟房子裡應該有段過往，一段我難以描繪出輪廓的過往，介於薩德侯爵和扭扭舞之間，一段想擺脫的過往，卻不保證有未來的可能性，但是反正這側翼完全不會讓我想到克萊希的房子，而是另一種傷痕、另一段故事，我幾乎是放心地睡下，這是真的，身處我們自己的悲劇裡，知道還有其他我們躲掉的悲劇，真令人寬心。

*

次日早上，我散步了半個鐘頭，走到奧恩河邊。除了對落葉轉變為腐植土的過程有高度興趣的人之外，這一路風景相當無趣。其實二十年前我就對這個很感興趣，甚至還針對森林密度相對於製造出的腐植土數量做過不同計算。我也想起念書時期另外一些極為模糊的記憶，譬如我注意到這座森林疏於照管——藤本植物和寄生植物太多，樹木生長多受阻礙；不要以為只要放任大自然，喬木就會高大美麗，樹就會健美茁壯，長出高得像大教堂的喬木，激出眾人泛神論的宗教情懷；任由大自然自由發展，通常只會生產出一大堆不成形、亂七八糟的雜亂、整體看來滿醜的不同植物，這大概就是我走到奧恩河邊一路上看到的景象。

房東提醒我若遇到小鹿，最好不要餵食，倒不是這樣做有違野生動物的尊嚴（他說到這不耐煩地聳聳肩，好像是要強調這個說法實在無稽），小鹿就像大多數的野生動物一樣是投機取巧的雜食動物，幾乎什麼都吃，找到野餐剩下的東西或一袋破開的垃圾就會欣喜若狂；最好不要餵是因為一旦開始餵，牠就會每天來，我再也擺脫不掉，小鹿一纏上你，就跟黏膠一模一樣。但是如果我被牠們蹦蹦跳跳的優雅樣子吸引、深深被動物世界感動，那他建議我巧克力麵包，牠們對巧克力麵包簡直愛得要死——這一點牠們和狼很不同，狼對乳酪比較有胃口，不過反正這一區沒有狼，小鹿不必擔心，等阿爾卑斯山區、南部熱沃當高地的狼蔓延到這一區，還要好多年。

反正我沒遇到任何一隻小鹿。大致上沒遇到其他人和能讓我想起自己的確是住在森林裡這棟荒涼房子的任何東西，因此幾乎無可避免的，我拿出那張記下卡蜜兒獸醫診所住址電話的紙條，是我在埃米瑞克牛棚旁的辦公室裡的電腦上找到的，如此遙遠之前的時光，讓我感覺似乎是前世，事實上相隔還不到兩個月。

這裡距離法雷茲鎮只有二十幾公里，但我開了快兩個鐘頭。我把車停在皮唐日鎮上最主要的廣場上良久，著迷地看著「碧獅旅館」，沒別的原因，就因這怪異的名字——綠色的獅子像話嗎？後來我又更莫名其妙地停在巴佐謝奧烏爾姆那個村子。接下來車子就開出「諾曼第的瑞士」這一地區範圍，離開它高低起伏的迂迴小路；通向法雷茲的最後十公里完全筆直，我順著坡滑下去，時速不由自主地飆到一百六，這是個愚蠢的錯誤，測速器就是架在這種地方，尤其是這段順暢的滑行或許通向虛無——卡蜜兒想必過著新生活，想必已經找到另一個男人，都已經七年了，我還能妄想什麼？

我把車停在法雷茲鎮的護城牆之下，上方是「征服者威廉」出生的城堡。法雷茲鎮的街道很簡單，我輕易就找到卡蜜兒的獸醫診所：保羅傑曼醫生廣場，在顯然是本鎮主要的商店街之一的聖傑維路的底端，靠近聖傑維教堂。這座早期哥德式的教堂，在法蘭西國王菲利普．奧古斯特奪回諾曼第時期大受損毀。到了這個階段，我大可直接去找診所祕書小姐，要求見卡蜜兒。這是其他人都應該會做的，或許經過各種不同毫無意思、毫無意義的推諉拖延之後，我最終也會採取這個方法。我一開始就排除打電話，而寫信這個方法也沒考慮太久，私人信函變得如此罕見，以致效果變得太震撼。不過讓我放棄這方法的原因，主要是我覺得自己寫不出來。

診所正對面就是一家酒吧，「諾曼第公爵」，這是我最後選擇的方法，等待我重拾力氣或重拾活下去的欲望，反正就是這一類的。我選擇點了杯啤酒，我感覺這會是開啟一連串啤酒的第一杯，現在才早上十一點。酒吧很小，只有五張桌子，我是唯一的客人。這裡面對獸醫診所看得清清楚楚，不時有人進去——帶著寵物，大都是狗，有的還裝在提籃裡——和祕書小姐交換幾句話。不時也有人走進酒吧，就在我旁邊幾公尺外，點了加酒的咖啡，大都是老年人，但是他們都不坐下，寧願站在吧檯邊。我了解、也贊同他們的選擇，他們是勇敢的老者，想表現出老當益壯、骨強腿健的樣子，休想小看他們的雄壯威武。當這些受老天眷顧的客人們爭相展露強健體魄時，酒吧老闆專心拜讀《巴黎—諾曼第地方報》，速度慢得像司祭在讀聖書。

我喝到第三杯啤酒，注意力變得有點渙散，此時卡蜜兒出現在我視線裡。她走出看診室，和祕書小姐談了幾句，顯然是中午休息時間到了。她就在我眼前二十多公尺外，近在咫尺，她一點都沒變，外表一丁點都沒變，真是嚇人，她現在已過三十五歲，但看起來就像個十九歲的年輕女孩。而我自己的外表已經改變，意識到自己遭受過一次或多次「一下子老了好多」的過程，當我偶爾看到鏡子裡的自己，並不滿意，卻也不厭惡，就好像看見一個不太討人厭的同層樓鄰居。

更糟的是，她穿著牛仔褲和淺灰色長袖運動衫，這身衣服恰恰是那個十一月的星期一早上她從巴黎來的火車下來，斜背著行李袋時的裝扮，之後我們的眼神交會了幾秒鐘或幾分鐘，總之不知是多久，她才說：「我是卡蜜兒。」就此開啟了一連串新的情境、一個新的生命形態，我還沒從這些走出來，或許永遠走不出來，老實說也一點都不想走出來。當她們倆走出診所，站在路邊說話時，我短暫驚恐了一下：她們會來「諾曼第公爵」吃午餐嗎？偶然地和卡蜜兒面對面遇上，我覺得是最糟糕的辦法，注定失敗。但是沒有，她們沿著聖傑維路往上走，老實說，仔細看看「諾曼第公爵」，我明白自己的擔憂完全是空穴來風，酒吧根本不供餐，連三明治也沒有，中午動刀動鏟不是老闆的風格，他繼續巨細靡遺地拜讀《巴黎—諾曼第地方報》，簡直帶著誇張病態的專注。

我不等卡蜜兒回來，立刻付了啤酒錢，微醺地回到奧恩河上的聖歐佩，面對三角形房間的牆壁、掛著的一排銅製鍋子，以及我的回憶，家裡只剩下一瓶香橙甜酒，想必是不夠，焦慮感一個鐘頭一個鐘頭地滋長，一階一階地攀升，自十一點開始，心跳屢屢過快，接著汗如雨下、噁心想吐。將近半夜兩點時，我知道這個夜晚的創傷無法完全痊癒。

＊

的確，從那時起，我的行為變得不受控制，我不知該怎麼解釋，我的行為舉止開始背離人類的共同道德規範、共通理智，我之前一直都以為自己擁有和眾人相同的道德和理智。我從來都不是一個——這點相信之前也解釋得夠清楚了——擁有強烈特質的人，既不會在歷史上留下抹不去的痕跡，甚至不會留在同時代人的記憶裡。這幾個星期以來，我又開始看書，當然說是這麼說，但我對書籍的好奇心範圍並不廣，老實說看的就是一本果戈里[59]的《死魂靈》，我讀得很慢，每天只看個一、兩頁，經常連續好幾天重讀同樣的那幾頁。這本書讓我獲得莫大的喜悅，或許除了這位有點被遺忘的俄國作家之外，我從未覺得和另一個人如此貼近過，然而和果戈里相反的是，上帝並沒有給我一個複雜的本質。上帝給我的是單純的本質，依我所見單純得不得了，反倒是

59　果戈里（Nikolai Gogol, 1809-1852），俄國作家，筆調辛辣幽默諷刺，是俄國現實主義文學的奠基人之一。

周遭的世界變得複雜，現在我的狀況就是面臨這太過複雜的世界，身處其中但壓根沒辦法承受它的複雜性，所以我的行為（我並不是想找藉口將之合理化）也變得無法理解、驚世駭俗、不合常規。

次日，我下午五點鐘又到「諾曼第公爵」，老闆已經習慣看到我，前一天他顯得有點驚訝，今天則完全沒有，我還沒點東西，他手就已經放在生啤酒的壓柄上了，我坐在原先的位置。接近五點十五分時，一個十五歲左右的年輕女孩推開獸醫診所的門，手上牽著一個小孩，一個年紀很小的男孩，約莫三、四歲吧。卡蜜兒走出診間，把小孩抱在懷裡，親吻著他轉了好幾圈。

所以，有個孩子，她有個孩子；這是我們所謂的新要素。我早該想到的，女人生孩子時有所聞，但是我全都想到了，就是沒想到這個。老實說，我的第一個想法並不是放在孩子身上：生孩子通常需要兩個人，但我自忖，通常是通常，也不是所有人，我聽說現在借重醫學方式有不同的可能性，其實我心底是希望孩子是人工受孕，那他就會顯得比較沒那麼真實。但事實不是如此，五年前卡蜜兒買了一張火車票和音樂會票去參加「老犁音樂節」[60]，那時節她正值受孕期，和一個演唱會上遇到的傢伙上了床——她忘了是哪個團體的演唱會。她根本沒挑，遇到的第一個就上了，那傢伙不太醜也不太蠢，是個商學院的大學生。他比較令人不敢恭維的是，他是重金屬樂的粉絲，不過沒有人是完美的，而且對一個重金屬樂粉絲來說，他還算禮貌、乾淨。演唱會以外好幾公里的草皮上，就在那傢伙紮的帳篷裡，事情就這麼發生；過程不好也不壞，算是還可以；保險套的問題輕易被閃躲掉，就像男人的老伎倆。她比他早醒來，把一張Rhodia筆記本紙放在顯眼處，上面寫了一個假的手機號碼；其實這樣做有點無聊，他不太可能打電話給她。火車站要走五公里，這是唯一不便之處，要不然那天天氣很好，一個夏日早晨，晴朗舒適。

她父母得知這消息，無可奈何，他們知道世界變了，心底深處覺得不一定變好，但就是變了，新一代非得走過很多奇怪的歧路才能完成傳宗接代的功能。他們兩老各自搖著頭，但方式稍有不同：父親心裡還是覺得有點恥辱，感覺身為父親的教育至少部分失敗，其實事情能夠以不同的方式進行；至於母親呢，心裡早已充滿迎接外孫的喜悅。她知道會是個男孩，她立刻能夠確定，而且的確是個男孩。

60 「老犁音樂節」（Festival de Vieilles Charrues）是每年在法國布列塔尼地區舉辦的超大型音樂節，以搖滾、當紅樂團、重金屬音樂為主。

接近晚上七點時，卡蜜兒和祕書小姐一起走出來，祕書小姐朝聖傑維路那一頭走了，卡蜜兒把診所門鎖好，坐上她那輛日產Micra的駕駛座。我本想要尾隨她，白天的時候這念頭曾出現腦際，但是我車子停在護城牆那裡，太遠了，走過去再開過來會來不及，而且我感覺自己沒力氣這麼做，今天不行，多了一個孩子，整體形勢需要重新審視，目前應該做的是去法雷茲的家樂福超市再買一瓶香橙甜酒，或是兩瓶。

次日是星期六，我想卡蜜兒的獸醫診所應該不會休息，甚至可能是最忙的一天，就算狗兒生病了，大家都等到有時間才就醫，大部分的人都這樣。相反的，她兒子的學校或幼兒園沒開門，想必她這天請了人看孩子，總之她應該是一個人，這情況對我有利。

我十一點半就到了，以免萬一她星期六下午休診，我是覺得不太可能。老闆已經讀完《巴黎—諾曼第地方報》，但又繼續巨細靡遺地讀著《法國足球雜誌》，他是個一字不漏的專注讀者，還真的有這種人，我就認識像他這樣的，不會只看大標題、總理愛德華．菲力普的政策宣布，或是挖角足球明星內馬爾的價位[61]，他們要深入事情核心，他們是真知灼見的奠基石，是代表民主的中流砥柱。

獸醫診所的客人川流不息，但是卡蜜兒比昨天早關門，差不多下午五點鐘的時候。這一次我把車停在她車子旁的平行側道上，距離幾公尺遠，有一瞬間我擔心她認出我的車，但不太可能。二十年前我買這輛車的時代，很少人開賓士G-Class，只有計畫要穿越非洲大陸，或至少穿越薩丁尼亞島的人才會買，今日反倒流行起來，懷舊的外觀設計吸引不少愛現的買家，想吸引人眼光。

她朝巴佐謝奧烏爾姆村的方向開，就在她車子轉往拉伯當熱村那一瞬間，我確定她只和她兒子兩個人過。這不僅僅是一個希望的呈現，而是直覺確定，雖未證實但不容懷疑。

開往拉伯當熱村的一路上只有我們兩輛車，我大大減速，拉開和她車子的距離，霧氣升起，我幾乎看不到她的車尾燈。

開到拉伯當熱湖時，開始下沉的太陽映在湖水上令我震撼，夕陽餘暉擴散方圓好幾公里，在茂密的橡樹和榆樹森林之間，從橋這頭到那端。這應該是個水壩湖，四周幾乎毫無人煙，這一點

---

61 內馬爾（Neymar, 1992-）是巴西明星球員，二〇一七年被法國巴黎聖日耳曼破世界紀錄的二點二二億歐元挖角。

都不像在法國能見到的景象，我會以為置身挪威或加拿大。

我把車停在一家兼營酒吧的餐廳後方，這季節餐廳歇業，露天座坐擁「環湖景色」，看起來是一個可以包場辦宴會的場所，也是個夏天一整天都販售冰淇淋的地方。卡蜜兒的車開上橋；我從副駕駛座前方置物櫃中拿出施密特─本德爾望遠鏡，現在一點都不怕追丟，我已經猜到她家是哪一棟了：那是一間森林小木屋，在橋另一邊，幾百公尺外，屋前有一個面湖露天陽台。小木屋在幽森的林中高處，真像一個娃娃屋，圍繞著森林中的食人鬼怪。

沒錯，日產Micra過橋後開上一條陡坡小徑，然後停在木屋露天陽台下方。一個十五來歲的年輕女孩跑來迎接──就是我前一天看到的那個。她們說了幾句話，年輕女孩就騎上小摩托車離開。

因此卡蜜兒住在那兒，在森林深處一棟遺世獨立的房子裡，四周好幾公里都沒有人家。我誇張了點，往北一、兩公里處還有一棟比較大的房屋，但顯然是一棟度假屋，所有的護窗板都關著；也還有這家坐擁環湖景色的「圓頂」酒吧餐廳。我的車停在餐廳後面，仔細查看一下，餐廳要到四月初復活節假期開始才會營業（旁邊還有一個滑水運動俱樂部，也差不多同時期開始營運）。餐廳入口裝設了警報系統，數位防盜器下方閃著紅色小燈；但是餐廳下方有個進貨的入口，我輕鬆地破壞了門鎖。室內的溫度還滿溫暖，比外面舒服多了，想必裝設了恆溫系統，無疑是為了保護酒窖裡的藏酒（酒窖裡有幾百瓶藏酒，非常豐富精彩）。食物方面比較遜色，只有幾層架櫃上的罐頭，大都是蔬菜罐頭和糖漬水果罐頭。我也在員工室裡發現一張小鐵床上擺著薄薄的床墊，應該是旺季時給員工休息時間躺一下用的。我輕鬆地把床墊抬到樓上那坐擁環湖景色的餐廳裡，坐在床墊上，望遠鏡放在身邊。床墊一點都不舒服，但是吧檯上林立著已開封的開胃酒，我不知該怎麼解釋這整個狀況，但好幾個月——應該說好幾年以來——我終於感到自己處於恰恰應該在的位置，說得更白話一點，我很快樂。

她坐在客廳沙發上，兒子坐在身旁，他們專心看著DVD，我看不清楚是哪部片，可能是《獅子王》，然後孩子睡著了，她抱著他走向樓梯。不久之後，整棟屋子的燈都熄了。我身邊只有一支手電筒，沒有別的辦法；我確定隔著這個距離她看不到我，但如果打開餐廳的燈，她說不定會察覺有點不對勁。我在儲藏室匆匆吃了點東西，一罐豌豆罐頭和一罐糖漬水蜜桃，配了一瓶聖愛美濃紅酒，之後幾乎立刻睡著了。

次日快十一點時卡蜜兒走出家門，把孩子安置在兒童座椅裡，發動車、穿過橋，她的車從餐廳十多公尺外經過；十二點不到她就能抵達奧恩省的巴尼奧爾。

＊

世上什麼事都存在，或者試著存在，因此很多情況會合在一起，往往會產生出情感上不同的組合，然後導向一個命定的方向。我剛才描繪的那個場景，狀況差不多持續了三個星期。通常下午五點時，我在觀察崗位上安頓好，安排妥適，菸灰缸和手電筒都放在身旁；有時我會帶幾片冷火腿肉來配儲藏室裡的蔬菜罐頭，有一次甚至帶了蒜味臘腸來。至於酒，這裡的窖藏可以讓我支撐好幾個月。

現在很明顯了，卡蜜兒不只獨居，而且沒有情人，她好像連朋友都沒有，這三個星期以來，沒有任何人來訪。她怎麼會把自己活成這樣？我們怎麼會把自己活成這樣，我們兩個？套句那個共產黨詩人所言：人們就是這樣活著嗎[62]？

唉，是啊，答案是肯定的，我漸漸體會到這一點，也漸漸體會事情不會好轉。卡蜜兒現在和她兒子建立一種緊密而排他的關係，這至少還會持續十年，也或許十五年，直到他離家求學——因為他在校成績優良，在母親的關注與付出之下，會繼續高等學業，這點我毫不懷疑。但事情會變得愈來愈不簡單，他會有一些女朋友——更糟的是會有一個女朋友，這女孩會干擾他們母子之間的關係，卡蜜兒變成一個麻煩、絆腳石（就算不是女朋友，是男朋友，情況也不見得會比較好，母親鬆一口氣接納兒子是同性戀的時代已經過去了，今日那些雞姦小鬼也開始成雙成對，完全脫離母愛掌控了）。她會掙扎、試著留住她這一生唯一的愛，會經歷一段痛苦時光，然後認清事實，屈從於「自然法則」。那時她便自由了，重獲自由且單身，但那時她已經五十歲，很明顯太遲了，至於我更不用說，現在我都很難算活著，十五年之後我一定死得不能再死了。

我已兩個月沒使用那支斯泰爾・曼利夏，但零件組合毫無問題，輕巧精密，製造品質實在令人讚嘆。整個下午我都在森林深處練習打靶，那裡有間屋子，還剩幾扇窗可擊破：我完全沒生

62 這一句是法國詩人路易・阿拉貢（Louis Aragon, 1897-1982）所著詩集《沒有完成的小說》（*Le Roman inachevé*）裡的著名詩句，他是法國共產黨長期成員。

疏，五百公尺外的射擊準頭極佳。

可以想像卡蜜兒為了我，冒著破壞和兒子完美而緊密關係的風險嗎？可以想像這個孩子接受和另一個男人分享他母親的愛嗎？問題的答案應該滿明顯，結論必定是：是他，還是我。

謀殺一個四歲幼童的事件，必定引起媒體譁然，可以想見會啟動大批警力追緝兇手。坐擁環湖景色的餐廳會很快被查出是發射子彈的地點，但是在這裡我一直戴著乳膠手套，沒有一刻脫下過，確定不會留下任何指紋。至於DNA，我不太確定可以從哪些東西上採集DNA，血液、精液、毛髮、唾液？我帶了個塑膠袋來，把夾在齒間抽完的菸頭收集起來，再加上最後一刻我還把曾接觸到嘴的刀叉也丟進塑膠袋，一邊感覺這些預防措施有點多餘，老實說我的DNA樣本從未被採集過，除了用作刑事鑑識以外，全民DNA資料庫的法案從未通過表決，我們生活在一個某些方面來說充分自由的國家。總之，我並不覺得自己會因此身處危險。我認為成功的關鍵是動作要快：開完槍一分鐘之內就必須離開「圓頂」餐廳，一個鐘頭之內我就已經在開往巴黎的高速公路上。

一天晚上我正在腦中重複殺人的沙盤推演，突然閃過一個回憶，那是在莫爾濟訥滑雪度假地，一個十二月三十一日晚上，頭一個父母允許我守夜到午夜的跨年夜，他們請了幾個朋友，可能是辦個小型跨年晚會吧，但是我對這個完全沒印象；我記得的是想到新的一年即將來臨的醺然狂喜。全新的一年，每一個最平常的動作——哪怕是喝一碗雀巢巧克力，都是本年度的第一個成就，那時我大概五歲，比卡蜜兒的兒子大一點，生命在我眼中是一連串的快樂，愈來愈多的快樂，未來會提供我更多元、更大的快樂。腦中出現這個回憶之時，我能了解卡蜜兒的兒子，我設身處地、將心比心，而這種將心比心更讓我有殺他的權力。老實說，若我是隻公鹿，或是隻巴西捲尾猴，那就根本不會有問題：當一隻雄性哺乳動物征服了雌性時，第一件事就是把雌性以前生的幼崽殺掉，以保障自己的基因繁衍。最初始的人類還保存這種行為很長一段時間。

我現在有的是時間反覆思考這幾個鐘頭、甚至這幾分鐘，反正我也沒什麼其他的（諸如生命規畫之類的）可想了：我不認為那股攔著我不殺人的力量和倫理道德有多大關係；這是一個關乎人類學的問題。我們是相當晚才出現的種族，而這關乎我們是否要順應這個種族的先天編碼——或者可說是，我們要多墨守成規。

如果我能打破這些規範限制，當然也不會立即獲得報償。卡蜜兒會痛苦，會受到非常大的痛苦，我至少要等六個月才能和她聯絡。然後我回到她身邊，她又會重新愛我，因為她從來沒停止愛我，就是這麼簡單，只不過她會再要一個孩子，迅速再生一個，事情的發展會是這樣。幾年前，我們之間出現了一個大翻轉，使我們完全偏離正常航道，我錯在先，但卡蜜兒更加重了這個錯誤。現在彌補錯誤的時候到了，時間不多了，眼下是我們最後一個機會，唯一能做到的、唯一手上有牌的是我，解決辦法就在我手上這支斯泰爾．曼利夏的槍口。

*

機會在下一個星期六的早上來了。三月初，空氣已夾雜著春天的溫暖，我把面湖的落地窗推開幾公分伸出槍柄，絲毫沒有感受到冷風，沒有任何東西可以影響我瞄準。那孩子坐在陽台桌子旁，面前一個大紙盒印著迪士尼拼圖圖片，望遠鏡裡看到的是《白雪公主》，目前只拼了白雪公主的臉和上半身。我把瞄準鏡倍率調到最大，瞄準，我的呼吸變得緩慢而規律。孩子側面的頭部占據整個瞄準鏡，他一動也不動，完全專注在拼圖上——沒錯，拼圖需要極大的專注力。幾分鐘之前，我看到保母消失在通往樓上的樓梯，我注意到每次孩子看書或玩遊戲，她就趁機到樓上戴著耳機上網，往往持續好幾個小時，我想她直到孩子午餐時間才會下樓來。

接下來的十分鐘，除了手緩緩在紙盒裡一堆圖片中翻找，他完全一動也不動，白雪公主的上半身慢慢拼完整了。他和我兩個人都完全靜止，我呼吸從來沒這麼緩慢、深沉過，手從來沒那麼沉穩過，槍從來沒掌握得那麼好過，我感覺將會發射出完美的、解脫的唯一一擊，生命中最重要的一槍，也是我多月來訓練的唯一目的。

靜止的十分鐘過去，也或許十五或二十分鐘，我的手指開始顫抖，癱倒在地上，臉頰摩擦著地毯，立刻明白完了，我不會開槍，我無法改變事物的進程，製造不幸的機制戰勝一切，我再也尋不回卡蜜兒，我們將會各自孤獨、不幸地死去。我站起來時渾身顫抖，眼裡淚水模糊，不小心扣動了扳機，環湖餐廳的大扇玻璃應聲爆裂成幾百塊碎片，聲響之大，我想對面木屋一定聽到了。我拿起望遠鏡對著孩子：沒有，他沒動，還專注在拼圖上，白雪公主的裙子慢慢拼成了。

慢慢、非常慢、以葬禮般緩慢的速度，我拆解斯泰爾．曼利夏，以同樣的精確度卡在泡棉墊裡。我關上塑膠硬殼保護盒，有一刻想要把它丟到湖裡，但又覺得這種凸顯失敗的露骨做法很沒意思，失敗就失敗，還要進一步強調，那就太對不起這支恰如其分的卡賓槍了，它什麼都沒要求，只是盡忠職守，完成它精準完美的任務。

在第二時間，我突然想穿過橋，去向孩子介紹自己。我在腦中衡量了這念頭兩、三分鐘，然後喝光一瓶櫻桃香甜酒後，恢復理智，或至少恢復表面上的理智正常，總之我只能是一個父親，或是替代品，這孩子要個父親幹什麼？有必要有個父親嗎？完全沒必要。我感覺自己腦中反覆探詢一個已經有答案的問題，而這個答案不利於我：是他還是我？答案是他。

在第三時間，我又更理智一點，把槍放進G350後車廂，發動引擎，頭也不回駛向奧恩河上的聖歐佩。一個多月後，他們就會來重啟餐廳，發現有人侵入的痕跡，或許誣賴給遊民，決定在下面進貨入口加裝一個警鈴。甚至警察都不一定會來調查、蒐證手印。

我這方面呢，再也沒有什麼可以阻止我奔向毀滅的道路。然而我未有離開奧恩河上的聖歐佩，至少沒有立刻離開，現在回頭想，很難解釋為什麼這麼做。我並沒有抱著什麼希望，完全意識到沒有任何可冀望的，我認為自己對現況的分析全盤而且確定。人類的心理狀態存在某些灰色地帶，大家並不清楚，很少人去探索，因為也幸好很少人處於必須去面對、去探索的情況，至於少數那些曾經探索的人大都已經失去理智無法好好描述它。這些灰色地帶只能以一種矛盾、甚至荒謬的方式去貼近，我唯一想到的形容就是，在絕望中尋找失望。這不能與黑夜比擬，這比黑夜糟多了；雖然我個人沒有這種經驗，但感覺就算陷入真正的夜、極圈之夜、持續六個月的漫漫黑夜，太陽還是存在人的感知、回憶之中。而我進入的，是個沒有盡頭的黑夜，然而我心底還留存著某點東西，不能說是「希望」，或許可稱之「不確定」吧。有時在全盤皆輸、最後一張牌都已亮出之後，有些人——不是所有的人，不是所有的人——心中還會希冀天上某個力量會介入、會專橫地決定重新洗牌、重新擲骰，儘管他們一輩子從沒有一時一刻感受任何神明的介入、顯靈，儘管他們並不覺得自己特別值得神明垂憐相助，儘管他們審視了一生累積的錯誤與過失之後，覺得自己比任何人都不值得神明眷顧。

房子租期還有三個星期才到期，這至少給我的精神錯亂標示了一個具體的界標。反正我也很難在這種情況下再多撐幾天了，加上我還有一個立即的需要，必須回巴黎一趟，我必須提高**Captorix**的劑量到二十毫克，這是想繼續苟活的基本預防措施，不容忽視。我和阿揍德醫師訂了兩天後早上十一點的約，比火車抵達聖拉薩車站的時間稍晚，預留火車誤點的時間。

*

很奇怪的是，這趟旅程使我心情稍微好轉，讓我的思緒移轉，雖然還是負面，但已非關個人。火車延誤了三十五分鐘才抵達聖拉薩車站，和我約診時預留的時間差不多。古早時鐵路工人引以為傲的準時是真確地消失了。二十世紀初火車準點、一分鐘不差的情況如此深植人心，鄉下村民都以火車經過的時間來給時鐘對時呢。法國國營鐵路公司是我在有生之年就能看見它衰敗沉淪、乃至破產的企業之一；現在不只國鐵標示的時刻表可視為純粹說笑，餐飲服務在城際列車上似乎已消失，車廂設備老舊缺乏維護：割破的座位露出黑色填充海綿，沒被暫停使用（或許是忘了關閉）的廁所骯髒得讓人卻步，我寧可在兩節車廂之間的過道上解放。

大環境整體的悲慘氛圍反而能相對稍微減輕個人的悲慘，無疑是這個原因，戰爭時期自殺的案例如此之少。我幾乎是用快捷的腳步走向雅典路。然而，阿揍德醫生投向我的第一個眼神，就讓我心情快速下沉。他的眼神中混合著焦慮、同情，與純職業性的擔憂。「情況看起來非常不好……」他簡短評論。我當然不能反駁，他好幾個月沒看見我，相隔幾個月的差別當然是我自己無法看到的。

「我當然會把您的劑量調高到二十毫克，」他接著說：「不過，十五毫克或二十……抗憂鬱藥物作用有限，我想您也清楚這一點。」我很清楚這一點。「而且，也必須知道，二十毫克是市場上的最高劑量了。當然您大可吃兩顆，把劑量增加到二十五、三十、三十五毫克，但要何時停止呢？說實話，我不建議您這麼做。現況就是藥性的試驗劑量是到二十毫克，再往上就沒有試驗了，我不太想冒這個風險。您的性生活怎麼樣呢？」

他這個問題讓我目瞪口呆。我必須承認其實這是個好問題，和我的情況大有關聯，這關聯對我來說已經很遙遠、很飄渺，但終究有關聯。我什麼都沒回答，但可能攤開了兩手、嘴巴微張，反正我的模樣想必表示了否定，因為他說：「OK，OK，我明白了……」

「您還是做一下血液檢查，檢查一下雄性激素的值。您的值應該非常低，和自然分泌的血清素相反，藉由Captorix產生的血清素會阻礙雄性激素的合成，別問我為什麼，沒人知道原因。正常來說，我強調在正常情況下，這個情況是可逆轉的，一旦停止服用Captorix，雄性激素就會恢復，總之這是醫學研究所顯示的，當然沒有人敢百分之百確定，如果要等到絕對的科學確定，沒有一種藥物能夠上市，您了解我說的這些嗎？」我點點頭。

「不過，不過……」他繼續：「我們不要只限於雄性激素，我要您做一個整體的賀爾蒙檢查。只是我不是內分泌專門醫生，有些我可能不夠清楚，您要不要求診內分泌專門醫生？我認識一個還不錯的。」

「我不太想。」

「您不太想……喔，我想可以把這視為您對我的信賴。那好吧，我們就這樣繼續。其實賀爾蒙也沒多複雜，橫豎也就十幾種，而且我念書時滿喜歡這個，內分泌學是我最偏好的學科之一，現在再研究研究也不錯……」他似乎陷入一陣朦朧的懷舊情懷，這是有點年紀之後，一旦回想起學生時期都無法避免的，我完全能體會。我大學時很喜歡生物學，研究複雜的分子屬性帶給我特殊的愉悅，不同的是我感興趣的是植物性分子，葉綠素、花青素之類的，但是基本上都一樣，我很明白他說這話時的心情。

我帶著兩張處方離開，在聖拉薩車站旁一家藥房買了Captorix，二十毫克，至於賀爾蒙檢驗要等我下次回巴黎。回巴黎現在是必然的了，全然的孤獨在巴黎終究顯得比較正常，和環境比較相符。

*

然而，我還是最後一次回到了拉伯當熱湖邊。選了一個星期天中午，確定卡蜜兒不會在家，她去位於奧恩省的巴尼奧爾的父母家。如果卡蜜兒在的話，我想自己應該說不出最後永別的話。最後永別？我是認真的嗎？是的，我是認真的，我看過別人死亡，自己沒多久後也會死，永別是我們一生中不斷遇到的（除非這一生很幸運的夠短暫），幾乎每天都會遇到。天氣荒謬地晴朗，烈陽溫暖地照耀湖水閃爍，照耀森林輝煌。風沒有呻吟，也沒有水波，大自然顯出一種毫無同理心的樣態，幾乎是侮辱人的：一切平靜、浩瀚、美好。我可能和卡蜜兒兩個人在這森林中遺世獨立的屋子裡相守幾年、而且幸福嗎？能，我知道我能。我對社交關係（相愛關係之外的人際關係）的需求本就薄弱，隨著歲月減低為零。這正常嗎？我們人類令人倒胃口的祖先們以幾十人的群聚為生活方式，這種形態維持很長一段時間，從狩獵、採野果時代到初期農業部族都是這樣，差不多一個部落的大小。但是時代不同了，城市興起帶來一些必然後果，譬如孤獨，唯有相伴的伴侶能夠真正提供一個解決辦法；我們不可能再回到部落形態，某些智商不高的社會學家把「重組家庭」比作新型的部落形態，或許是吧，但以我來說，從來沒見到過；我見過重組家庭，甚至見過的家庭幾乎都是重組的。當然，扣除眾多還沒到生小孩階段就開始拆組的伴侶。至於重組過程，我倒是還沒機會見識。正如同波特萊爾的詩句「我們的心一旦採收完葡萄之後／活著便是一種惡」[63]，依我看，重組家庭這玩意兒只是個令人噁心的屁話，要不然就是純粹一句宣傳，樂觀主義加後現代，完全和現實脫節，是講給那些CSP+和CSP++[64]的人聽的，過了沙朗通門[65]根本沒人聽。因此，是的，我大可和卡蜜兒兩個在森林中遺世獨立的房子裡相守，可以每天早上看著太陽從湖面升起，我覺得在盡可能的範圍內，我可以活得幸福。但就如同人們所說的，人生豈能盡如人意？我的行李已收拾好，中午過後就能到達巴黎。

＊

我毫無困難就認出美居旅館櫃台接待小姐，她也認出了我。「您回來了？」她問我，我帶著一絲感動回答，因為我感受到、我真確感受到她剛剛幾乎要衝口說出：「您回來跟我們在一起了？」但因謹慎，在最後一刻收回了這幾個字，她想必恪守面對顧客必須謹遵的對應模式，就算老客人也一樣。她下一句話：「您會是我們一星期內的貴賓嗎？」這似乎一字不差，就是幾個月前我第一次入住時她問的那一句。

我帶著幼稚、甚至哀怨的滿意重回我那功能性上極具巧思的迷你旅館房間，第二天開始我就重新開始從「喔！吉爾咖啡廳」走到「家樂福City超市」的每日路徑，中間經過亞伯—侯夫拉克街，往上走一小段葛布蘭大道，最後轉上侯薩麗修女大道。然而在整體氛圍上有某個東西改變了，幾乎一整年過去了，現在是五月初，一個天氣意外和暖的五月，預告著夏天到來。正常來說，回到「喔！吉爾咖啡廳」，看著離我身旁不遠那些穿著迷你裙或運動緊身褲的年輕女孩，我應該感受到某種像欲望的東西，或至少某種渴望。她們點了咖啡，彼此交換感情上的心事（總不會是比較哪家壽險比較划算吧）。然而我沒有任何感覺，完全沒有，理論上我們是屬於同一個物種不是嗎？我得好好面對賀爾蒙劑量這個問題了，阿揍德醫生要我把檢查報告複印一份寄給他。

---

63 原文為：Quand notre Coeur a fait une fois sa vendange/Vivre est un mal，或許可詮釋為：葡萄田已採收，只剩下一片荒蕪。愛過之後，只剩下痛苦。

64 這是社會上的俗稱，CSP（catégories socioprofessionnelles privilégiées）指的是社會職業特權階級，主管、自由業者之類。CSP+和CSP++就等級更高，賺的錢更多。

65 沙朗通門（porte de Charenton）是巴黎市區外圍眾多城門之一，這裡的意思是出了雅痞、富有的巴黎市，到了郊區。

三天後我打電話給他，他口氣似乎很困惑：「是這樣子，很奇怪……如果您不反對的話，我想和我一位同僚討論，我們約下星期見？」我什麼也沒說，在行事曆上記下看診時間。聽到醫生說你的檢查分析報告裡有奇怪的地方，至少心裡都會緊張一下吧？但我沒有。掛了電話，我對自己說，我至少應該假裝擔心，至少顯出關心，或許他希望我會這樣反應。但再想一想，他可能不是真的清楚我生病的程度，這就比較傷腦筋了。

我的看診時間是下個星期一晚上七點三十分，我猜想是當天最後一診，甚至不知他是否延遲了一點。他當天看起來非常疲憊，點燃一根駱駝牌香菸，然後敬了我一根——這態度有點像對待死刑犯。我看到他潦草計算了一下我的分析報告。「嗯……」他說：「雄性激素量實在很低，這我不意外，是Captorix造成的。問題是您的皮質醇過高，分泌這麼大量的皮質醇還真不可思議。其實呢……我可以跟您開門見山說嗎？」我說可以，直到現在我們的交談也都是直來直往。

「嗯，其實呢……」他還是遲疑，嘴唇微微顫抖：「我覺得您正在死於哀傷。」

「有這樣的事，死於哀傷，這是什麼意思？」這是我腦中唯一出現的回答。

「嗯，這聽起來不太科學，但本來就是這樣。總之不是哀傷致您於死，不是直接的。我想您已經開始發胖了？」

「嗯，我想。我沒特別注意，但好像是。」

「是因為皮質醇，這無可避免，您會愈來愈胖，會患肥胖症。一旦成為肥胖症患者，致命疾病就都來了，目不暇給。讓我改變您處方的原因，就是皮質醇。我怕您的皮質醇繼續升高，猶豫要不要建議您停掉Captorix；但是已經高到這樣了，我看不出來怎麼還能往上升高了。」

「所以您建議我停掉Captorix？」

「這很難抉擇。一旦停掉，憂鬱症又會回來，甚至大大加重，您會變成一隻真正的蠕蟲。但從另一面來看，如果繼續服用Captorix，那您的性生活就壽終正寢了。最好的做法是把血清素維持在一個還可以的程度。這一點還好，您的血清素值還不錯。但是要降低皮質醇，再增加一點多巴胺和內啡肽就更理想了。我覺得說得不太清楚，可以嗎，您聽懂了嗎？」

「老實說沒全懂。」

「嗯……」他又看看桌上的紙，眼神有點渙散，讓我感覺連他都不太相信自己的計算，之後他抬起頭說：「您想過找妓女嗎？」我聽了目瞪口呆，而且我的嘴應該真的張開了，我的模樣應該顯示驚愕到極點，因為他接著說：「現在稱之為應召女郎，不過是同一回事。經濟上來說，我想您應該不是太拮据？」

我跟他確定這一點至少目前沒問題。

「那麼……」他好像因為我的反應，稍稍恢復了精力：「有些妓女真的不錯，您知道。是沒錯，老實說應該是少數，她們大都把男人赤裸裸地當成提款機，而且還勉強表演出欲火焚身、性愛歡娛、情意綿綿所有這些玩意兒……這一套對很年輕或很愚蠢的男人或許有效，但對像我們這樣的（他可能本來想講的是「像您這樣的」，但是講出「像我們這樣的」，這醫生還是令人驚訝），總之，對我們來說，那一套只會加深絕望。但是和妓女就是可以做愛，這可不容小覷。當然，遇到好的女孩會更好，我相信您知道這一點。

「總之，」他接著說：「總之，我幫您準備了一張小小的名單……」他從辦公桌抽屜拿出一張A４紙，上面寫著三個名字：莎曼塔、婷婷、愛麗絲，每個名字後面有一個電話號碼。「電話裡不必說是我介紹的。呃，還是說一聲好了，那些女孩戒心很重，要體諒她們，那行業不好做。」

我隔了一陣子才從驚訝中恢復。一方面我能夠了解，藥物不能治療一切，至少要有最低限度的愉快，才能成功地活下去，才能像人們說的，一步一步往前走，但是應召女這個建議還是讓我很驚訝。我沉默不語，他也隔了好幾分鐘才繼續（雅典街上現在已沒車流，診間裡一片完美的寂靜）：「我不是死亡的擁護者，通常來說我不喜歡死亡。沒錯，當然有些時候……」他做了一個模糊的不耐煩手勢，好像要擺脫一個愚蠢的反對聲音：「有些時候死亡是最好的解決辦法，但這種情形非常少，比我們以為的少得多。嗎啡幾乎都能奏效，真正碰到極為罕見對嗎啡排斥的狀況，還可以使用催眠。不過您的情況尚不至此，老天爺啊您還不到五十歲呢！老實說好了，如果是在比利時或荷蘭，您憂鬱症嚴重到這種程度，要求安樂死絕對沒問題。但是我呢，我是醫生，如果一個傢伙來看診，告訴我『我心情糟透了，想一槍結束自己』，我能回答他『OK，給自己一槍吧，要我助您一臂之力』嗎？不行啊，很抱歉，就是不行，我學醫的目的不是這個。」

我向他保證目前沒有任何前往比利時或荷蘭的念頭。他看起來放下了心，我想他想要的就是我做出像這種承諾，我看起來真的到了這個地步了嗎？我差不多聽懂了他的解釋，但還是有一點搞不懂，於是問他：「性行為是唯一抑制皮質醇超量分泌的辦法嗎？」

「不是，當然不是。皮質醇俗稱為壓力賀爾蒙，這一點都沒錯。我相信像是和尚分泌的皮質醇一定很少，但這並不是我的專業領域。我知道，您每天幾乎什麼事都不幹，把您歸類為緊張焦慮族群很奇怪，但分析數字會說話！」他使勁敲著那張寫著我的分析結果的紙說道：「您焦慮緊張，焦慮到恐怖的程度，有點像您一動也不動地過勞而死，好像您內在已經虛耗殆盡。這類事情很難解釋，而且現在時間也晚了……」我看了一下手錶，已經晚上九點多了，我真的占用他太多時間，也開始有點餓了，腦子閃過一個念頭，想去在這附近以前和卡蜜兒常去的「莫拉餐廳」，但立刻驚恐萬分地打消這念頭，毫無疑問，我真是個蠢蛋。

「我能做的是，」他結論說：「開一張Captorix十毫克的處方，如果您想停藥的話——我再重複一次，不能驟然停藥。不過也不必搞得太複雜：您服用十毫克兩個星期，然後停掉。我不諱言，可能會很艱難，因為您服用抗憂鬱藥已經很長一段時間。這會很艱難，但我相信必須這麼做……」

他送我到門口，和我握手握了很久才離開。我很想說點什麼，找出一個表達感謝和敬意的語句，在穿上外套、走到門口所需的三十秒內，快速絞盡腦汁想找出一句話，但這次還是一樣，找不到想說的語句。

*

兩個月、或許三個月過去了，我眼前經常出現那張幫助我停止用藥的十毫克處方箋，還有那張寫著三個應召女電話號碼的A4紙，但是我除了看電視，什麼都沒做。每天中午剛過，我散步一圈，就打開電視，其實我打開就不再關，電視內設一個環保省電裝置，每個鐘頭要按一次OK才會繼續，所以我就每鐘頭按一次，直到睡眠帶來短暫的解脫。早上八點多我就重新打開電視，《早晨政治》節目義不容辭地幫助我提起洗澡的勇氣，但我不敢說看得很懂，老是把「共和前進黨」和「不屈法國黨」搞混，反正這兩個政黨也差不多，兩黨的名稱聽起來都發射出幾乎讓人無法忍受的朝氣活力，正是這種活力激勵我去洗澡：與其開始進攻香橙甜酒，我用擦了肥皂的沐浴手套擦著身體，不多久就著裝整齊準備出去轉一圈。

其他的節目比較分辨不出來，我精神漸漸來了，時不時轉個台，感覺轉來轉去好像全都是烹飪節目，烹飪節目成長比率真是嚇人，相對的，大部分電視台不再出現情色節目。法國，也或許整個西方世界無疑正在退化到「口欲期」——這是套用奧地利那個可笑丑角[66]的術語。我走著原來的老路，這是無需置疑的，我漸漸發胖，用性來解決的選項甚至已不再出現腦中。我遠遠不是

66 指的是奧地利籍的佛洛伊德（Sigmund Freud, 1856-1939）。

特例，世界上想必還存在著用陰莖思考的男人和風騷浪蕩女，但這已變成一種癖好，一種少數人的特殊癖好，只保留給菁英（像柚子那種菁英。有天早上我坐在「喔！吉爾咖啡廳」，短暫地最後一次想起她），我們有點像回到十八世紀，那個時候只有集出身、財富、容貌於一身的貴族才能享有放蕩時代。

或許還有年輕人（某些年輕人）光憑著年輕就能晉身俊男美女貴族圈，他們還會相信性這回事幾年（介於兩年和五年之間，肯定短於十年）。現在是六月初，每天早上去咖啡廳的時候，我很清楚看到：問題不是出在那些年輕女孩身上，年輕女孩還在，但是三、四十歲的人大都已對性不抱憧憬。「優雅又性感的巴黎女孩」已經是沒有實質內容的迷思，在西方人性欲消失之時，那些年輕女孩想必因無法抑制的賀爾蒙作祟，繼續提醒著男人物種繁衍的必要。客觀來說，真的不能怪她們，她們坐在「喔！吉爾咖啡廳」離我幾公尺處，適時交叉雙腿，甚至做出一些可愛的舉動，吃開心果香草冰淇淋筒時，伸出舌頭舔著手指，勤奮老實地盡著為生命添加情色色彩的本分，她們在那兒，但是我已經不在，不為她們也不為任何人、再也不認為自己會存在了。

晚間差不多《冠軍大問答》節目時段，我經歷了一段自艾自憐的痛苦時光。我又想到阿揍德醫生，他對所有的患者都和對我一樣嗎？這我不知道，但如果是的話，他真是個聖人；我也想到埃米瑞克，但是事情已經改變了，我確實是老了，不會邀請阿揍德醫生來我家一起聽唱片，我們之間不會產生任何情誼，人與人的關係已經改變，至少對我來說。

*

我維持著鬱鬱寡歡的平穩狀態，直到櫃台接待小姐告訴我一個很壞的消息。那是個週一早上，我一如往常正準備走向「喔！吉爾咖啡廳」，心情輕鬆，甚至帶著某種面對新一週的滿足，這時櫃台接待小姐以一聲悄悄的「先生……」攔下我。她想要、她必須、她悲慘的職責要告訴我，旅館很快就要施行百分之百禁菸，她說這是新的規定，總部下的指令，他們絕不能不照辦。我說這可真糟糕，那我得買間公寓了，但就算我買下第一間參觀的公寓，也要花好多時間處理手續，現在要搞一大堆檢查，溫室效應優化能源之類的天知道什麼，總之要拖上好幾個月，至少兩、三個月才能真正搬進去。

她驚愕地看著我，好像沒聽懂我在說什麼，進一步問：因為我不能待在旅館了，所以要買一間公寓，是這樣嗎？我到了這個地步嗎？

沒錯，我到了這個地步。要不然還能跟她說什麼呢？有些時候我們拋開謹慎矜持，是因為再也無法繼續假裝。她直盯我眼底，我看見她臉上升起的同情慢慢讓臉部變形，只希望她不要哭出來。我確信她是個和善的好女生，也相信她的男人是個幸運兒，但是她又能如何呢？像我們這個樣子，到底能如何呢？

她跟我說會去和上司討論，今天早上就去，她確定能找到一個解決辦法。我走的時候對她咧嘴大大微笑，這是個表示友好的真誠微笑，但同時也想傳達一種英雄式的樂觀：我還好，可以撐過去的。而這完全是狗屁，我一點都不好，而且也撐不過去，這點我很清楚。

在我正看傑哈·德巴狄厄[67]在電視螢幕上對著義大利普利亞地區生產的手工臘腸嘖嘖稱奇時，旅館主管召見我。他的外表讓我嚇一跳，長得像貝爾納·庫斯納[68]，或是廣泛來說像個人道醫生，一點都不像美居旅館的經理。我不懂他每天的工作怎麼能雕塑出那張臉上富含表情的皺紋、那古銅膚色。他一定每個週末都去參加荒野求生訓練，這是唯一解釋。他接待我時點起一根吉普賽人香菸，也敬了我一根。「歐特蕾跟我解釋了您的情況……」所以她的名字是歐特蕾。他面對我似乎很困窘，不肯直視我——這很正常，面對一個死刑犯，大家都不知該如何應對，男人是絕不會知道，有時候女人做得到，但也很罕見。

「可以找出轉圜辦法，」他接著說：「稽查人員當然會來，但不會那麼快，我看至少六個月或者一年以後吧。那您就有緩衝時間找到解決辦法……」

我點點頭，跟他保證最晚三、四個月之後就會搬離。這個時候，談話結束，我們之間就再沒什麼可說的了。他給了我方便，離開辦公室時我向他道謝，他回說真的沒什麼，小事一樁，我感覺他想展開一段抨擊，對那些干擾我們癮君子生命的王八蛋，但最後他什麼也沒說；這段抨擊的話想必他已經說過很多次，也知道沒什麼用，那些王八蛋權力比較大。至於我呢？在走出他辦公室的時候，為自己引起的麻煩向他道歉，就在說出這些平凡字句的那一刻，明白我的現況就是這樣。可以如此簡述我的生命：為自己引起的麻煩道歉。

*

---

67 傑哈．德巴狄厄（Gérard Depardieu, 1948-）是法國聞名國際的演員。

68 貝爾納．庫斯納（Bernard Kouchner, 1939-），法國政治家、外交家、醫生，「無國界醫生」和「世界醫生組織」創始人之一。曾任法國衛生部部長（1992-1993，1997-1999）、法國外交部部長（2007-2010）。

所以，我的狀況就是一隻老去、受創的動物，覺得死期將至，想找一個棲身角落結束生命。家具倒是不怎麼需要，有張床就夠了，因為也知道不會再離開這張床了；桌子、沙發、扶手椅都不必，那些都是無用的擺設、多餘的小玩意兒，甚至看到了還會覺得難受，代表一個未曾有過的社交生活。電視是必要的，有消遣功能。這一切都讓我選擇買一個套房。一個大套房，可能的話至少可以走動一下。

要選擇哪一區比較困難。我一路走來建構了一個醫療網，每個醫療師各自負責監督我的一個器官，以便讓我在真正死去之前避免太過度的痛苦。我大多數的醫療師在第五區執業，我生命的最後一段──醫藥生活、真正的生活──剛好回到我求學、年輕時代、我夢想中的生命的那一區。那些醫療師也就是現在我唯一的對話對象，找房子離他們近一點是很合邏輯的。前往診療室的這些往返因為是醫療目的，也有點像無菌消毒般地無害。然而，我一開始找房子，就發現住在這一區是個恐怖的錯誤。

我參觀的第一間套房，在拉侯米基耶路上，非常舒適：挑高天花板、光線充足，面對花木扶疏的大內院，要價當然高，但我應該還付得起，雖然不敢完全確定，但我幾乎已經決定訂下來。但就在我一走上羅蒙街時，一股巨大、沉重的悲傷迎面襲來，讓我喘不過氣，呼吸困難，兩條腿幾乎站不住，得趕快找一家咖啡廳坐下，但這不但沒幫助反而更加劇，我立刻認出這是我念高科農業學院時期常光顧的一家咖啡廳，無疑甚至和凱特來過，內部裝潢幾乎沒變。我點了吃的，馬鈴薯蛋捲和三杯萊弗啤酒讓精神慢慢恢復。啊，是的，西方世界退化到口欲期，我明白為什麼會這樣了。就在我走出咖啡廳，感覺快恢復正常時，一走上穆浮塔街，一切又開始了，這段路轉化成耶穌的十字架之路，這一回浮出的是卡蜜兒的影像，每個星期日早上來這裡買菜時她那孩子般的興奮，看見蘆筍、乳酪、異國蔬菜、活龍蝦時的讚嘆。我走了二十多分鐘才往上走到蒙日地鐵站，蹣跚得像個老人，痛苦地喘氣，這種老人家有時感受到的、難以理解的痛苦，就叫作生命的沉重。不，第五區要剔除，絕對要從選擇中剔除。

我的選擇從第五區沿著七號線地鐵慢慢往南，愈往南房價愈低。七月初，我驚訝地發現自己正在參觀侯薩麗修女大道上一間套房，幾乎就在美居旅館正對面。我否決這間套房的同時，意識到自己內心深處懷著和歐特蕾保持聯絡的模糊念頭，我的天啊，「希望」這個東西還真頑強、固執又狡猾，所有人都是這樣嗎？

我繼續、繼續往南，推翻所有生活希望的可能性，否則只有死路一條，我懷著這樣的想法開始參觀介於舒瓦西門和伊夫里門之間那一大片高樓中的套房。我要尋找的是空洞、無色、光禿禿的環境，這裡幾乎完全吻合我的需求，住在這種大樓裡，就像住在荒野，不能說完全是荒野，但可以說四周一片荒涼。在這個住滿小職員的區域，每平方公尺的價位相當親民，我的預算可以在這區買兩房、甚至三房公寓，不過，要給誰住呢？

這區所有大樓的外觀都一樣，裡面的套房格局也都一樣，我好像選了最空、最安靜、也最光禿禿的一間，位於一棟最不突出的大樓裡，至少我確定搬進來沒人會發現，不會引起任何鄰居的評論。我死的時候也應該是同樣情況。鄰居基本上都是中國人[69]，謹守中立與客套。從窗戶看出去，視野無用地廣闊，直看到南邊郊區，遠處可看到馬希，或許還能看到科爾貝—埃松，這完全不重要，因為有自動捲輪鐵護窗板，我搬入的次日就把它捲下再也不開啟。套房裡有個舊式的垃圾直通道，這是讓我立刻選定這間的一大誘因；一方面垃圾可直接丟下直通道，另一方面有亞馬遜提供的外送服務平台，我幾乎可達到完美的獨立自主狀態。

離開美居旅館竟然是個困難時刻，尤其因為歐特蕾，她眼裡噙著淚光，但是我又能怎麼做呢？她如果連這個都沒辦法承受，還能承受生命裡將相繼而來的種種嗎？她頂多二十五歲，但還是得學著堅強。我跟她吻臉頰道別，先是一下、然後兩下、然後四下，她很真誠地跟我吻別，甚至稍微把我圈在懷裡，但就是這樣了，計程車已到了飯店門口。

*

我搬家很簡單，家具很快就買齊，重新訂了SFR網路電視盒。我決定直到死都當SFR電訊公司的忠誠顧客，這是人生教導我的一件事。幾個星期後，我覺得他們提供的體育台對我已經沒多大吸引力，這很正常，我老了，沒那麼愛運動了。但是SFR還是提供了很多不錯的節目，尤其在烹飪節目方面，我現在成了一個肥胖的老傢伙，一個伊比鳩魯學派的哲學家，有何不可？伊比鳩魯學者的腦袋瓜裡除了吃還有什麼呢？不過呢，一塊硬麵包和一點橄欖油總是有點不夠，我要的是龍蝦和干貝薄片佐小蔬菜，我是個頹廢者，不是個希臘鄉下的雞姦者[70]。

69 這一區（第十三區）是巴黎最大的中國城。

70 指的是伊比鳩魯。

十月中我開始厭倦那些製作精良的烹飪節目，這也是我頹廢的真正開始。起初我還想關心一些社會議題的討論，但很快就失望：來賓意見都完全一致，一致激昂憤慨或一致熱切同意，真讓人反感。現在他們只要一開口，我不但可以預測大方向，還能掌握細節，連用的字句都能預知，那些輪流發言的社論專家和名嘴就像可笑的歐洲木偶，笨蛋說完蠢瓜說，互抬身價讚賞對方的真知灼見與崇高道德觀，我大可幫他們寫腳本。最後我關掉電視再也不看，就算還有力氣看下去，也只會讓心情更糟而已。

我很早就計畫要看湯瑪斯．曼[71]的《魔山》，直覺告訴我這是本晦暗的書，但很適合我現在的處境，無疑正是應該念它的時候了。我剛開始投入時充滿讚嘆，但愈往下讀愈保留。就算這本書格局、野心非常大，但最終的意義和他之前寫的《威尼斯之死》毫無差別。他和那個老笨蛋歌德[72]（深受地中海文化吸引的德國人文主義作家，也是世界文學史上最令人討厭的囉嗦老番顛之一）也差不多；和他的小說主人翁奧森巴哈也相去不遠（但主人翁至少討喜得多）。湯瑪斯．曼自己——這是極為嚴重的一點——也無法逃過對年輕和貌美的迷戀，乃至最終把年輕貌美置於一切之上，置於所有的智力和道德能力之上，說了一大堆之後，面對年輕貌美，他也是毫無保留、卑鄙地沉溺其中。因此，世界上所有文化都未能提供任何道德上的益處或優化，因為就在同年代，恰恰和湯瑪斯·曼同年代的普魯斯特[73]在〈重現的時光〉中，以令人讚賞的坦誠結論說：不只上流世界的人際關係，甚至友誼都沒有任何實質意義，單純只是浪費時間而已。而且和世人以為的相反，他需要的不是知性的討論，而是「和如花少女淡淡的愛戀」。到了這一階段的辯論，我很堅持用「年輕濕潤的陰部」代替「如花少女」，我認為這樣有助於辯論的清楚明白，同時也不會損害詩意（有什麼比一個開始濕潤的陰部更美、更富詩意的呢？請大家嚴肅想一想再回答。或許一根漸漸豎立的陽具可與之媲美？這樣講也未嘗不可，一切看情況而定，就像世界上很多事一樣，取決於我們從性的哪個角度來看）。

回到剛才的議題，普魯斯特和湯瑪斯·曼儘管擁有世界最高階的文化，他們儘管是世界知識、智慧的龍頭（二十世紀初實在令人驚豔，綜合了甚至超過八個世紀以上的歐洲文化），儘管

---

71 湯瑪斯·曼（Thomas Mann, 1875-1955），德國作家，一九二九年獲頒諾貝爾文學獎。

72 歌德（Johann W. von Goethe, 1749-1832），德國著名詩人、劇作家，古典主義代表人物。代表作為《少年維特的煩惱》、詩劇《浮士德》等。

73 普魯斯特（Marcel Proust, 1871-1922），法國意識流作家，最主要的作品是《追憶似水年華》（*À la recherche du temps perdu*），〈重現的時光〉（Temps retrouvé）是該書的第七卷。

各自代表法國和德國文明的頂端，也就是當時世界上最高超、最深沉、最細膩的兩個文明，他們也都任憑擺布，臣服於不論哪一個濕潤的陰部，或不論哪一根昂然豎立的陽具，視個人性取向而定，在這方面，湯瑪斯．曼不夠明顯，普魯斯特也模糊曖昧。重讀一次，《魔山》的結尾比第一次讀的時候還更令人覺得悲哀；隨著一九一四年世界大戰，當時最強盛的兩個文明墜入一場既荒謬又殺戮的戰爭，《魔山》的結尾不僅代表了歐洲文明的終結，甚至藉由非人性的殘酷戰勝一切的結尾象徵了整個文明、所有文化的終結。小女生們可能會煞到湯瑪斯．曼，而歌手蕾哈娜或許會愛死普魯斯特，這兩位作者可能各自代表他們文學的巔峰，但換個角度看，他們並不是正大光明讓人尊敬的男人。想要呼吸比較有益身心、必較純粹的空氣，就必須追溯到更早、到十九世紀浪漫主義萌芽的時代。

這純粹的空氣其實也有待商榷，拉馬丁[74]老實說也就是另一類型的「貓王」，以抒情筆調讓小妞們瘋狂，但他至少是以純粹抒情吸引人，沒像貓王那樣扭腰擺臀，當然這只是我的臆測，要檢視當時並不存在的錄影帶資料才能確定，但這一點也沒多大重要性，反正這世界是死了，對我來說是死了，但也不僅對我來說，它就是單純的死了。反倒是看亞瑟．柯南．道爾比較輕鬆易讀的小說，才讓我找到一絲安慰。除了「福爾摩斯」系列之外，柯南．道爾還寫了數量驚人的短篇小說，讀來輕鬆愉快，甚至相當引人入勝，他個人的一生更是精彩絕倫，無疑是世界文學史中最精彩的故事，但這在他眼裡顯然並不重要，他要傳達的訊息不是這個。柯南・道爾的真實，是我們在他書的每一頁都能感受到一個高貴靈魂的顫動、一顆真誠良善的心的抗議。最讓人感動的是他個人面對死亡的態度：因為學的是冷冰冰唯物主義的醫學，他排除了基督教信仰，一生中目睹一次又一次殘酷的死亡，加上親生兒子在英軍第一次世界大戰中犧牲，最後只能仰賴「唯靈論」為最後一絲希望，作為一個他自己既無法接受親人過世、也無法投入基督世界的最終安慰。

無親無故的我，感覺似乎愈來愈容易接受「死」這個想法；當然，我也希望活得快樂，融入一個幸福的群體，所有人都希望這樣，但都已到了這個地步，說這個真是離題了。十二月初我買了一台相片印表機，以及百來盒愛普生十乘十五公分的啞光相片紙。套房裡四面牆，有一面是占了半面牆的大窗戶，滾輪護窗板永遠關著，窗戶下面是一台大暖氣機。第二面牆被床、床頭小櫃、兩個小書架占滿了。第三面牆幾乎是空的，只除了開了扇門通往入口，右手邊通往衛浴，左

---

74 拉馬丁（Alphonse de Lamartine, 1790-1869），法國著名浪漫主義詩人。

手邊通往廚房。只有床面對的第四面牆是完全空的。把空的兩面牆加起來，可以使用的面積是十六平方公尺，以十乘十五公分的照片來算，可以貼一千多張照片。我筆電裡存了大約三千多張，見證了我從頭到尾的一生。每三張挑一張應該很適合，甚至非常適合，能給我自己一生活得還不差的印象。

（仔細回顧一下，我這一生還是很奇特。在和卡蜜兒分開後的那幾年，我告訴自己，我們遲早還是會復合，因為我們彼此相愛，重聚是無可避免，只需讓時間癒合傷口，我們當時還年輕，人生還在我們面前。現在我回頭一望，發現生命已經結束，生命沒給我們什麼訊號就從身邊溜走，悄悄地、優雅地、輕柔地收回我們手上的牌，它純粹只是不理睬我們了，真的，仔細想想，我們的生命真的不長。）

我想製作一個像臉書一樣的牆，但只作私人用途，一個只有我自己看得到的臉書牆，以及，在我死後房屋仲介來估價時會短暫看到一下，他可能會有點驚訝，然後統統丟到垃圾桶，找人清刷一番牆上膠水的痕跡。

拜新型相機功能之賜，做來很輕鬆，每張相片都記載著拍照的日期和時間，按照這個標準挑選起來很簡單。我也大可在使用的相機上都打開自動定位功能，以便確定照相的地點，但其實是多此一舉，我記得生命中的每個地方，甚至記得一清二楚，無用地如手術般精確。對日期的記憶就沒那麼清楚，什麼時候並不重要，所有發生的事就是永恆發生了，這是我現在的領悟，只不過這個永恆是封閉的、我進不去的。

這本書的前文中，我已談到幾張照片，兩張卡蜜兒的，一張凱特的，還有很多，三千多張，當然比較不重要，但我還是很驚愕地發現自己拍的相片怎麼那麼平庸：一堆譬如在威尼斯或佛羅倫斯的旅遊相片，和幾千幾百萬其他遊客照的一模一樣，我怎麼會想拍那些照片呢？又為什麼把這些無聊的照片洗出來呢？但我還是會把它們一一貼在牆上，雖然不期望它們會帶來美感或散發意義，我還是會繼續貼，因為這是我做得到的，我實際上做得到的，做這件事的體力是我可以負荷的。

因此，我這麼做了。

*

於是，我和所有人一樣也開始關心大樓管理費。十三區的這些大樓公共費用高得誇張，我當初沒料到，這也會影響到我的生命規畫。幾個月前（才幾個月嗎？還是一年、甚至兩年了？我沒辦法搞清生活中的時序，只有幾個模糊的影像，認真的讀者會找出時序的），總而言之，當我決定自發性失蹤、離開農業部、離開柚子的時候，還覺得自己滿有錢，父母留給我的遺產好像一輩子都用不完。

目前，我的帳戶裡還剩二十萬歐元多一點。當然我不能奢望去度假（幹麼度假？去衝浪還是滑雪？又和誰去？有一次，我和卡蜜兒去富埃特文圖拉島一個俱樂部度假，遇到一個單獨來度假的傢伙：他每天獨自進餐，而且顯然會單獨進餐到假期結束，三十來歲，好像是西班牙人，外表還不錯，社會地位應該還差強人意，或許是銀行櫃台人員之類的；他每天獨來獨往，尤其是進餐時間所展現的勇氣讓我不敢相信，幾乎讓我陷入驚嚇）。我也不能小度週末，精緻旅店已經是不可能，自己一人去住精緻旅店倒不如飲彈自殺算了。我把那輛G350停到和套房一起買的停車位時，心情悲痛，停車位在地下三層，地面骯髒油膩，空氣令人作嘔，蔬果皮四處散落；對我的老G350來說，被遺棄在這骯髒晦氣的停車場，真是個悲傷的結局，它跑過山間小徑、穿越過沼澤地、涉水過河，跑過三十八萬多公里的路，從沒讓我失望過。

我也沒想過召妓，何況阿揍德醫生寫給我的那張紙丟了。我發現找不到那張紙，想說大概忘在美居旅館房間了，同時突然感到一陣擔心，會不會歐特蕾剛好看到呢？她對我的觀感一定會變差吧（但這又跟我有啥屁關係呢？我的心理狀態真是亂七八糟）。我當然可以跟阿揍德醫生再要一次，也可以自己找，應召網站可不缺，但這一切似乎都是枉然：目前連勃起都是妄想，零星幾次想自慰的失敗經驗讓我對這一點毫不懷疑。生命就此成為一片平淡的表象，無波浪無起伏。我的花費大為減低，但是大樓管理費高得離譜，就算我省吃儉喝，最多也只能撐十年，銀行存款就會告零，一切就結束了。

我想在夜裡行動，以免因看到下面的水泥廣場而退卻，我對自己的勇氣沒信心。在我預定的場景裡，事情發生得既快速又完美：進門處有個按鈕，按下去幾秒鐘之內滾輪護窗板就會捲起，我就什麼都不要想，走向窗戶，推開大玻璃窗，身體往前傾，然後就完事了。

想到下墜的時間，讓我卻步了很久，想像自己好幾分鐘飄浮在空中，慢慢意識到落地時無可避免四分五裂的器官，渾身遭受的撕裂痛楚，在下墜的每一秒愈來愈擴大的全然驚駭、恐懼，甚至無法因昏厥而減緩。

念了很長一段時間的理科還是有用的：自由落體墜落的時間 t 以及高度 h，換算的程式是 $h=1/2gt^2$，g是重力加速度，那就可以算出墜落的時間，以高度h而言，墜落時間就是 $\sqrt{2h/g}$。以我家離地面高度（幾乎不多不少一百公尺）來算，這種高度的空氣阻力幾乎可以不用考慮在內，算出來墜落時間就是四秒半，硬要加上空氣阻力最多也就是五秒鐘；這樣一看，根本就不必擔心；幾杯蘋果燒酒灌下去，甚至不確定我還有時間思考。如果大家知道這個簡單的數字：四秒半，自殺的人一定大為增加。我落地的速度是時速一百五十九公里，這想起來讓人有點不舒服，不過話說回來，害怕的倒不是落地的力道，而是墜落時在半空中的時間，而這點物理學確定告訴我這時間很短暫。

十年真的太長了，我精神上的痛苦一定會升高到無法忍受、直接至死的地步，但同時間，我不想留下遺產（留給誰，留給國家嗎？想到這個實在讓人太賭爛了），因此我必須加快花用帳戶存款的速度，這比節省還要慘，真是爛透了，但是想到死的時候帳戶上還有餘款，令我難以忍受。我也可以捐出去啊，展現慷慨，但是對誰慷慨？痲痺患者、遊民、移民、視障者？我總不能把自己的銀兩送給羅馬尼亞人吧。別人給我的很少，我也不想多給別人，「善良」並沒有在我身上蓬勃發展，「人飢己溺」這樣的心理狀態並沒有在我身上產生，相反的，我對人類整體愈來愈漠然，更別提大多數時候是抱著純粹敵對的態度。我曾嘗試著親近某些人類（尤其某些女性人類，因為她們本來就比較吸引我，這一點我也說過了），總之我嘗試的次數算是正常、一般、在平均值裡，但以各自不同的原因（這我也都提過了）都沒有成形，沒有任何地方讓我覺得自己能夠活著，也沒有一個框架背景、沒有一個理由可以活著。

唯一可以讓帳戶存款減少的辦法，就是繼續吃，試著多吃昂貴精緻的菜餚（阿爾巴白松露？緬因州的龍蝦？）。我的體重剛超過八十公斤，但如同伽利略卓越的試驗所證實的，這並不會影響墜落的時間——傳說這試驗是在比薩斜塔上做的，其實更可能是在帕多瓦的一個塔上做的。

我住的大樓也冠了個義大利城市的名字（拉溫納？安科納？里米尼？）。這個巧合一點都不好笑，然而我覺得把傾身往窗外跳、把自己陷入重力活動的時刻看作一個玩笑，幽默以待，也不失為一個好方法，關係到死亡的時候，以玩笑的精神倒是比較容易面對。每一秒鐘都有一堆人死亡，他們都很成功地死了，沒多生枝節就成功死了，甚至有些人還拿這個來插科打諢。

我做得到，我覺得我應該做得到，這是最後的終點。我還有兩個月的Captorix處方，還得去看阿揍德醫生最後一次。這一次我得說謊，假裝我的情況稍有好轉，以免他試著相救，把我弄到醫院急救之類的。我得顯得樂觀輕鬆，但也不能太誇張，我演戲的功力相當有限。這可不簡單，他一點也不笨；但放棄Captorix，就算僅僅一天，都是不可能的。不能讓痛苦不受控制地升高到無法忍受的程度，否則人會做出蠢事，譬如灌下「通樂」，那麼成分和平日堵塞洗手台的物體一樣的內臟會在劇烈痛苦中被腐蝕；又譬如跳下地鐵臥軌，結局是斷了兩條腿、睪丸壓成渣，人卻還沒死成。

*

這是一顆橢圓形、可對半剖開的白色小藥丸。

它不會創造，也不會轉變什麼，它的作用只是詮釋。它會把已成定論的變成過渡，把已經是無法阻止的將之淡化。它對生命提供一種新的詮釋，沒那麼豐富、比較表面、帶著某種程度的僵化。它不會帶來任何快樂，甚至不會真正舒緩，它的作用是另一個層面，把生命變成一連串的流程，它能讓人自欺欺人。因而，它幫助人在一段時間之內能活下去，或至少不死掉。

然而，死亡還是會來，分子的盔甲會裂開，會開始瓦解。而且對那些從沒屬於過這個世界，從沒試著去活、去愛、去被愛，從來都知道生命不是可以希冀的人來說，這個程序會更快。那些人為數不少，而且如人所說，他們沒有任何留戀。我的情況和他們不一樣。

我本來可以令一個女人幸福，嗯，兩個，我已說過是哪兩個了。一切都那麼清楚，從一開始就一清二楚，但我們都沒意識到，因為我們被個人自由、開放的生命、無限可能性的幻象蒙蔽了嗎？或許吧，那個時代大家追求的就是這些，我們自己也迷迷糊糊，其實我們根本沒有要追求這些，只是隨波逐流、放任那些想法毀掉我們，然後長久地受苦。

其實上帝是照看著我們的，時時刻刻想著我們，有時還會清楚指引我們方向。那些滿溢在胸口、簡直讓我們喘不過氣的愛，那些領悟，那些狂喜，那些以我們只是簡單的靈長目生物本質來看無法解釋的東西，其實就是再清楚不過的跡象。

今日我明白了耶穌的看法，以及他一次次面對人類鐵石心腸所興起的憤慨：他們對於擁有的所有跡象竟然都不去注意，我難道還需要為這些廢物付出生命嗎？真的有必要明示到這個程度嗎？

似乎是這樣。

米榭・韋勒貝克年表

麥田編輯部整理

一九五八年　米榭・韋勒貝克本名為米榭・多瑪（Michel Thomas），生於法屬留尼旺島。與外祖父母在阿爾及利亞度過童年。另有一說稱韋勒貝克自道一九五八年出生，實際上出生於一九五六年。

一九六一年　被家人送至巴黎祖母家，定居法國。祖母的女僕姓韋勒貝克，日後被韋勒貝克借用為筆名。中學時，於巴黎東北的莫城就讀寄宿學校。在學期間展現優越的思考能力，綽號「愛因斯坦」。

一九七五年　就讀巴黎格里尼翁農藝學校（Institut National Agronomique Paris-Grignon）。創辦文學雜誌《卡拉馬助夫》（*Karamazov*），並開始寫詩。

一九八〇年　畢業於農藝學校後，立即結婚，婚後一年育有一子。五年後，這段婚姻以離婚收場。韋勒貝克也陷入低潮，接受了一段時間的精神治療。

一九八五年　在《新法蘭西評論》（*Nouvelle Revue Française*）發表詩作，也是首度以「米榭．韋勒貝克」之名發表文章。

一九九一年　以兒時最喜歡的美國恐怖小說家洛夫克拉夫特（H.P. Lovecraft）為題，發表傳記散文《*Contre le monde, contre la vie*》。美國版序言由史蒂芬．金撰寫。

一九九四年　以小說處女作《*Extension du domaine de la lutte*》嶄露頭角。小說於一九九九年改編成電影、舞台劇。

一九九八年　發表第二部小說《無愛繁殖》，引起國際文壇關注。榮獲法國十一月文學獎、二〇〇二年IMPAC都柏林文學獎。小說改編為電影，電影榮獲二〇〇六年柏林影展銀熊獎。

一九九八年　與認識六年的瑪莉—皮耶．高帝耶（Marie-Pierre Gauthier）結婚（二〇一〇年離婚）。

二〇〇〇年　出版中篇小說《*Lanzarote*》。小說元素與後作《情色度假村》相近。

二○○一年 出版《情色度假村》，小說中針對情欲和宗教的書寫使韋勒貝克廣受矚目，也招致反彈。數度改編為舞台劇，於歐洲各國演出。

二○○五年 出版《一座島嶼的可能性》。發表之際被視為該屆龔固爾文學獎最有希望奪獎的作品，雖然最後並未獲獎。後榮獲二○○五年法國同盟文學獎（Prix Interallié）。二○○八年改編為電影，由韋勒貝克親執導演筒。「龐克教父」美國搖滾歌手伊吉．帕普（Iggy Pop）曾以本書為靈感創作專輯。韋勒貝克在訪談中表示這是莫大榮幸，因為自己從青少年時期開始就一直是帕普的忠實歌迷。

二○○八年 出版書信集《*Ennemis publics*》，內容為與法國知名作家伯納—亨利．列維（Bernard-Henri Lévy）討論哲學、文學、宗教的電子郵件對話。

二○一○年 出版《誰殺了韋勒貝克》，並奪得該屆龔固爾文學獎。小說遭媒體批評有部分段落複製自維基百科，韋勒貝克坦承確實從維基百科上複製文字並貼上，但回絕抄襲指控，指責對方「根本不懂文學」，並援引波赫士和培瑞克，說明這是創作的其中一種形式。

二〇一五年　出版《屈服》。出版前就因題材尖銳引發關注，該期《查理週刊》更以韋勒貝克肖像畫為封面。《屈服》上市數小時後，發生《查理週刊》槍擊事件，韋勒貝克的友人也是逝世記者的其中一人。

二〇一八年　九月同 Lysis Li Qianyun 在巴黎結婚。

二〇一九年　出版《血清素》，入圍國際布克獎。韋勒貝克並於同年獲頒法國榮譽軍團勳章。

litterateur 07

血清素

Sérotonine

•原著書名：*Sérotonine*•作者：米榭・韋勒貝克（Michel Houellebecq）•翻譯：嚴慧瑩•封面設計：聶永真•校對：呂佳真•責任編輯：李培瑜•國際版權：吳玲緯•行銷：何維民、吳宇軒、陳欣岑、林欣平•業務：李再星、陳紫晴、陳美燕、葉晉源•主編：徐凡•總編輯：巫維珍•編輯總監：劉麗真•總經理：陳逸瑛•發行人：凃玉雲•出版社：麥田出版／城邦文化事業股份有限公司／10483台北市中山區民生東路二段141號5樓／電話：(02) 25007696／傳真：(02) 25001966、發行：英屬蓋曼群島商家庭傳媒股份有限公司城邦分公司／台北市中山區民生東路二段141號11樓／書虫客戶服務專線：(02) 25007718；25007719／24小時傳真服務：(02) 25001990；25001991／讀者服務信箱：service@readingclub.com.tw／劃撥帳號：19863813／戶名：書虫股份有限公司•香港發行所：城邦（香港）出版集團有限公司／香港灣仔駱克道193號東超商業中心1樓／電話：(852) 25086231／傳真：(852) 25789337•馬新發行所／城邦（馬新）出版集團【Cite(M) Sdn. Bhd.】／41-3, Jalan Radin Anum, Bandar Baru Sri Petaling, 57000 Kuala Lumpur, Malaysia.／電話：+603-9056-3833／傳真：+603-9057-6622／讀者服務信箱：services@cite.my•印刷：前進彩藝有限公司•2020年9月初版•2022年2月初版2刷•定價380元

國家圖書館出版品預行編目資料

血清素／米榭・韋勒貝克（Michel Houellebecq）著；嚴慧瑩譯. -- 初版. -- 臺北市：麥田出版：家庭傳媒城邦分公司發行, 2020.9
面；　公分. -- (litterateur ; RE7007)
譯自：*Sérotonine*

ISBN 978-986-344-803-7（平裝）

876.57　　109010279

城邦讀書花園
www.cite.com.tw

Originally published in France as:
Sérotonine by Michel Houellebecq

Complex Chinese edition published by arrangement with Flammarion, through The Grayhawk Agency